Sergius Golowin

Die Magie der verbotenen Märchen

MERLINS BIBLIOTHEK
DER GEHEIMEN WISSENSCHAFTEN
UND MAGISCHEN KÜNSTE
Band 2

MERLIN'S BIBLIOTHEK DER GEHEIMEN WISSENSCHAFTEN UND MAGISCHEN KÜNSTE

Sergius Golowin

Die Magie der verbotenen Märchen

Von Hexenkräutern und Feendrogen

in hoc signo florebis

Merlin Verlag

Grafik zum Buch: Pit Morell

Bei Erscheinen der Erstausgabe von »Magie der verbotenen Märchen« ist die auf dem Schutzumschlag abgebildete, farbige Kaltnadelradierung von Pit Morell (Oeuvre-Verz. 599) in der »edition merlin – GRAFIK ZUM BUCH« in einer Auflage von 100 Expl. erschienen.
Plattenformat: 32,5 x 50 cm
Format des Blattes: 45 x 63 cm
Alle Blätter sind nummeriert und vom Künstler handsigniert.

Andreas Meyer Verlagsgmbh & Co. KG
Satz: Merlin Verlag, Gifkendorf
Druck und Einband: Beltz Bad Langensalza GmbH,
Bad Langensalza
ISBN 978-3-87536-179-2
8. Auflage, Gifkendorf 2021
im 64. Jahr des Merlin Verlags
www.merlin-verlag.com

1. Das Weltreich der Magie

Nach den rigvedischen Hymnen, den ältesten Dichtungen Indiens, wurden gewisse Kräuter, Pflanzen drei Zeitalter (!) vor den Göttern erschaffen.[1] Die indischen Sagen wissen: »In den Kräutern ist die ganze Kraft der Welt. Derjenige, der ihre geheimen Fähigkeiten kennt, der ist allmächtig.«[2] Im Atharva-veda (IV, 20) wird gelehrt: »Drei sind der Himmel, Erden drei und der Weltgegenden sind sechs, / Ich will die Wesen alle sehn, o göttlich Kraut, durch deine Kraft.«[3] Das ganze All wollten also die altindischen Seher durch ihre magische Pflanzenkunde überblicken können.

Auf der andern Seite der Erde war ihnen ihr urindianischer Zunftgenosse nicht wesensverschieden. Über die Darstellung eines Göttermannes bei den Azteken vernehmen wir: »Auf dem Rücken hängt ihr das Abzeichen priesterlicher Tätigkeit, das Täschchen (yequachtl), in dem die Priester das Narkotikum mit sich führten, das sie brauchten, sich in visionäre Umstände zu versetzen.«

Neben diesem Bild des heiligen vorchristlich-mexikanischen Drogenmannes hat der Indianerkünstler Möglichkeiten des Gebrauchs von Zauberpflanzen angedeutet: »Brennbare Zweige, Fackeln oder mit wohlriechenden Substanzen gefüllte Rohre (acayetl).«[4] Wo ist der Unterschied zu den Gebrauchsgegenständen des indischen Heilkundigen der Vedenzeit, eines »Kräutermannes, welcher in dem Holzkästchen, das er mit sich führt, eine Anzahl der duftenden Kräuter bereit hat«?[2]

»Verbrenne saftige Kräuter und kräftig riechenden Weihrauch ...«, befiehlt beim alten römischen Dichter Vergil die Zauberfrau ihrer Dienerin, und es wird uns sogar ausführlich geschildert: »Diese Kräuter und diese Gifte, die am Schwarzen Meer gesammelt wurden, gab Moeris mir persönlich – es wachsen ihrer sehr viele am Schwarzen Meer ...«.[5]

Auch Horaz schildert uns die Vorarbeiten jener antiken Hexen zu ihren magischen Handlungen – begehrt waren bei ihnen vor allem »Kräuter, die aus Iolkos und Hiberia, dem Land der Gifte kommen«.

Furchtsam berichtet Properz von einer Zauberin: »Hat sie nämlich Kräuter von der Porta Collina zur Grube geschafft, so löst sich alles, was fest war, in fließendes Wasser auf.«[5] Gemeint ist, dass für die Kunden der Hexe unter der magischen Wirkung ihrer Drogen Träume zu einer scheinbar greifbaren Wirklichkeit werden konnten – und die Wirklichkeit zu einem bunten Märchen.

Im unterirdischen Gewölbe, in ihrer Höhle arbeitet gerne die Kräuterfrau der vorchristlichen Zeit – wahrscheinlich noch immer sehr genau wie ihre steinzeitliche Urahne vor zehntausend Jahren: »Auf dem vorspringenden Knaufe glänzte eine Lampe aus einem Totenkopfe hervor.« Man sah Zauberbücher und die Namen der sieben Planeten. Dann: »Zahlreiche Phiolen, worin verschiedene Substanzen, besonders giftige Pflanzen macerierten, unter andern der Nachtschatten, das Halicocabon der Vergifter. Im Grunde der Höhle sah man die runden Augen eines Uhus erglänzen.«

»Nach Überlieferungen« hätten diese Magierinnen besonders Mandragora, Stechapfel, Haschisch verwendet[6]; wie wir soeben aus den antiken Dichtem sahen, bezogen sie ihre Kräuter aus ihrer unmittelbaren Umwelt wie aus der ganzen damals bekannten Welt ...

Adepten gestern und heute

Mit der Einführung des Christentums, im frühen Mittelalter, scheint sich kaum etwas verändert zu haben:»Geblendet durch die Binde des Aberglaubens, überlieferten sich die Adepten in jener dunklen Zeit ihren mysteriösen Grübeleien; die wildesten Felspartien, die finstersten Täler, die düstersten Wälder waren die Orte, zu denen sie pilgerten; hier sammelten sie an öden Stellen die Pflanzen ...«.[7]

»Kraut« war dann im Mittelalter gleichbedeutend mit Zaubermittel. Das erstaunliche Schießpulver wurde aus diesem Grund Kraut (siehe das holländische kruyd!) genannt.[8] Das Gewehr selber erhielt anscheinend darum den Namen Büchse, weil man dessen Rauch und Feuer mit den altbekannten magischen Wirkungen aus den Büchsen der Jahrmarkts-Zauberer, Gaukler verglich.[9]

Ein venezianisches Wort für Zauberei, Hexerei lautete gar »erberia«, also eigentlich wiederum Kräuterkunde. »Der größte Zauberer ist derjenige, der am besten die Geheimnisse der Pflanzenwelt kennt«, war Ausdruck der Überzeugung des Volkes.[10]

»Mitten in der wuchernden Mistel erkenne ich an einem Baum einen bleichen Roßschädel. ›Macht ihr eure Gastgeber nach oder ist es, um die Gäste in Angst zu versetzen?‹ Der Gastgeber lächelte nachsichtig auf meine Frage: ›Schädel sind ein altes Zeichen, dass es in der Natur eigentlich alles geben kann, nur keinen Tod.‹ ... Sieben Kerzen, für die sieben Planeten, erhellen den Keller – der Leuchter, das ist der Zauberbaum mit den feurigen Früchten, der Himmelsbaum mit den Gestirnen. Aus der Schale auf dem Kocher steigen unaufhörlich Schwaden mit starkem Weihrauchduft und verwandeln den unterirdischen Raum in eine undurchdringliche Wolke spielender Nebel. Auf dem Tische stehen Becher mit einem Tee, in dem Reste von allerlei Blättern und Blüten schwimmen ...«

Das ist der Beginn einer Schilderung über eine magische »Sitzung« in der Nähe von Paris. Übrigens aus den Fünfzigern dieses Jahrhunderts.

»Die Hexen benutzen große Mengen von Weihrauch. Sie können diesen heute kaufen, aber manche stellen ihn noch selber her. Sie halten die Mischung sehr geheim, und ich glaube, dass sie etwas sehr Starkes hineintun, da ich Menschen kenne, die unter dem Einfluss des Weihrauchs sich sehr seltsam benehmen ... Wer in Ekstase gefallen, wer ›außer sich‹ ist, tritt in Verbindung mit der Gottheit ...«.[11]

Auch dies ist nicht etwa ein Bericht aus dem vorchristlichen Altertum, den halbsagenhaften uramerikanischen Hochkul-

turen, dem Orient der Märchen aus 1001 Nacht, sondern über die magischen Bünde im England von heute.
Das Wort Zauberer kommt eigentlich vom Wort »Zauber« – es ist also einfach ein Mensch, der die Geheimnisse des Ursprungs gewisser »magischer« Kräfte kennt; der mit bestimmten Wirkstoffen zu arbeiten versteht.[12] Bleibt wohl darum sein Beruf, unabhängig in welchem Jahrtausend wir ihm begegnen, so erstaunlich unverändert, weil dessen Gesetzmäßigkeiten zwangsläufig die gleichen bleiben?
»Man könnte Magie fast als den ruhenden Pol der menschlichen Entwicklung im Auf und Ab der menschlichen Betriebsamkeiten bezeichnen«, sagte bei einer zufälligen Begegnung der französische Dichter Jean Cocteau zu einem sehr guten Freund von mir: »Ich habe ein altfranzösisches Märchen darum getreu der traditionellen Handlung und doch ganz neu zu verfilmen vermocht, weil ich es in unserer Zeit Bild um Bild selber erlebte.«

Der Zauberer als Zigeuner

Einer der zähesten Nachfahren dieser alten Medizinmänner oder Kräuterzauberer war der Jahrmarkts-Gaukler; oft Verkäufer von Wundermitteln, Geschichtenerzähler, Puppenspieler und Bänkelsänger in einem.
Jahrhundertelang wetterten die Geistlichen gegen die »Maulaffen-Narren«, die diesen mit Straßen-Schauspielen verbundenen Ständen der »Theriakskrämer und anderer dergleichen Gesellen« nachliefen; diesen Menschen in fremdländischen Trachten, die mehr Anhang hatten »als der beste Prediger«: »Sintemal das gemeine Volk denselbigen haufenweis zulauft, sperrt Maul und Augen auf, höret ihnen einen ganzen Tag zu, vergisset aller andern Sorgen ...«[13]
Wütend wird dieses fahrende Volk (obwohl also ausdrücklich bezeugt wird, dass dank ihnen das ausgebeutete »gemeine Volk« alle seine schweren Sorgen vergaß) den in jenen Zeiten noch immer mit Folter und Feuer ausgerotteten Hexen gleichgesetzt: Der Vertreter der Unterschicht, der im bunten

Jahrmarktstreiben Trost zu suchen wagte, galt als der »von Gott verlassene Narr, welcher einem jeden hergeloffenen fahrenden Schüler, Landlaufer, alten Gabel-Regentin und Bocks-Postmeisterin«[14] glaubt.

Also der auf den Hexensabbat fliegenden Hexe! S. G.

Hexe und »Fahrender«, also Nomade, »Zigeuner«, galten bald so gründlich als eine Einheit, dass das Volk hier sogar beim Wort »fahren« nur noch an den durch Zaubermittel erzeugten magischen Flug dachte[15] und also in jedem Landstreicher einen Dr. Faust, einen Kenner und Verkäufer von Hexendrogen vermutete.

Das Haupthandelsmittel dieser oft genug mit Misstrauen betrachteten, verfolgten, aber eigentlich bis in das 19. Jahrhundert hinein scheinbar allgegenwärtigen Jahrmarkts-Doktoren war eben »Theriak«, böhmisch dryak, in der Schweiz triax usw.: ein »aus gepulverten Pflanzenteilen« mit Honig zu einer »Latverge« verdicktes Heilmittel. Dieses werde »von Theriakskrämern, gewöhnlich Ungarn, herumgetragen, die man als betrügerisches Gesindel betrachtet, weshalb, wie Stieler bemerkt, bei dem gemeinen Volk driakel so viel als Betrügerei heißt ...«.[16]

Ungar, Unger, auch das darf man hier in keinem Fall vergessen, bedeutete für das Volk einfach den fremden »Fahrenden«, den Zigeuner. »Vergleiche auch noch bei Kilian ›ungherhoere‹ (ungher, ›Zauberer‹, eigentlich ›Ungar, Zigeuner‹) = malefica, incantrix, mulier diabolica.«[17] Für »Zigeuner« und »Hexen« gebrauchte man also das gleiche Wort, und wir verstehen wohl von hier aus, warum in französischen Märchen der zauberkundige Riese, der häufig genug im Ablauf der Handlung die in deutschen und slawischen Volksdichtungen im Walde hausende Hexe vertritt, »Ogre« – also nach einer verbreiteten alten Meinung[18] wiederum Unger, Ungar heißt.

Es wurde bezeichnenderweise vermutet, die ganze Rauschmittel- und Gift-Wissenschaft Europas sei vor allem von Indien, vom Orient her durch die Zigeunerstämme, »die erprobten Lehrmeister in Zauberei und Gaukelei, dem Abend-

lande zugeführt worden«.[19] Tatsächlich finden wir in allen halbwegs zuverlässigen Berichten die Fahrenden als Verbreiter aller im heutigen Sinne so gefährlichen Naturdrogen. Wir lesen etwa immer wieder im Abschnitt über den Alraun, dass »die Landstreicher, oder dass ich sie recht nenne, die Landbescheißer, tragen wurtzel hin und wider feil ...«.[20] Oder es wird gewarnt: »... der Landstreicher wegen, die zu Zeiten ungeschickt mit den Bilsen umgehen.«[21]
Unter einer Zürcher Totentanz-Darstellung des 17. Jahrhunderts wird der Theriak-Händler auch als »Fahrender Schüler«, »Rosenkreuzer« und »Zigeuner« angesprochen und gleichzeitig dazu als »Giftekoch« und »Alraunwieger« erklärt.[22] Unter einem französischen Stich eines das Volk bezaubernden Jahrmarktsgauklers, gestochen um 1800 von A. le Grand nach einem holländischen Gemälde aus dem Jahre 1652, steht unter dem Bild sogar »Le marchand d'opiat« – also eigentlich wörtlich: der Opiaten –, der Drogenhändler.[23]

Mit Pflanzendroge und Musik

Mag Theriak zeitweise wirklich vor allem dem Mohn seine Hauptwirkung verdankt haben, so enthielt er wahrscheinlich meistens noch ganz andere Rauschmittel, deren Geheimnis die alten Apotheker und Hexenköche mit sich in die Gräber nahmen.
In verschiedenen Mundarten bedeutete darum das Einnehmen von Theriak jede Art der Berauschung: »In der Türkei heißt man alle Opium-, Haschisch- und Alkoholfreunde ›Tiriaki‹ ...«[24] Wir vernehmen sogar: »In China fügte man dem Haschisch zur Verstärkung Datura-(Stechapfel-)samen bei, in einem im 7. Jahrhundert in China gebräuchlichen, aus Persien stammenden Theriak war Haschisch und Bilsenkraut verarbeitet.«[25]
Mochte man nun solche Rauschmittelhändler von den Kanzeln verfluchen und der »weltliche Arm« sie in die Kerker sperren, sie, die durch Jahrhunderte hindurch dank der Hilfe des Volkes meistens rechtzeitig jeder Obrigkeit aus-

zuweichen wussten, leben noch heute in der Volkssage als die letzten Vertreter einer wilden Freiheit: In diesem unberechenbaren Untergrund, der durch das ganze Mittelalter und fast bis in die Gegenwart hinein bestand, begegneten sich die Nomaden aus dem fernsten Orient und einheimische flüchtige Außenseiter, tauschten ihr verfemtes Wissen aus und waren wahrscheinlich sogar die Vermittler von für Europa unbekannten Pflanzenmitteln.
Der geheimnisvolle »schwarze Mann«, den man häufig genug als Verkörperung des Teufels selber ansah, der nach den Sagen den Hexensabbat leitet oder bei ihm »aufgeigt«, findet wahrscheinlich durch den Stand dieser »Theriaks- und Alraun-Krämer« seine Erklärung. Bei vielen dieser Erzählungen von den nächtlichen Zusammenkünften der Zauberer kehrt, wie man schon mehrfach feststellte, »als Grundthema der einfache Hergang wieder«: Menschen »niederen Standes« treffen im »abgelegenen Walde« »einen fremden Mann oder ein unbekanntes Weib – man hat hierbei oft an die Zigeunerhorden gedacht«[26]: Von diesen rätselhaften Menschen erhielten dann die Leute aus der Unterschicht ihnen in der Zusammensetzung unbekannte Zaubermittel, die den Versammelten erlaubten, zu ihrem phantastischen Traumfest wegzufliegen ...
In einem Werk des 18. Jahrhunderts finde ich noch die bezeichnende Geschichte von einem thüringischen Jahrmarktsmusiker, der selbstverständlich ebenfalls vor das Hexengericht kam, von dem so nebenbei erwähnt wird, dass er mit seiner Tonkunst »eine nicht gemeine Kräuterkenntnis verband«. Beides, Pflanzenheilkunde und Musik, habe er »auf allen benachbarten Jahrmärkten und Kirmsen, wohin ihm seine Gattin die kleine Hausapotheke nachtrug«, mit viel Erfolg angewandt: »Kaum ertönte sein Zauberspiel auf irgendeinem Marktplatz in lieblichen Volksliedern oder raschen Nationaltänzen, so stunden plötzlich alle Geschäfte still. Käufer, Verkäufer, Beutelschneider und Müßiggänger drängten sich um den berufenen Tonzauberer und vergaßen entweder in der Trunkenheit des Wonnegefühls ihre Existenz oder tanzten ohne Unterschied des Standes in bunten Spirallinien um den Spielmann, als die Achse ihrer Bewegung.

Selbst Pastoren wurden oft genug uneingedenk ihres abstechenden Ornats, durch unwiderstehliche Attraction

also eine wider ihren Willen wirkende Anziehungskraft. S.G.

in dergleichen Zauberkreise verflochten und baten alsdann das ihrer lieben Gemeinde gegebene Aergernis in öffentlicher Versammlung mit heißen Bußtränen ab; glücklich genug, wenn sie durch dieses Sühneopfer der strengen Zensur unerbittlicher Consistorien entschlüpfen konnten.«[27]
Solche Kräutermänner und -weiber, mochte man sie (zumindest nach außen hin) auch meiden und blutig verfolgen, blieben damit fast bis in die Gegenwart hinein die eigentlichen Herren aller wirklich lebendigen Kultur des Volkes.

Theriak für das Volk

Aus Theriak, Dreyak, Dreix wurde z. B. im ländlichen Kanton Bern Tüüfelsdrägg, Teufelsdreck – wahrscheinlich nicht etwa als hübsches, zu allerlei Verwechslungen führendes Wortspiel, sondern weil man es wirklich mit dem Teufel, also der Geister- und Hexenwelt, in Verbindung brachte[28]. Wer denkt nicht an shit (gelegentlich sogar »Devils shit«), Dreck für Haschisch, das Wort, das neuerdings von Amerika in die Sprachen der Hippies aller Länder eindrang?
»Zersch geisch i d´Apotheegg u chauffsch für drei Batze Tüüfelsdräck!« lautet in Gfellers bekannter Geschichte »Vo Hanslin und Grittlin« der gewohnte Auftrag des Bauern an seinen Sohn, den er zum Einkaufen schickt: »Zuerst gehst du in die Apotheke und kaufst für drei Batzen Teufelsdreck.« Im Sinne, dass da keine Macht der Welt mehr helfen könnte, sagten die bernischen Bauern bis in die Gegenwart: »Da treit alle Dreiax (oder Tüfelsdräck) nüt ab!«[28] Da trägt kein Teufelsdreck mehr ab – da nützt kein Theriak mehr.
Ein anderer Kenner der Volksbräuche, Emanuel Friedli, bezeugte noch 1905 den Unfug, dass das »opiumhaltige Theriak« im Volke noch immer »selbst gegen einfache Schlaflosigkeit«

von Hebammen »verordnet« werde und darum die unvorsichtigen Bauern häufig genug in den »ewigen Schlaf« versenke.[28] Die gerade bei schweizerischen, österreichischen und süddeutschen (bayerischen) sehr unbäuerlichen Biertisch-Politikern und den von ihnen angestellten sogenannten Heimatschriftstellern und Ortsblattredakteuren übliche Anrufung »der seelisch-gesunden, heilen, guten alten Zeit« wirkt im Lichte solcher Zeugnisse ausgesprochen humorvoll: Der durchschnittliche Landmann (und auch der Vertreter der städtischen Unterschicht) unserer jüngsten Vergangenheit war wahrscheinlich häufiger auf dem »Trip«, der inneren Reise mit Drogenhilfe, als heute eine ganze Kommune der angeblich »durch ausländische Einflüsse so verderbten Hippie-Jugend« zusammengerechnet.

Zum Verschwinden von mythischen Gesichten, von Erlebnissen mit Sagengestalten, bis ins 19. Jahrhundert hinein in Stadt und Land sozusagen eine alltägliche Angelegenheit, mag ein sehr äußerer Grund mehr beigetragen haben als etwa »das Vorrücken der technischen Zivilisation« an sich – oder die Verbreitung der sich gegen allen »rückständigen Aberglauben« wendenden Schulbildung: Es ist eben das Ende und die Zersetzung der Wissenschaft dieser Theriak-Apotheker, Hexen-Hebammen und fahrenden Alraun-Händler.

Noch von Clemens Brentano, dem Anreger der Erforschung unserer Volksdichtung, wissen wir, dass für ihn sein Sammeln der Lieder und Märchen »nicht ein Studium bedeutete, sondern innerlichst verwandten, vertrauten Umgang« (R. Benz).[29] Zu dieser Haltung, auch dies ist uns gut bezeugt, sei er durch seine Jugendeindrücke gekommen, dank denen er das Märchenhafte richtig »erlebt« habe: »Es ward ein kunterbunter Polterabend der alten und neuen Zeit ... gefeiert, da wetteiferte Theophrastus Paracelsus mit Cagliostro

> also der sagenhafte fahrende Wundermann des 16. und der des 18. Jahrhunderts. S.G.

in Theriak und Lebensäther ...«.[30]

Menschen, die uns in Märchen und Sagen mit magischen Mitteln ihre Umwelt in Paradiese zu verwandeln wissen, sie führen uns wiederum zurück zu den Berichten über die verfolgten Hexen des ausgehenden Mittelalters und der darauffolgenden Jahrhunderte.

In seiner »Magiologia« (1674) bezeugt B. Anhorn, dass »weilen der Teufel – ob er gleich guldene Berge verheißt / doch niemand durch seine Zauberkunst reich machen kann«.[31] Auch der Paracelsist Leonhard Thurneysser bezeugt: »Sie (die Zauberer) haben alle große Armut und viel Elends gelitten ...«[32] Als Hintergrund der Hexenprozesse erscheint uns das Bild des Elends der Unterschichten. Eine Hexe zum Beispiel, die 1615 im bernischen Burgdorf hingemordet wurde, ergab sich nach ihrem Zeugnis dem »Teufel«, weil dieser: »Versprach mir Bewahrung vor Hunger und Mangel.«[33]

Der Teufel, wurde behauptet, »hat auch manche dahin gebracht, dass sie sich ihm ergeben, und in seinen Bund getreten seien, und dies aus Antrieb der Armut.« Ohne das geringste Verständnis wurde dem aber beigefügt: »Wenn bei manchen das Gütlein durch Spielen, Fressen und Saufen, und tägliches Wohlleben ist durchgebracht worden, gleichwie allhie durch D. Fausto, kommt man alsdann in Armut, und weiß weder hinter sich, noch vor sich ...«[34] Also hätten sich dann eben die Besitzlosen, dies aus ihrem angeblich ganz und gar selbstverschuldeten Elend heraus, zu den dunklen Gewalten gewandt und von ihnen Trost zu erhalten gehofft.

Ziemlich genau nach alten Sagen stellte sich einen solchen »Bund« Vulpius vor, der Schwager Goethes und ein wichtiger Sammler damals verklingender Überlieferungen: Ein Ritter, an den Abt schrecklich verschuldet, »arm wie ein Kräutermann«(!), kommt in seiner Verzweiflung zum Schlusse: »Armut hat keine Hoffnungen: darf keine haben!« Er wirft sich »an dem Hügel nieder, aus dem die Quelle hervorströmt«. In diesem »stak« aber »ein Berggeist, ein Bergmännlein«: Es »hörte alles«, zeigte sich dem Unglücklichen und schloss mit ihm das verhängnisvolle Bündnis.[35]

Bis ins 18., 19. Jahrhundert ist uns recht zuverlässig bezeugt, dass die Vertreter der Unterschicht zu einem solchen Schritt bereit waren, obwohl man sie überzeugt hatte, dass sie aus diesem Grunde außer »irdischer Strafen« im Jenseits »ewige Höllenqualen« gewärtigen müssten. So belästigten etwa einen angesehenen Mann, über den »abenteuerliche Märchen« umgingen, dauernd arme Menschen, die, »gleich ihm, ihre Seele dem Satan verschreiben« wollten: Schluchzend, vollkommen verzweifelt erklärte ein unglückliches Weib, »dass sie aus Mutterliebe ihre arme Seele der Hölle opfern wolle, wenn er ihr Hoffnung geben könne, dass ihre Kinder geborgen blieben«.[36] Genau schilderte schon im 16. Jahrhundert Porta, wie diese Menschen der Unterschicht, »die wohltätigen Gaben der Natur missbrauchend«, mit der Hilfe ihnen wohlbekannter Zauberkräuter ihre Märchen, die Erfüllung ihrer kühnsten Wünsche erlebten: »Auf diese Weise glaubten sie des Nachts im Mondschein durch die Luft zum Schmaus, Spiel, Tanz und Buhlschaft mit jungen Gesellen ... zu fahren.«[37] Im Lichte solcher Zeugnisse von Zeitgenossen des Hexentreibens, die aus der Begegnung mit Zauberinnen ihre Erfahrungen sammeln konnten, stellte auch Fühner fest: »Die Hexensalbe stellte in dieser Weise ein Berauschungs- und Genussmittel des armen Volkes dar, dem kostspieligere Genüsse versagt blieben.«[38]

Jung-Stilling berichtet in seiner »Theorie der Geisterkunde«, wie ein Weib zu einer Hexe kommt und sie »mit dem Kochen eines Kräutertrankes beschäftigt« findet. Darauf redet die Zauberin »eine Weile Vieles« vom großen Geisterfest, trinkt »dann« ihr Gebräu und bietet auch ihrem Besuch davon an. Darauf stellt sie sich auf ihren Herd, sinkt zusammen und schläft ein – am nächsten Morgen ist sie überzeugt, alles, was sie in ihren Märchen schilderte, auch erlebt zu haben![39]

War damit die Benützung von Pflanzendrogen in diesen rußigen Hexenküchen, die dadurch ausgelösten »Reisen« in die Welt der so leidenschaftlich weitererzählten Zaubergeschichten »nur« die Flucht von Menschen unterdrückter Schichten aus einer quälenden Wirklichkeit?

Es gibt freilich, wenn wir eine solche Magie als »Opium für

das Volk«, dessen verzweifelten Trost in drückenden gesellschaftlichen Verhältnissen, ansehen wollen, gewisse Widersprüche ...

Revolution aus dem Kultur-Untergrund

Wir sahen, dass die »Kräutermänner« geradezu sprichwörtlich als »die Ärmsten der Armen« galten – dies obwohl es nachgewiesenermaßen genug Vertreter der Oberschicht gab, die (zumindest im Geheimen) jederzeit bereit gewesen wären, einige von ihren Pflanzenmitteln mehr als nur mit Gold aufzuwiegen.
Gerade wenn Porta, vielleicht der wichtigste Gewährsmann für Hexenbotanik, eben in seiner »Magia naturalis«, über die Wirkung der von ihm geschilderten Drogen erzählt, fügt er bei: »Dies

die Reise der Hexen in ihre Traumparadiese. S. G.

geschieht um so leichter, als diejenigen, welche die Salben gebrauchen, weiter nichts essen als Mangold, Wurzeln, Gemüse, Kastanien und dergleichen rohe Speisen.«[37] Hier erscheint uns die armselige, für die üppigen Prunk entfaltende Oberschicht der Renaissance besonders erstaunliche, geradezu »vegetarische« Lebensweise der Hexen weniger als Ausdruck einer Not, sondern sogar als Mittel zum Zweck: Als ein geprüftes Verfahren, um Leib und Seele zu erleichtern, ihnen die gewünschten Märchen-Drogengesichte verschaffen zu können.
Dies würde vollkommen dem Fasten, Ernährungsvorschriften und ähnlichen Übungen entsprechen, womit sich etwa junge Indianer vor den Einweihungen, indische Yogis, persische Derwische, slawische Sektierer usw. zu ihren Begegnungen mit dem Göttlichen bereiteten.
Kulturgeschichtlich gesehen, kann darauf also der geistige Zustand der Kräuter-Hexer der vergangenen Jahrhunderte, genausowenig wie der des auf sie vertrauenden »niederen«

Volkes, als eine »Flucht« angesehen werden: Hier lebte eigentlich das Ursprüngliche, bestand noch immer eine Gesellschaft aus vorgeschichtlichen Jahrtausenden.
Man könnte wahrscheinlich den Standpunkt vertreten, dass es eher die Vertreter der Oberschicht waren, die »flohen«: Aus den Gegebenheiten der von ihnen immer mehr verlassenen, krampfhaft verachteten, ängstlich verfolgten Volkskultur in eine Jagd nach äußerem Glanz, Reichtum, Machtgewinn und erzwungenen Ehrungen.
Jede unvoreingenommene Erforschung der Geschichte unserer europäischen Gesellschaft wird auch die Tatsache bestätigen müssen, dass jeder Welle revolutionärer Veränderung die Auseinandersetzung mit im Volke gehüteten Überlieferungen voranging – wahrscheinlich durch solche sogar hervorgerufen wurde.
So erkennen wir erst nach und nach, welchen Einfluss alle die fahrenden Hexenmeister, Alchimisten, Kräuterkenner auf die Geisteshaltung der Zeit um 1500 ausübten und so die Welle der Änderungen in Kunst, Staatsleben und Religion erzeugten. Sicher richtig hat Wilhelm Reich den gewaltigen Roman des Flamen De Coster als gute Zusammenfassung der Voraussetzungen angesehen, die im 15. und 16. Jahrhundert zu jenen entscheidenden Wandlungen führten: Sein Till Ullenspiegel, »der das Prinzip der Askese negiert und verhöhnt, dabei oder gerade deshalb als Vorbild des grundgütigen Menschen (im Gegensatz zum neurotischen und grausamen Philipp) erscheint, ist ein Sinnbild des wohltuenden Einflusses, den die Aufhebung des Prinzips der Askese auf den Protestantismus geübt hat: er unterschied sich zumindest im Beginne vom Katholizismus durch seine Güte und Toleranz.«[40] Es ist nun sehr bezeichnend für De Costers Kenntnisse der volkstümlichen Überlieferung, dass dieser fahrende Aufrührer und Gaukler Till in für ihn entscheidenden Augenblicken des Lebens stets mit Hilfe der aus der Hexenapotheke seiner Geliebten stammenden Kräutermittel »Reisen« in das Märchenreich der großen Elementargeister unternimmt.

Der Märchenmann als Aufrührer

Als die protestantische Welle im Aufstieg neuer Obrigkeiten »von Gottes Gnaden« verebbt und entartet, sind es wieder bettelarme, im Lande herum »vagabundierende« Kräuterkenner, die im Volke die Sehnsucht nach einer neuen »Reformation« auf allen Gebieten wachhalten.

Ein »Rosenkreutzer«, der nach zeitgenössischem Bericht 1615 im abgetragenen Kleid durch Wetzlar wanderte, trug »auf dem Rücken ein Reff, und auf demselben viel frische Wurzeln und Kräuter«. Ebenso wegen den Verfolgungen der Oberschicht, wie um immer wirksame Kräuter zu haben, erklärte er befreundeten Bürgern, seien alle Angehörigen seiner Bruderschaft immerdar unterwegs: »Denn ohne das, dass er noch denselben Tag in einem wilden Wald reisen musste, Kräuter und Wurzeln zu sammeln, blieb er an keinem Orte zwei Nächte, damit er nicht durch die Leute aufgespürt würde.«[41] Seine Märchen, die er offenbar nach Gewohnheit des fahrenden Volkes durch dauernde Räucherungen zu unterstützen pflegte, verwandelten in kurzer Zeit einen ganzen Kreis in Anhänger seiner Wissenschaften: »Mit Lust war ihm zuzuhören, was er von der weißen Schlange, davon man viel sagt, und von verborgenen Schätzen erzählte ... Welche Leute er nicht gern um sich hatte, die trieb er aus der Stube durch einen Rauch etlicher Wurzeln, welche er auf glühende Kohlen warf. Die Leute wollten oder wollten nicht, sie mussten hinaus, – und hinderte solcher Rauch die andern im geringsten nicht.«[42] Wohlverstanden, hier handelt es sich um den Bericht eines Augenzeugen, des Wetzlarer Stadtphysikus Molther – haben wir hier aber nicht auch den Kern unzähliger Sagen und Märchen, in denen Feen, Zauberer, »Erd- oder Bergmännlein«, Heilige, sogar »der liebe Gott«, unerkannt, als bettelarme Wanderer an Haustüren anklopfen – und dann deren Bewohner je nach ihrer Gastfreundschaft »wunderbar belohnen oder bestrafen«?

Auf diese ruhelos herumziehenden »Rosen-Kreuzer« führten bekanntlich auch alle die Geheimbünde des 18. Jahrhunderts zurück, die bei der Umgestaltung der ganzen Gesellschaft ihre gar nicht mehr abstreitbare Rolle spielten. Die Werke der »großen und größten Dichter« jener Zeit, aber auch die der »Unterhaltungsschriftsteller mindester Sorte« sind voll von Erzählungen über wunderbare Meister der Einweihungen, denen »die erhitzte Phantasie der Dichter beinahe Allgewalt gab« und deren Wirken ihren Jüngern »nicht an Zeit und Raum« gebunden erschien.[42] Wären all diese Zeugnisse einigermaßen begreifbar, wenn nichts diese »Phantasie« erhitzt hätte?

Eliphas Lévi, immerhin wohl einer der besten Kenner der okkulten Sagen jener Zeit, verweist auf Berichte, nach denen die Menschen bei jenen »Einweihungen« des 18. Jahrhunderts wirklich glaubten, in Todesschlaf zu versinken und dann erneuert aufzuerstehen.[43] Wäre dies überhaupt menschenmöglich ohne die gleiche unvergessliche Kräuterkunde jener fahrenden »Rosenkreutzer«, »Paracelsisten« oder wie sie sich auch zu nennen pflegten? Hier, in Pracht und Schrecken der wallenden, sich verwandelnden Gesichte, wurde den Menschen gelehrt, »den Trug, die Vergänglichkeit von Macht und Reichtum zu durchschauen«.

Wer will zweifeln, dass Lévi und andere Chronisten des »Kultur-Untergrundes« recht hatten, wenn sie andeuteten, dass aus solchen im 18. Jahrhundert neu auflebenden »geheimen Einweihungen« viele der Menschen kamen, die mit ihren Träumen von einer gerechten Gesellschaft, von Freiheit, Gleichheit, Brüderlichkeit, zu den Vätern der Revolution von 1789 wurden?

Randgruppen einer Zivilisation

Vielleicht war es darum auch ein entscheidender Fehler der zaristischen Verwaltung, wenn sie im 19. Jahrhundert ihre Gegner in die von der europäischen Zivilisation abgeschnittenen Gegenden Sibiriens anzusiedeln pflegte: »Ich glaube, es gab keinen der Revolutionäre, mit dem ich reden konnte«, versicherte mir ungefähr wörtlich in Paris der russische Schriftsteller Alexei Remizow, ein Zeuge jener erstaunlichen Zeit,»der nicht schon nach wenigen Monaten an die magischen Wissenschaften der eingeborenen Sibirier glaubte und nicht in vertraulichen Gesprächen, selbst wenn dies zu seinem übrigen Weltbild in Widerspruch stand, mit glühender Begeisterung darüber redete.«

Ein russischer Revolutionär und Volkskundler behauptet sogar, dass es in jeder Verbanntenkolonie der Zarenzeit Menschen gab, die jede Zivilisation verfluchten und zu den Nomaden flohen – es seien dies stets »von unseren besten, gebildetsten, tätigsten Leuten« gewesen. Ausführlich erzählt er die Geschichte einer schönen Studentin, die sich den Eingeborenen anschloss, weil deren Rauschkulte sie mehr überzeugten als die endlosen, oft eine bodenlose Menschenverachtung und innere Leere überbauenden Zukunftstheorien der »zivilisierten« Gesellschaft: auch die der Mitgefangenen – der zuerst von ihr bewunderten, eigentlich nur von eigener Macht träumenden Schein-Revolutionären.[44]

Der volkstümliche französische Schriftsteller Le Roux (1867 bis 1938), auch er ein (unter anderen von Blaise Cendrars bewunderter) Kenner des sonst totgeschwiegenen Kultur-Untergrundes seiner Zeit, schilderte die ländlichen Hexenmeister der Gegenwart: Um 1900 wären sie seiner Meinung nach in West- und Mitteleuropa kaum seltener gewesen als unter den Eingeborenen Sibiriens oder den Indianern des »Wilden Westens«: »Der Zauberer des Mittelalters ist in unseren Tagen kaum verschwunden, er hat sich sogar kaum verändert.«[45] Im Gegensatz zu den meisten wissenschaftlichen Volkskundlern seiner Zeit sah Le Roux im Treiben solcher Mitmenschen keinen »reinen Aberglauben«, sondern ein vor allem durch mündliche Überlieferungen und handschriftliche Bücher weiterlebendes Geheimwissen um sehr wirkliche Kräfte der Pflanzen, vor allem der Alraunen und der andern Nachtschattengewächse. Von »zivilisierten« Menschen verachtet, sahen sich solche schweigsamen, stolzen Außenseiter jenen ihrerseits turmhoch überlegen, da sie sich ja in ihren Drogen-Gesichten nach Lust und Laune »reich, glücklich, gelehrt, geliebt von schönen Stadt-Damen« sehen konnten.[45]

»Der Hexenmeister lebt immer von einem Beruf außerhalb der gewöhnlichen Beschäftigungen.

> Des occupations ordinaires, also eigentlich der Möglichkeiten des Lebensunterhalts nach der Sitte, der Ordnung der Zeit. S. G.

Er ist Wilderer, Fischer, Fänger von Maulwürfen (taupier); wir kannten einen, der für naturwissenschaftliche Laboratorien mit Kröten, Eidechsen und Insekten handelte; andere sind Abdecker, und die Zugänge zu ihrer Höhle, einsam an der Seite eines unfruchtbaren Hügels, sind geschmückt mit irgendeinem Knochengerüst eines Rosses, das der Regen so glatt und glänzend werden ließ wie Elfenbein ... Schäfer in der Brie oder Ziegenhirt in den Alpen, Bettler in der Bretagne oder ungesetzlicher Jäger in der Sologne ...«.[45]
»Doch was auch sein Beruf sein mag, den er ausübt, oder den er auszuüben vortäuscht, der Hexenmeister hat als entscheidendes Merkmal die Eigenschaft, dass er jede beständige, regelmäßige Arbeit hasst. Er ist ein inbrünstiger Verehrer der Faulheit, ein Liebhaber der beschaulichen Lebensweise. Er wird stundenlang, unbeweglich und schweigsam, im Heidekraut ausgestreckt bleiben, von wo aus der Ozean zu überblicken ist; oder auf dem Moos einer einsamen Lichtung.«[45]
Die »Ketzerei«, die ihnen ihre Zeitgenossen ankreideten, war aber offenbar im Rahmen der europäischen Leistungsgesellschaft ebenso schlimm wie der »Teufels-Bund«, mit dessen Lehre mittelalterliche Theologen im Auftrag der damaligen Oberschicht ihre Ahnen zu verfolgen suchten.
Mehr als ihre gelegentlichen »Gift-Mischereien« verübelte man diesen »Wurzelgräbern« ihre vollständige Ungläubigkeit an die Götzen des Tages: Ihre Haltung gegenüber dem von ihnen durchschauten, verspotteten Aberglauben, dass das Wesen des Menschen im »Willen zur Macht«, in der sich im Sinn des wirtschaftlichen Erfolges bewährenden »Tüch-

tigkeit«, im Leerlauf einer sinnentleerten Arbeit seine Befriedigung zu finden vermöchte.
Die Berührung mit diesen Randgruppen, die allen Verfolgungen trotzend immer noch ihre sehr urtümlichen Beziehungen zur Umwelt, zur Natur, zum Kosmos aufrechtzuerhalten suchten, riss darum in jedem Jahrhundert ganze Volksschichten in Zweifel gegenüber dem Bestehenden in Staatsleben, Religion, Kunst und der ganzen Kultur: Selbstverständlich erwies sich ein solcher Massen-Übertritt auf eine andere Bewusstseinsstufe immer als unmöglich und führte damit die Mehrheit »der Ausbrecher aus einer von ihnen als lästig empfundenen Wirklichkeit« in ein Netz seelischer Krisen, Katastrophen. Jedesmal waren aber in geschichtlichen Zeiten solche Fluchterscheinungen sicher nicht etwa die Ursache, sondern ein Ausdruck der Tatsache, dass sich der Mensch in einer Sackgasse gefangen sah – also ob der Zerstörung von schöpferischen Möglichkeiten in sich verzweifelte.

2. Der Lebens-Baum der Träume

Es ist uns hier aus Platzgründen unmöglich, alle jene Pflanzen aufzuzählen, die unser Volksglaube in magischen Zusammenhang bringt. Es ist uns ebenso unmöglich, auch nur einen Bruchteil jener Wirkungen anzuführen, die neuere Versuche tatsächlich bei den gleichen Pflanzen zu erforschen vermochten.

Es waren etwa die indianischen Medizinmänner Nordmexikos, die in der Neuzeit auch mit vielen aus Europa eingeführten Pflanzen kühne Versuche anstellten und ihre Kräfte auch für unsere Wissenschaft entdeckten oder neu entdeckten. [1]

Eine unglaubliche Menge von zweifellos echten Beobachtungen und Erfahrungen, gesammelt durch unzählige Jahrtausende, liegt also ganz sicher unter dem Berg von Aberglauben und von Missverständnissen, die dann erst noch den Aufzeichnern der von ihnen verachteten »Altertümer« unterliefen. Zufälle bringen hier fortlaufend den wahren Sachverhalt an den Tag. Durch die Zeitungen ging die Schilderung von Kukowka, einem Professor für Medizin aus Greiz, also aus der sich gewiss nicht gerade mit dem Verbreiten magischer Weltbilder beschäftigenden DDR:

»Kalter Angstschweiß befiel mich, meine Glieder waren wie gelähmt. Vampire, Kraken, züngelnde Nattern, Ratten, gruselige Ungeheuer und anderes Getier krochen immer bedrohlicher an mich heran ... Schon wollte ich um Hilfe rufen ... Da wich die schreckliche Beklemmung, eine euphorische, eine unsagbar glückliche Stimmung versetzte mich in ein paradiesisches Traumland. Schwerelos schwebte ich in einem riesigen Zirkuszelt, aus dessen goldener Kugel wunderbarste Lichteffekte strahlten und himmlische Sphärenmusik ertönte. Unten in der silbernen Manege tummelten sich viele, viele Tierkinder. Unzählige Kolibris und große

bunte Falter schwirrten durch den Raum und wetteiferten in akrobatischen Kapriolen.«[2]
Nun hatte Professor Kukowka nicht etwa als marxistischer Schüler seines amerikanischen Standesgenossen Professor Leary LSD-Versuche gemacht, sondern er hatte ganz einfach in seinem Garten, im Schatten von vier Eiben, gearbeitet:
»Die Symptome, die er anfänglich an sich festgestellt hatte – Schwindel, Übelkeit, Verlust der Orientierung und des Zeitsinns, treten auch nach dem Genuß von Eibennadeln und Eibenholz auf. Die Eibe (Taxus baccata) enthält nämlich neben andern Giftstoffen das Alkaloid Taxin, ein Lähmungsgift für Herz und Zentralnervensystem ... Weitere Versuche ergaben dann, dass tatsächlich schon ein längerer Aufenthalt unter den Eiben ausreicht, starke Vergiftungserscheinungen hervorzurufen. Offenbar scheiden Eiben besonders an warmen Tagen Taxin gasförmig in die Luft aus. Genau geklärt ist dieser Vorgang aber noch nicht.«[2]

Die Schatten im heiligen Wald

Sehr geringe Mengen können nun bei den Wirkstoffen der Eibe zu gefährlichen Vergiftungen führen – wer denkt da nicht an den Sinn der zahllosen alten »Aberglauben«, die uns die endlose Vorsicht zeigen, mit der die alten Zauberer mit ihren Kräutern umgingen!
Fast noch häufiger als das behutsame und langwierige Kochen der magischen Tränke und Speisen finden wir die anderen Arten der Aufnahme der Rauschmittel: Ihr Einreiben an gewisse Stellen der Haut, ihr damit verwandtes Tragen »auf dem bloßen Körper«, Räucherungen, den Aufenthalt im Zauberwald und damit also das Einatmen gewisser Dünste und so weiter.
Von heiligen Eibenhainen bei Hellenen, Karthagern und Kelten gibt es zahlreiche Zeugnisse. Passagen bei Ovid und Lucan zufolge sind es auch Eiben, die auf dem Weg der Seelen zur Unterwelt ihr Dunkel verbreiten![3] Die Eibe galt sogar den Kelten als »der älteste der Bäume«.[4] Aus Eiben schnitzte

man in ältesten Zeiten im Mittelmeergebiet die Götterbilder.[3] Aus der Wichtigkeit der Eibe im keltischen Totenkult erklärte man ihr Vorkommen als »sehr häufiger Friedhofsbaum«.[5] Auch sonst scheint sie ihre »kultische« Bedeutung besessen zu haben: »In manchen Gegenden Badens wird die Eibe ... für den am Palmsonntag in der Kirche geweihten ›Palm‹ verwendet.«[5] War sie gleichzeitig auch ein Bestandteil sehr unkirchlicher Bräuche? Im Zürcher Oberland waren ihre Zweige »zu Stubenbesen sehr beliebt«[5] – denkt man da nicht an die berühmten »Besen« in Hexenbräuchen?

Man hat zur Bedeutung der Eibe im Jenseitskult alter Völker schon allerlei Vermutungen angestellt: »Das dunkle, düstere und immergrüne Nadelkleid – und vielleicht auch die Giftigkeit – lassen die Eibe als Baum der Toten erscheinen.«[5]

Aber hat dazu nicht bereits Mary Barnard, als 1963 in den USA die letzten indianischen Medizinmänner die ersten Vorfahren der Hippie-Bewegungen und auch die ersten weißen Wissenschaftler in die Überlieferungen um die Zauberkräuter einweihten, eine sehr wichtige Vermutung aufgestellt? »Was ... mag wohl eher dagewesen sein, die spontane Vorstellung von einem zukünftigen Leben, in dem die körperlose Seele, von den Fesseln der Zeit und des Raumes befreit, die ewige Seligkeit erfährt, oder die zufällige Entdeckung der halluzinogenen Pflanzen, die ein Gefühl von Euphorie erwecken, das Bewusstseinszentrum verwirren und Zeit und Raum zu neuen Dimensionen ausweiten? ...

Die (letztere) Erfahrung hat vielleicht ... eine nahezu explosive Wirkung auf den noch schlafenden Geist des Menschen gehabt und ihn dazu gebracht, an Dinge zu glauben, an die er niemals zuvor gedacht hatte. Das ist, wenn man will, direkte Offenbarung.«[6]

Nur durch seinen Aufenthalt im Schatten von Eibenbäumen will Professor Kukowka die »psychedelische«, also seine Wahrnehmungen in phantastischer Weise verändernde Wirkung dieser Pflanze entdeckt haben. Wer will zweifeln, dass der gleiche Vorgang in den heiligen Wäldern der Urzeit, bei Kelten, Römern, Griechen, Semiten, nicht tausendfach stattgefunden haben mag?

Hier träumten die Eingeweihten der Frühkulturen ihre Wege in die ewigen Reiche der Geister und Götter.

Schlafkräuter der Nacht

»Was wir am besten von der Heilkunst der Hebammen (Bonnes-femmes) wissen«, stellt ein Kenner der Volksüberlieferung des neuenburgischen Juragebiets fest, das sei, dass sie Nachtschattengewächse verwendeten.[7]
Diese »weisen Frauen«, lange sozusagen die einzigen Ärztinnen der Armen, von der Obrigkeit dauernd als Hexen verdächtigt und oft genug blutig ermordet, hätten genau wie das »fahrende Volk« Pflanzen aus dieser von zahllosen Sagen umgebenen Gattung verwendet: Bilsenkraut, Tollkirsche und den nach Überlieferungen erst später von den Zigeunern eingeführten Stechapfel.[8]
Oefele fand durch seine Untersuchung der Keilschriften, dass auch schon die Sumerer, genau wie nach seiner Ansicht »alle Zeiten kulturellen Hochstandes«, zum »Missbrauch von Narkotika« neigten: Auch hier, sozusagen während der Vorgeschichte zur Entwicklung der Reiche der Babylonier, Assyrer, Perser seien es vor allem diese Nachtschatten-Kräuter gewesen, Bilsen, Stechapfel, Mandragora: Die Zauberer dieser Urkultur seien »nach meinen Untersuchungen ... Opfer des chronischen Missbrauches« von diesen Rauschgiften gewesen, wie später im Mittelalter die Hexen.[9]
»Vielfach brauchten die ägyptischen Priester bei ihren religiösen Übungen diese Pflanze«, sagt auch Dierbach in seiner »Flora mythologica« (1833) vom Bilsenkraut.[10] Als wären die Verbindungen zwischen der »Alten Welt« und der »Neuen« nie unterbrochen worden, schildert Tschudi, wie die Indianer-Zauberer sich des Stechapfelaufgusses bedienten, »um sich bei ihren Beschwörungen in Ekstase zu versetzen. Sie gaben vor und waren wohl auch selbst davon überzeugt, auf diese Weise in ein näheres Verhältnis zu den Göttern zu treten. Sie wollten ›mit den Göttern vertraulich sprechen‹.«[11]

Als Clemens Brentano, dieser große Anreger des neueren Märchen-, Sagen-, Volksliedersammelns, eine vorgeschichtliche slawische Zauberin schildern wollte, konnte er es tun, weil das Wesen und Treiben dieser Weiber noch »in 1000 Hexenprozessen vor Augen liegt, und noch in der lebendigen Sage lebt«.[12] In seiner Dichtung braut sie im Kessel Tränke – wiederum aus Tollkirsche, Alraun, Stechapfel und unzähligen anderen Kräutern, wobei ihre Schülerinnen den Schlaf- und Traumkobold, den Alpdruck-Geist »Kikimora« beschwören. Die Hexe trinkt das Gebräu und sinkt »in eine Art Starrsucht«, sie führt auch verwirrte Reden, »eine Art von Liebesgeschwätz mit ihrem Gott«.[13] Als sehr qualvoll wird dann geschildert, aus diesem Zustand plötzlich herausgerissen zu werden.

In Anmerkungen verriet Brentano, wie viele Dichter seiner Zeit, in zahlreichen Andeutungen echte Kenntnisse über die alte Kräuterwissenschaft. So behauptet er, die sagenhaften »Äpfel« »kommen in der Küche der Hexen unter mancherlei Gestalt vor, zum Beispiel als Schlafäpfel, deren Geruch zum Schlafe betäubt, die aus Mohn, Alrun, Schierling, Bilsen bereitet wurden«.[13]

Es ist für unsere weiteren Ausführungen überhaupt von großer Wichtigkeit, dass nicht nur die Hexen und das »abergläubische« Volk, sondern ernsthafte Beobachter jener Zeit sicher waren, schon »der bloße Geruch« von Nachtschattengewächsen könne genügen, einen Menschen zu betäuben, ihn »in magische Zustände« zu versetzen.

Begeisterung aus der Apotheke

Wier, Schüler des berühmten Magiers Agrippa von Nettesheim, war mit Porta, Cardanus und anderen bereits im 16. Jahrhundert überzeugt, dass Menschen mit Hilfe der natürlichen Wirkungen von Kräutermischungen in ihren unglaublich lebhaften Träumen »durch viel weite, seltsame Lande reisen«.[14] Auch Valvasor nennt in seiner »Ehre des Herzogtums Krain« (Laibach 1689) Nachtschattengewächse als Hauptbestandteil der Hexensalbe, durch die nach ihm die Zauberinnen in »tiefen natürlichen Schlaf und unterschiedliche Phantaseien« gerieten – »darin die Hexe vor lauter Tanzen, Fressen, Saufen, Musik und dergleichen träumt, also dass sie vermeinet, sie sei geflogen«.[15] Man könnte ein ganzes Buch mit Versuchen und Untersuchungen über diese Hexensalbe und die ähnlich zusammengesetzten Räucherungen, Getränke und »Giftkuchen« der Zauberinnen füllen – schon der bloße Fund von solchen Stoffen in einer Hütte genügte bekanntlich durch Jahrhunderte, deren Bewohner der Folter zu überliefern ...

Okkultisten des 18., 19. Jahrhunderts haben mit aller Vorsicht die gefährlichen Rezepte aus den Zauberbüchern an sich selber überprüft und dabei eigentlich immer die gleichen Ergebnisse erhalten, wie sie die alten Sagen schildern: Gesichte von unglaublichen Flügen und Wanderungen, von sinnlichen Festen und Begegnungen mit märchenhaften Wunderwesen. [16]

Es wurde die Vermutung geäußert, dass die Hexen- und Ketzerverfolgungen nach und nach im 18. Jahrhundert nicht darum ihren Abschluss fanden, weil die Europäer »vernünftiger« wurden – sondern weil endlich fast alle Träger einer alten Kultur ausgerottet waren: Auf mehr als neun Millionen Opfer schätzte man die Folgen dieser durch einen guten Teil von Europas Geschichte fortdauernden Hexenjagd.[17] Wenn man sich überlegt, für wieviele Menschen durch ewige Spitzeleien, aufgehetzte Massen und so weiter das ganze Dasein in eine Hölle verwandelt wurde, sind auch die schlimmsten Zahlen über dieses Morden nebensächlich und untertrieben.

Doch die Freunde der durch Alkohol, Jagd nach Macht und Reichtum, industrialisierte Ausbeutung abgelösten Rauschmittel-Kultur sammelten sich wieder, kaum dass die Scheiterhaufen verloschen, in Europas Kultur-Untergrund. Der berühmte schweizerische »Wunderdoktor« Schüppach (1707–1781), zu dem sogar ein Goethe reiste, ist auf einem zeitgenössischen Bild mit einem Gefäß »Prophetenböre« abgebildet – also Propheten-Beere, jene Beere, die magisch-mystische Gesichter erzeugt: bekanntlich einer der vielen Namen von Hyoscyamus – Bilsenkraut.[18] Der gelehrte Halle (1728–1810) lehrte gar gegen Ende des 18. Jahrhunderts vom Stechapfel: »Aus dem zerstoßenen und in Wein geworfenen

Auch im 19. Jahrhundert haben Horst, Kiesenwetter und andere nach gefährlichen Hexenrezepten Kräutermittel hergestellt und den ganzen magischen Wirbel der Gesichte erlebt.

Samen entsteht der berüchtigte Hexentrank, der die Einbildungskraft auf den höchsten Grad entflammt und den natürlichen Trieb zur höchsten Begeisterung hinaufwirbelt.«[19] Andernorts behauptete er, »dass die Pflanze im Stande sei, den natürlichen Musentrieb über alle Weinbegeisterung bis zur Spitze des Parnass

also des mythischen Berges der Phantasieflüge der Künstler!
S. G.

hinaufzuwirbeln.«[20]

Segen oder Höllengift?

Selbstverständlich warnte auch Halle vor gefährlichen Folgen: »Schon ein Viertel-Quentgen vom zerstoßenen, unter Essig gemengten Samen ist hinlänglich zur Begeisterung, ein halbes Lot tötet unfehlbar.«[20] Können wir zweifeln, dass die damaligen Stürmer und Dränger durch solche Angaben (und durch die entsprechenden Sagen, die noch allgemein im

Volke lebten) nicht gewonnen wurden, diese Begeisterungsmittel für ihre schöpferische Arbeit zu erproben? Die »Musen«, die jene Dichter »begeisterten«, hatten wohl häufig genug ihre in Pflanzenbüchern stehenden Namen ...
Die Angst vor diesen unberechenbaren, giftigen und von allerlei Außenseitergruppen noch immer so geschätzten Nachtschattengewächsen hatte im übrigen bis in das 18. Jahrhundert hinein unheimliche Folgen. Die aus Amerika stammenden nahrhaften Pflanzen dieser Gattung, Tomate und Kartoffel, stießen aus diesem Grunde sehr lange auf eine Mauer des Misstrauens. Sogar ein Naturwissenschaftler wie Linné »konnte nicht glauben, dass eine Pflanzenfamilie, die soviel düstere Verwandte besitzt, etwas Essbares und Ungefährliches hervorbringen könne«.[21] Wie die Kartoffel, hatte es auch die Tomate »nicht leicht, sich einzubürgem. Diese Früchte wurden als giftig betrachtet, mit denen der Alraune verglichen und wie diese als Liebesäpfel bezeichnet.«[21]
Es hat sogar den Anschein, dass der Kampf um diese nahrhaften Nachtschattengewächse heute noch einmal von neuem beginnen könnte. Durch die wegen der Verfolgung des Haschischs emporschnellenden Preise für ihren »Stoff« entsetzt, suchen zur Zeit Amerikas Hippies nach einem Ersatz. (»Drei Marihuana-Joints, die für einen Trip notwendig sind«, kosten in Harvard gleichviel wie »drei Zechgelage«.[22]) So kamen die Konsumenten wiedereinmal auf die durch Jahrhunderte so verdächtige Kartoffel ...
»Die bekannteste halluzinogene Pflanze ... «, heißt es jetzt von ihr in billigen Taschenbüchern, zusammen mit der Angabe, dass ihre Keime, Blätter und Stengel Solanin enthalten: »Dieses bitter schmeckende Alkaloid, das in Alkohol löslich ist, bewirkt neben Halluzinationen starke Kopfschmerzen, Fieber und Krämpfe. «[23]
»Tödlich ist es meistens nicht gerade«, meinten englische Hippies im Berner Diskussionspodium ›Junkere 37‹, » auf alle Fälle nicht, wenn man Kartoffeln nimmt, die nicht zu gut chemisch gedüngt sind. Wir wollen mal schauen, ob diese Droge nächstens auch verboten werden wird, wie der sicherlich weniger giftige Hanf.«

Vor allen andern Nachtschattengewächsen berühmt war aber die Mandragora, der Alraun, die Alraune. »Das Kraut, darvon die Landfahrer reden ... «[24] nennt es Conrad Gessner in seinem »Tierbuch« (Zürich 1563): Von dieser Pflanze erzählte also vor allem das »Fahrende Volk«, die »Zigeuner«, unglaubliche Geschichten.

Aller Segen wurde mit Alraunen in Verbindung gebracht: Leute, die eine solche Wurzel in ihrem Heim hatten, meinten »sie haben dann großes Glück und können wissen, was ihnen widerfahren soll«.[25] In einem österreichischen Märchen, das der bekannten grimmschen Erzählung »Vom tapferen Schneiderlein« verwandt ist, traut der Riese dem Schneider jede Gewaltleistung zu und erklärt dies folgendermaßen: »Der Kerl kann mehr als Äpfel braten, der hat ein Oaraunl (einen Alraun) im Leibe.«[28] Und weil für den Kultur-Untergrund des Magieglaubens unsere Erde seit jeher eine Einheit darstellt, können wir uns gleichzeitig in Ostasien den Glücksgott Daikoku betrachten: »Ein zwergkleines Männchen schleppt auf seinem Rücken eine ihn an Größe überragende, heilkräftige Mandragorawurzel.«[27]

In Italien glaubte man, »l'erba mandragola è la maestra della stregoneria«: die Alraune sei die Herrin von aller Hexenkunst.[28] In den ersten wichtigen Verfolgungen von Zauberinnen in Basel (1407) spielt schon die Mandragora ihre bedeutende Rolle. Eine Frau, die wegen dieses »Krautes« verhört wurde, erzählte von einem Gast »aus dem Heidenland, der sie und andere Leute lehrete«.[29] Man fand in der Stube einer dieser Weiber »ein Büchlein, in dem viel Teufel, rote, schwarze, blaue gemalt stunden«. Waren dies Bilder der den Magiern erscheinenden Kräutergeister? Zeugen belauschten sie auch durch eine Türspalte, wie sie Zauberei trieb, »im Feuer mit Alraunen«.[29]

Etwas später, 1416, wurde ein Apothekerweib zur ewigen Verweisung aus Basel verurteilt, »da sie gepulverte Alraunen etlichen Personen zu essen gegeben.[29] Das berühmte »Galgenmännlein«, der Alraun, kehrt dann überhaupt »ständig in den Hexenprozessen wieder«.[30]

Bosch, dessen unglaubliches Gemälde des »Gartens der Lüste« man bereits als das heilige Bild einer sinnlichem Geheimkult ergebenen Bewegung nachzuweisen suchte, wusste darüber wahrscheinlich mehr als alle Ketzerrichter zusammen. Aus einer Beschreibung seiner Darstellung »Johannes des Täufers« entnehmen wir: »Die große Kugel im Mittelpunkte schließlich erinnert an das Thema im ›Garten der Lüste‹ und ist vielleicht eine Übertragung der Frucht der Mandragora, könnte aber (?) auch eine Anspielung auf eine Praktik der Zauberei sein ...«[31] Ohne Wissen um die Wirkungen der »magischen« Kräuter auf das Bewusstsein des Menschen scheint uns der tiefere Einblick in bisher rätselhafte Bereiche der europäischen Kunst und Kulturgeschichte immer unmöglicher ...

Heißt die Pflanze auch Hexenkraut oder Unhold-Wurzel, so tragen umgekehrt die Zauberinnen geradezu ihren Namen. Noch bei Fischart, also im 16. Jahrhundert, finden wir das Wort »Alraundelberin« für »kluge Frau oder Hexe«[32]; eigentlich also der genauen Bedeutung nach ein Weib, das nach Alraunen gräbt. Gewappnete wollten 1499 in Wien eine »Alraunc« erwischen – sie selber entwich, nur ihre Gefährten konnten ermordet werden.[33] Aber schon bei Tacitus, also in vorchristlicher Zeit, heißt eine germanische Weissagerin »Albruna«[34].

Alles in allem wusste das Mittelalter und auch die spätere Hexenverfolgung vom Geheimnis der sagenhaften Wurzel: »Sie hat eine narkotische Wirkung«, schrieb Albertus Magnus über dieses Nachtschattengewächs.[35] Wir lesen wahrscheinlich hundertfach die gleichen Angaben: »Man kann zwar die Leut wohl mit Mandragora oder Alraunen, und anderen narkotischen Brühlein dermaßen einschläfern, dass sie recht tot scheinen.«[36] Hildegard von Bingen glaubte gar diese Wirkungen bedeutend stärker als bei verwandten Kräutern: »Weshalb auch der Mensch nach seinen Wünschen, ob sie gut oder schlecht seien, durch sie (die Mandragora) erregt wird, so wie er auch einst mit den Götzenbildern tat.«[37]

Der Zusammenhang des Hexentreibens mit Rauschwirkungen scheint zu jeder Zeit bekannt gewesen zu sein, auch wenn die Verfolger nicht gerade gerne darüber redeten, um nicht noch mehr Leute für die Zaubermittel zu gewinnen. Bereits Johann Nider erzählt im 15. Jahrhundert, wie eine Hexe sich mit ihrer Salbe einrieb »und wollte auf den Berg ihrer Versammlung fahren« – ihr Körper sei aber während dieser inneren Reise im Raume geblieben.[38]

Puppen der Mandragora

Kamen die Hexen zusammen, so ist in allen Schilderungen ihr Benehmen das von sinnlos Berauschten. Sie rufen bei ihrem tobenden Tanz angeblich immer wieder: »Har, Har, Teufel, Teufel, spring hie, spring da, hupf hie, hupf dort, spiel hie, spiel da.«[39] Entsetzt stellte man damals fest, dass solche wilden Reigen die ganze Jugend anzustecken vermochten und angeblich gefährliche Moden erzeugten. Man stellte »von der neuen gaillartischen Volta, da man einander im Welschen Tanz an schamigen Orten fasset und wie ein getriebener Topf herumher haspelt und wirbelt«, fest, sie sei »durch die Zauberer« eingeführt worden und rief dagegen nach obrigkeitlichen Verboten.[39]

Häufig wird behauptet, dass die Hexen bei ihren Versammlungen »durcheinander« singen »und in einer Verwirrung (!), ohne dass sie aufeinander hören«.[39] Entsprechend sei auch ihr Tanz – jeder sei auf dessen Höhepunkt für sich, »die eine hier, die andere dort, und immer im Durcheinander«.[40] Die Übereinstimmung der Urteile der Hexenverfolger mit heutigen Verurteilungen der Wirkungen moderner Tänze und Musikbegleitungen ist, wenn man alle Böswilligkeiten von gestern und heute abzieht, viel zu auffällig, dass hier ein Zufall vorliegen könnte. Schließlich wird heute dauernd in wissenschaftlichen Untersuchungen über die Wirkungen von Nachtschattengewächsen festgestellt, dass sie »wegen ihrer Traumbildartigkeit« denen des bedeutend weniger giftigen Haschischs »ähnelten«.[41]

Erstaunlich genug sind die Berichte, dass die Alraun-Wurzeln – die man bis in das 19. Jahrhundert hinein wie kleine »Hausgötzen« hielt, sie wie Puppen bekleidete, ihnen Speisen vorsetzte usw.[42] – ihren Verehrern häufig wie lebendige Wesen vorkamen. Aus der Pflanze, glaubte man z.B. in Russland, könne ein Kind »hervorspringen«, das dann hinter der Hausherrin herläuft ...[43]

Erwähnenswert ist im Zusammenhang die in den Alpen, »über alle Länder- und Sprachgrenzen hinweg«[44] bekannte Sage von einer Puppe, die die Hirten bildeten. Sie sei mit der Zeit »lebendig« geworden und habe sogar einen von ihren Erzeugern getötet. Lebt hier die Erinnerung an einen mörderischen Missbrauch der tatsächlich für den Unerfahrenen so gefährlichen Zaubermittel? Stammt die Geschichte aus der Zeit, als man alle alten »Künste« des Volkes nur noch teuflischen Mächten zuzuschreiben versuchte? Handelt es sich hier einfach um ein abschreckendes Bild, womit die Kenner der magischen Wissenschaften alle Unerfahrenen von ihrem Treiben wegzuscheuchen versuchten? Der Beginn einer Fassung dieser Sage aus dem Böhmerwalde scheint in diese Richtung zu weisen: »Die Hüttenleute verstanden ehemals allerlei Zauberkünste ... «[44]

Man hat diese Sage der Alpenstämme mit der altgriechischen Erzählung in Verbindung gebracht, nach der sich der Bildhauer Pygmalion in die von ihm geschaffene Stein-Venus verliebte – worauf diese lebendig wurde. Aber sind solche Geschichten nicht einfach darum miteinander verwandt, weil sie aus ähnlichen Urwünschen überall und zu jeder Zeit »erlebt« werden konnten? Savinien Cyrano de Bergerac (1619–1655), dessen heute wiederentdeckte »Reise zu den Mondstaaten und Sonnenreichen« an zahlreichen Stellen Anspielungen auf seine tiefen Einblicke in die magischen Überlieferungen der Zeit enthält, vermutete auf alle Fälle, auch das Wunder des Pygmalion habe durch die Wirkung märchenhafter Liebesäpfel stattgefunden ...

Das »Lebendigwerden« der alten Kobold-Puppen, »Götzen-Bilder« und dergleichen können wir ganz ruhig als Bestandteile echter menschlicher Abenteuer ansehen, weil es uns heute möglich ist, aus modernen Beobachtungen von Drogenwirkungen eine Unzahl entsprechender »Erfahrungen« anzuführen. Henri Michaux betrachtete zum Beispiel im Haschischrausch Photographien: »Eine davon war das Bildnis einer Frau. Ich wollte zu einer anderen (Aufnahme) übergehen, als sie ... auflebte. Ja, sie lebte. Sie blieb. Ich entdeckte das Haschisch-Paradies ... «[45]

Pflanzen der Königin Isis

Neben den Nachtschattengewächsen treffen wir als Bestandteil der geheimnisvollen Salben, die den Hexen angeblich ihre Seelenreisen in ihr Zauberreich ermöglichten, vor allem auch den blauen Eisenhut[46]: In seinem wissenschaftlichen Namen Aconitum napellus stammt der erste Teil vom griechischen Wort akone, Gebirge – vom zweiten vernehmen wir: »Napellus ist das Diminutiv von Napus, lateinisch Rübe, das heißt Wurzeln wie kleine Rüben.«[47]
Im Volksmunde redete man u.a. von Totenblume, Teufelskraut, in Polen von Höllenkraut. Auch die Alpensage scheint sich an jene Hexenbräuche zu erinnern, wenn sie weiß, dass man mit dem Eisenhut die Geister rufen könne, »wenn man ein Unmensch ist«.[48] Möglicherweise verweist ein weiterer volkstümlicher Name des Bergkrauts mit den Zauberrüben, »Königsblum«[48], nicht nur auf dessen »stattliches Aussehen«, sondern auf Zeiten, da man es wegen seiner magischen Wirkungen schätzte und sein Besitz nicht nur ein Besitz böser »Unmenschen«, sondern im Volke angesehener Medizinmänner war ...
Auf alle Fälle besitzen wir wichtige Zeugnisse über das »gewöhnliche Vorkommen dieser Pflanzen bei den Sennhütten«, die uns zu beweisen scheinen, dass man einst den so gefährlichen Eisenhut bewunderte und für menschliche Zwecke geradezu hegte, ihn in seiner Nähe besitzen wollte. Man erklärte diese Tatsache, dass man ihn »ursprünglich zum Schutze der Herden dahin

also in die Umgegend der menschlichen Behausungen, S. G.

pflanzte«: Das Volk habe eben gemeint, er vertreibe Wölfe und Füchse von den Herden.[48] Aber gerade diese Wölfe und Füchse sind in Hunderten von Alpensagen die Erscheinungsgestalten verwandelter Hexenmeister. Haben wir damit auch in solchen Angaben die verblassten oder getarnten Nachrichten über die alten magischen Bräuche?
Aventin, der bayerische Chronist der Renaissance-Zeit, war übrigens überzeugt, dass »etliche Kräuter«, die mit dem Wort »Eisen« zusammengesetzt seien, auf den Namen einer einheimischen vorgeschichtlichen Herrscherin, auf die weise Frau »Eysen« zurückgehen. Sie, die er im übrigen der Göttin Isis der Ägypter gleichsetzte, sei Schöpferin der Schmiedekunst und des Ackerbaus gewesen. Den Menschen habe sie ebenfalls gelehrt, die »Kraft« der Kräuter zu erkennen.[49] In den alten Mittelmeerkulturen behauptete man, die Hekate, die große Meisterin aller Hexen, habe den Gebrauch des Eisenhutes eingeführt, und die Zauberin Medea soll ihn im Skythenlande, also bei jenen Völkern, die nun einmal für die Griechen Meister der Drogenkünste waren, gepflückt haben.[47]
So giftig galt den Völkern des Altertums der schöne Eisenhut, dass sie ihn geradezu dem Geifer des Höllenhundes Kerberos – also des magischen Wächters am Tore zur geheimnisvollen Unterwelt – entsprossen glaubten.[47] Berichte über seine mörderische Wirksamkeit schreckten in allen Jahrhunderten die Menschen ab, seine geheimnisvollen Rauschkräfte zu erproben. Aus den Alpen vernehmen wir etwa die rührende Geschichte von jenem Brautpaar, das mit einem Strauße von Akonit in den Händen einen ganzen Tag tanzte und in der darauffolgenden Nacht starb. Die Bergler wussten: »Man fühlt den Arm einschlafen und betäubt, wann man einige Stauden dieser tödlichen Pflanze auch nur kurze Zeit in der Hand hält.«[50]

Im faustlichen Laboratorium

Die furchtbare, in modernen wissenschaftlichen Versuchen bestätigte mörderische Wirkung der Pflanze schreckte mit

Recht die verwegensten Geheimwissenschaftler ab, dieses Kraut vom Höllentor als Schlüssel zum Jenseits auszuprobieren. Immerhin wissen wir, dass die Hexen nur Spuren davon in die schlimmsten ihrer Salben zu tun wagten und diese Giftmischungen nicht etwa schluckten, sondern nur an bestimmten Stellen der Haut einrieben.
Schon Theophrast schreibt über die sehr gefährliche Aconitum-Pflanze: »Fordert es eine besondere Zubereitung, die nur wenige verstehen«.[47] Man hat bestritten, dass er unter dieser Angabe unseren Eisenhut verstand, aber auch Jahrhunderte später galt die halbwegs ungefährliche Aconitum-Verwendung als eine nur wenigen Eingeweihten bekannte Geheimwissenschaft: Nur dann sei die Pflanze »wirksam« – gemeint ist wohl auch: weniger gefährlich –, wenn sie »an bestimmten Tagen gesammelt werde«.[51]
Trotzdem kennt das moderne »okkulte« Schrifttum den gewagten Versuch des Baptista van Helmont, eines der Gelehrten, der sich gelegentlich mit den magischen Überlieferungen auseinandersetzte: »Als er einst die Wurzel des Eisenhut bloß roh zubereitete und mit der Zungenspitze davon verkostete, hatte er bald das Gefühl, als wenn ihm der Schädel von außen wie mit einem Bande zusammengeschnürt sei. Bald danach stellte sich bei ihm ein Zustand der Gedankenlosigkeit ein, der aber von einer Erhöhung der Wahrnehmungsfähigkeit (!) begleitet war. Gleichzeitig hatte er die Empfindung, als ob er nicht mit dem Kopfe, sondern mit der Magengrube denken würde. Nach den ersten zwei Stunden überfielen ihn dann mehrere Schwindelanfälle, mit welchen der abnorme Zustand sein Ende erreichte.«[52]
Der Nachkomme von »Fahrenden«, Albert Minder (1879 bis 1965), dem ich meine wenigen Bruchstücke des Wissens über Kräuterkunde der letzten Nomaden des Alpenlandes verdanke, behauptete, »die alten Vieh- und Menschendoktoren hätten hie und da feierlich und bewusst unklar von ›der Blauen Blume (oder dem ›Blauen Kräutlein‹) in den hohen Bergen‹ geredet«. Mein Gewährsmann wusste von ihr »nur« (zumindest stellte er sich so), »dass man sie für ganz wichtige Sachen verwendete« und »vermutete«, dass es sich

»hier nur um den blauen Eisenhut, die schönste aller Blumen, gehandelt haben kann«.
Tatsächlich finden wir die Farbbezeichnung »blau« in volkstümlichen Bezeichnungen des Eisenhuts auffallend häufig, als würde damit sein Hauptmerkmal festgehalten: Blaumützen, Blaue Pantoffel, Blaubukse, Blau Hopplan.[48]

Die Blaue Blume des Todes

Wer denkt da nicht an die »Blaue Blume« der Romantik, deren Vorstellung ein ganzes Zeitalter der Dichtung durchgeistert und die ihr Sänger Novalis nachgewiesenermaßen den damals neu entdeckten volkstümlichen Sagen und Märchen entnahm? In seinen Träumen und in Geschichten, die er über sie vernimmt, lässt er sie den Helden »Heinrich von Ofterdingen« in einer paradiesischen Gebirgslandschaft erblicken. In den Entwürfen zum leider nicht vollendeten Werk lesen wir: »Er soll die blaue Blume pflücken und herbringen. Das Hirtenmädchen pflückt sie für ihn ... Er (holt) pflückt die blaue Blume und wird ... ein Stein.
Die Morgenländerin ... opfert sich an seinem Steine, er wird ein klingender Baum. Das Hirtenmädchen haut den Baum um und verbrennt sich mit ihm ... Er wird ein Mensch. Während dieser Verwandlungen hat er allerlei wunderliche Gespräche.«
Handelt es sich hier »nur« um die Neugestaltung der alten Märchenwelt? Oder wie in all den diese Dichtung durchziehenden, so deutlich an die psychedelische Kunst von heute erinnernden Gesichten auch um die Erinnerung an gefährliche Versuche, an angewandte Magie und Alchimie? An Selbstversuche, mit denen der von magischen Überlieferungen der Paracelsus, Böhme, van Helmont usw. angeregte Träumer und Forscher einer verzweifelten Zeit das Tor zu den großen Geheimnissen um Leben und Tod aufzustoßen versuchten? Geschlechter philosophierten verklärt über die mystische »Symbolik« der blauen Blume. Hätten sie zu ihren

schöngeistigen Gesprächen nicht ganz einfach Botaniker und Chemiker hinzuziehen müssen?

Dunkel und bekümmert schrieb Jung-Stilling, einer der Anreger jener Zeit, in seiner »Theorie der Geisterkunde« (§172) über die geheimnisvollen Stoffe jener verborgenen faustischen Versuche[53]: »Auch das ist merkwürdig, dass die feinen Materien, die dem Geisterreich nahe kommen, der Gesundheit so nachteilig sind. Sie sind also ein kreisendes Flammenschwert eines Cherubs, der den Vorwitz des Men-

Das Echo

schen zurückhält, damit sie innerhalb ihrer Grenzen bleiben.«

Das Korn der Hexenmutter

In heißen und feuchten Sommern können Roggen, Weizen, Gerste und Hafer von einem gefährlichen Pilz befallen werden, der bis zu 6 cm lang werden kann und dann 5 mm Durchmesser besitzt und den das Volk seit jeher »Mutterkorn« nannte: Wenn ein Mensch davon im Brot isst, was im Mittelalter häufig genug vorkam, kann dies zu einer sehr häufig tödlichen Vergiftung führen, die man Ergotismus nennt: »Nach einem halluzinatorischen Rausch und einer Lähmung der Erkrankten« schwellen die befallenen Glieder an, »werden tiefschwarz und mumifiziert«.[54]

In der Vergangenheit nannte man diese schreckliche Seuche, die zu Zeiten der Verschlechterung aller Nahrungsmittel während der Hungersnöte in den Unterschichten grauenhaft raste, »Antoniusfeuer«.

Für die Antonier, den Orden, der vor allem auch diese Krankheit zu bekämpfen versuchte, malte bekanntlich Grünewald seinen berühmten Altar. Vor ihn brachte man die Leidenden und hoffte, dass der bloße Anblick der göttlichen Bilder auf sie einen beruhigenden, seelenerhebenden und damit heilenden Einfluss ausüben könnte. Da die vom Künstler dargestellten Gesichte tatsächlich gewisse Übereinstimmung mit modernen Drogenträumen aufweisen, reden heutige Hippies gern vom »LSD-Altar von Colmar«.

Bevor noch die Chemiker von Basel aus dem Giftpilz ihre Überdroge herzustellen lernten, gehörte er zweifellos zu den bedenklichsten Geheimmitteln der mit der Kräuterkunde umgehenden »weisen Frauen«. Lenau hat in der Sage von der schönen »Anna« geschildert, wie die Hexe im Walde unheimlich mit »braunen Weizenkörnern sieben« arbeitet: »Kobert erkennt auch das Mutterkorn im Märchen wieder. Nichts soll der Mädchenschönheit nachteiliger sein als Geburten. Um sich ewige Schönheit und Jugend zu erhalten, sucht sich das Mädchen den ihr vom Schicksale bestimmten 7 Kindern entsprechend 7 Körner aus dem Korne und mahlt dieselben.«[55] Abgesehen von der dieser nach der Volksmedizin angeblich Frühgeburten und sogar Unfruchtbarkeit erzeugenden Wirkung des Mutterkorns, haben wir auch in diesem Märchen- und Sagenkreis (der selbstverständlich nirgends Eingang in die Kinderbücher finden durfte) wieder einmal die gleiche Erinnerung: Dass der Übergang zur Geschlechtsreife früher als schicksalshaft, für das spätere Leben entscheidend galt, und dass in dieser Zeit die Einweihung der jungen Menschen in die Kenntnis der verborgenen Kräfte in den Pflanzen ihre Bedeutung besaß.

Doch der Name Mutterkorn scheint tiefer zu weisen, als auf den Zusammenhang mit der Gebärmutter und der Fruchtbarkeit der Frauen, der uns teilweise erklärt, warum es »während langer Zeit das Geheimmittel der Hebammen« war.[56] »Der Name Mutterkorn ist mythologischen Ursprungs. Wenn der Wind das Korn hin und her wiegt, soll die Kornmutter über das Feld fahren. Ihr waren die schwarzen Körner heilig. Man hieß sie ursprünglich Kornmutterkorn ... Das Wort ›Mutter‹ kehrt in zahlreichen Pflanzennamen, Drogen und Arzneimitteln wieder.«[56]

Auch Wolf, Wolfszahn heißt etwa das Mutterkorn im Volksmund.[57] Es trägt also auch in dieser Hinsicht einen Namen, den es mit einigen andern wichtigen Bestandteilen der Hexenküche gemeinsam hat.

Wie Frau Holle und verwandte Gestalten des Märchens, belohnt oder bestraft die Kornmutter jene Menschen, die sich in ihre Macht begeben: »Eine ähnliche Gestalt ist die Fimmelfrau, von der man im Thurgau erzählt, dass sie die Körner

des Hanfs, S. G.

schwer mache, böse Menschen aber bestrafe.«[58]

Frau Holles LSD

Die Kornmutter kann nach dem Volks»aberglauben« sehr leicht den Wahnsinn bringen, den die früheren Sagenforscher kaum mit dem Genuss ihres dämonischen Mutterkorns in Zusammenhang brachten, sondern eher mit der Möglichkeit, dass Menschen früher in den Feldern häufig zum Sonnenstich kamen.[58]

Immerhin hat man schon vor fast einem Jahrhundert auf der Grundlage der Erforschung der Bräuche festgestellt, dass es »keinen Zweifel« geben könne, »dass man in jenem schwarzen Pilz ... die Gegenwart der Kornmutter sichtlich wahrzunehmen glaubte.«[59] Das Gleiche hätten die Slawen von ihrer in vielen Märchen vorkommenden Waldhexe, der Baba Jaga, geglaubt: Beide Mythengestalten besitzen »eiserne«, mit Teer gefüllte Brüste, mit denen sie töten können – eine im Zusammenhang deutliche Anspielung auf die häufig mörderische Wirkung des Mutterkorns.[69]

Konnten die vorgeschichtlichen Medizinmänner und »Weisen Frauen« und ihre Nachkommen, die Wurzelgräber, Alchimisten und Hexen des Mittelalters wirklich weit mehr, als wir ihnen zuzutrauen wagen? Es ist auf alle Fälle ein erstaunlicher »Zufall«, dass ausgerechnet das Mutterkorn, diese Naturgrundlage unserer »Wahnsinnsdroge« LSD, als die sichtbare Erscheinungsgestalt jener göttlichen Wesenheiten betrachtet wurde, der wir als Frau Holle (Holda) bei den Deutschen, Baba Jaga bei den Slawen, als den großen Schicksalsmächten in den Märchen begegnen.

Das alte russische Wörterbuch nennt diese Baba Jaga gar als »Bolschucha nad vedmami«[60], also als Oberin, Meisterin der Hexen, der Weisen Frauen. Wie in ganz alten Sagenkreisen traf ich noch in den 50er Jahren in Burgdorf bei Bern die Vorstellung »von der Hexe im Kessel-Graben der Gysnauflühe«, die in ihrer Höhle »in einem gewaltigen Gefäß ihr höllisch-schwarzes Teer (Pech) kocht«, mit dem sie ebenso »unfolgsame Kinder« töten, wie sich und ihre Schüler »verwandeln« kann.[61]

Wenn wir hier wieder an die erwähnte Gleichsetzung von

Hexen-»Teer« mit dem Mutterkorn denken, so erscheint uns auch dieses nicht nur als ein wichtiger Bestandteil der modernen Alchimie, sondern wahrscheinlich auch ihrer lange genug verteufelten, vergessenen oder missverstandenen Vorgängerin, der Wissenschaft der Urzeit.

Sagen vom Fliegenpilz

1958–1968 besaß ich, wie schon angedeutet, die Möglichkeit, im Rahmen der kleinen Stadtbibliothek Burgdorf zuerst im geschlossenen Kreise, dann von 1963 an wöchentlich und öffentlich, eine kleine Volkshochschule für lebendige Überlieferung einzurichten: Mindestens dutzendfach vernahm ich dann, wenn das Gespräch auf die im Berngebiet lebende Überlieferung von Hexen kam, wie sozusagen der Alltag dieser Weiber darin bestand, dass sie »im Walde Wurzeln und Pilze sammelten«.

Mag die amerikanische Hippie-Bewegung sich verständlicherweise zuerst mit den indianischen »Zauber-Pilzen« herumgeschlagen haben, fast sofort gab sie seit jeher wesensverwandten europäischen Gruppen den Anstoß, unter den einheimischen Gewächsen dieser Art nach entsprechenden Mitteln zu suchen. Noch am Ende der 60er Jahre gab es zahlreiche Berichte über sehr vorsichtige, geheime Versuche mit dem Fliegenpilz, wobei ich immerhin viermal Leute traf, die behaupteten, »die Anregung dazu nicht aus Büchern zu besitzen«: Zwei nannten dies als ein altes, ihnen zufällig anvertrautes Geheimnis des fahrenden Volkes; ein Künstler versicherte, sein Großvater habe noch damit seine Rauschzustände erzeugt; ein guter Kenner der mündlichen Überlieferungen behauptete, noch einen bejahrten Kräutermann getroffen zu haben, zu dessen Apotheke dieser Schwamm gehörte. Auch unter den bereits 1967 nach dem Ausgangspunkt ihrer Drogenerfahrungen befragten amerikanischen Künstlern erwies sich der Fliegenpilz, Amanita muscaria, als bekannt.[82]

Im 18. Jahrhundert wurden in Europa die sibirischen Fliegen-

pilzkulte erwähnt, mit deren Hilfe die Urbevölkerung weiter Gebiete mit dem »Unsagbaren«, dem »Noch-nie-Erfahrenen« in Verbindung zu treten versuchte: »Der Gebrauch des Fliegenpilzes ist in ganz Südwestasien verbreitet. Es ist sogar möglich, dass er auch Tibet erreicht hat und dort zu den heimlichen Riten in den Klöstern von Lhasa gehört. Ende des 19. Jahrhunderts führten ihn die sibirischen Grenzposten der Kosaken in Turkmenistan und Usbekistan ein, um die Wirkung des Hanfs zu steigern.«[63]
Der wichtige Erforscher der Rauschmittel, Hartwich, führte eine Schilderung aus dem Gebiet von Zürich aus dem Jahre 1799 an, aus der wir vernehmen, wie die in die Schweiz eingedrungenen russischen Soldaten fleißig auf dem Zürichberg diesen Pilz sammelten und aßen. Er fügte dem bei, dass wir also einige wichtige Andeutungen besitzen, »nach denen der Gebrauch (des Fliegenpilzes) früher weiter nach Westen verbreitet war und vielleicht durch den Alkohol zurückgedrängt wurde«.[64]
Leider scheint diesem Verfasser ein eindeutiger Beleg aus dem 18. Jahrhundert entgangen zu sein, der seine Vermutung zur Gewissheit erhärtet hätte: »Er (der Fliegenpilz) verursacht Berauschung, Wahnwitz, Tollkühnheit, Zittern und eine solche Wut, dass man sich für Verzweiflung in Schwerter, und ins Feuer hineinstürzt. Dem ungeachtet wird dieser Schwamm doch in Russland, Deutschland und Frankreich verspeist, weil ihn die Art der Zurichtung und Mischung etwas mildert.«[65]

Das Geheimnis der Unsterblichen

Aigremont hat bereits darauf hingewiesen, dass man im deutschen Mittelalter den Pilzen misstraute, sie verhältnismäßig wenig erwähnte und wenig als Genussmittel gebrauchte: »Von einem geschwätzigen und zänkischen Weibe sagt man: ›Sie hat viel Pilze gegessen.‹«[66] Auch hier scheint eine Erinnerung an die durch entsprechende Mittel erzeugten Rauschzustände der Hexenfrauen durchzuschimmern – genau gleich, wie man in einem russischen Mundartausdruck seltsame Seelenzustände mit »im Fliegenpilze sein« (byt w muchomore) umschrieb.[67] »Es haftete ihnen

also den Pilzen im mittelalterlichen Glauben, S. G.

etwas Dämonisches und Unheilvolles an ...«[66] Wir wissen schließlich aus vielen volkskundlichen Beispielen, dass etwas um so mehr als »unrein«, verteufelt dargestellt wurde, als es in einer vorangegangenen, gewaltsam überwundenen, unterdrückten Kulturstufe für göttlich, für heilig galt.

Einst nannte Porphyrius die Pilze »Söhne der Götter«.[68] Mit einem Wunderpilz ernähren sich auch nach chinesischem Glauben die »Unsterblichen«: »Sie erhalten davon«, schreibt Wang Tsch'ong, »die Leichtigkeit des Leibes.«[69]

»Auch die heute noch weit verbreitete Verwendung des Fliegenpilzes als Amulett und Glückssymbol in Form von Anhängern und Bildern, seine häufige Erscheinung in Illustrationen zu Märchen ... deuten in dieselbe Richtung. Es handelt sich dabei eher um Reste von Erinnerung an eine uralte und verschwundene Verwendung zu Berauschungen und Kulten, denn als eigentliches Wissen um seine Giftigkeit; der sehr viel giftigere Knollenblätterpilz ist vergleichsweise kaum bekannt.« Sogar der Name »Fliegen-Pilz« wurde bereits als eine Erinnerung an die in ihm eingeschlossenen »dämonischen halluzinogenen Kräfte« gedeutet.[70]

Man weiß heute ziemlich genau, dass das »Hexen-Ei«, von dem in Überlieferungen ziemlich viel die Rede ist, nichts mit den Eiern der Vögel zu tun hat, sondern sich auf Pilze bezieht, die vor allem in der Jugend sehr stark an Hühnereier erinnern: »Die Zauberei bediente sich des Hexeneis vorzüglich zu Liebesmitteln, teils um Liebe zu erzeugen, teils um die Folgen freier ungesetzmäßiger Liebe zu beseitigen.«[71]

Es ist aber selbstverständlich falsch, nun unter den im magischen Glauben vorkommenden Eiern immer etwa den Pilz »Phallus impudicus« verstehen zu wollen, der neben »Gichtschwamm« noch immer die volkstümliche Bezeichnung »Hexenei« trägt: Gerade auch der Fliegenpilz sieht bei seinem Auftauchen aus der Erde wie ein hübsches Ei aus. Mit alchimistischen Vorstellungen des Mittelalters deckt sich bereits die Sage der keltischen Druiden von ihrem Wunder»Ei«: »Als Kugel in den Farben des Regenbogens, welche alle Weisheit in sich trägt.«[72] Hierher gehört die Schilderung aus einem sich um keinerlei mythische Zusammenhänge kümmernden Pilzbuch von heute: »Wenn er aus der Erde schlüpft, ähnelt er oft einem weißen Ei ... von der künftigen Farbigkeit ist noch nicht viel zu erkennen. Bald aber zerreißt die Hülle zu vielen, vom Regen leicht abwaschbaren Flocken, zwischen denen es schön orange- bis blutrot herausfunkelt.«[73]

Das rote Druiden-Ei

Wenn die Druiden diese geheimnisvolle Erdfrucht als »Ei der Schlange« umschrieben haben sollen, dann muss man sich vergegenwärtigen, was die Schlange (oft Schlangenkönigin, »Weiße Schlange«) in keltischen, schwedischen und andern Sagen und Bräuchen war: »Man glaubte nämlich, dass, da sie sich vor dem Tageslicht in Erdlöchern, in Bergen, in der Nähe von Metalladern, neben den Wurzeln der Bäume und Pflanzen verborgen halte, so sauge sie auch alle geheimen Kräfte der drei Naturreiche in sich ein und teile sie denen mit, von denen sie sich auffinden lasse.«[74]

Diesem wunderbaren Ei der Hexen, das also den Kennern die Tore zu allen Geheimnissen der Natur erschließen sollte, begegnen wir auch in einem keltisch-bretonischen Volkslied: Wir sehen hier den in vielen Sagen berühmten Zauberer Merlin am frühen Morgen in wilde Einsamkeit ziehen, um dort »das rote Ei« zu suchen, »dem nichts an Kraft gleichkommt«.[75] Obwohl kein Wort der Dichtung darauf hinweist, es handle sich beim Ausflug des alten Magiers um etwas anderes als um die Suche nach einem zwar seltenen, aber immerhin auffindbaren, sehr wirklichen Natur-Gegenstand, glaubten die Forscher des 19. Jahrhunderts, auch hier einen Hinweis auf das »himmlische Ei«, also die Sonne, hineingeheimnisst zu finden.[75]

Die Sagen und Berichte über das Treiben der alten Druiden, Medizinmänner und ihrer mittelalterlichen, verfolgten Nachfahren wirken wie Grundbestandteile von Märchen: Ein wunderbares »Ei« ist hier sehr häufig das Hauptgeheimnis von aller Macht von Zauberwesen, mit denen sich der Held der Volksdichtungen auseinandersetzen muss.
In skandinavischen Märchen ist zum Beispiel ein Riese unbesiegbar, wenn man nicht das unglaublich geschickt verborgene Ei auffindet, in welchem das ganze Geheimnis seiner Magie – sein Herz, seine Seele, Kraft und Leben – enthalten ist. Verwandte Geschichten sind weit in der Welt verbreitet. In einer deutschen Volksdichtung erklärt ein Märchenwesen: »In dem Ei brennt ein Licht, das Licht ist mein Leben.«[76] In den Zusammenhang gehört zweifellos jene Erzählung der Kreolen von Cayenne, die in den Hauptzügen der in der grimmschen Sammlung über das Mädchen bei Frau Holle entspricht: Hier erhält die Heldin als Lohn »drei Eier«, aus denen wunderbare, ihr bei ihren weiteren Abenteuern helfende Gaben hervorkommen.[77]

Die mächtigen Waldmännlein

Wenn der junge Pilz als »Ei« galt, so erscheint schon im noch heute bekannten Kinderlied (»Ein Männlein steht im Walde ...«) der ausgewachsene Fliegenpilz als ein aus dem Gesträuch hervorgrüßender Kobold. Die übrigens recht häufig als »Pfeife-rauchend« dargestellten Klabouter, Erdleutlein und dergleichen heißen etwa »Jan mit der roten Mütze« (Jan met de roode muts) oder »Rotmützchen«.[78]
»Rot ist eine Zauberfarbe. Die Zwerge haben rote Kappen, die Hausgeister einen roten Hut; Kobolde und Wichtel haben rote Röcke an ...«[79] Dass der »Oberteil der Pilze« als Kappe, und zwar von geheimnisvollen Waldwesen, verstanden wurde, beweisen uns zusätzlich die immer noch dafür bestehenden Ausdrücke wie Teufels-Hut im Deutschen, troldhat auf Dänisch, in französischen Mundarten chapeau du diable[80]:

Schon hieraus können wir vermuten, dass all diese noch immer in den Kinderbüchern vorkommenden Kobolde in den roten Fliegenpilz-Mützen ursprünglich Bilder sind, die ihre Entstehung den Rauschträumen der Benützer der Drogenpilze verdanken.
Dass solchen Kobolden, die jenen Menschen der Vergangenheit Geleiter in das Reich »aller geheimen Kräfte der drei Naturreiche« wurden, jede »magische« Fähigkeit zugeschrieben wurde, ist einleuchtend: einleuchtender jedenfalls als etwa die Deutung aus dem letzten Jahrhundert, die in der Märchenvorstellung vom Helden, »der sich unter einem Pilz versteckt«, den sich »in Wolken verbergenden« Sonnengott wiederfinden wollte; einleuchtender auch als jene oberflächliche Psychoanalyse, die im gewaltige Taten vollbringenden Däumling, dem Fingerling der Märchen »das fingerlange männliche Geschlechtsorgan« zu erkennen glaubte.
Der uns wiederum aus der grimmschen Fassung am besten bekannte Märchen-Däumling ist in einer englischen Dichtung des 16. Jahrhunderts ein Geschöpf des Zauberers Merlin[81], den wir soeben im bretonischen Lied als Kenner aller Geheimnisse des »roten Eis« finden durften. Die litauische Volksdichtung erzählt von ihm: »Dieser (der Däumling) lebte verborgen auf dem Felde; sein Wohnort war ein Pilz.«[82] Bei den Ukrainern entstand er wiederum aus einem in einer geheimnisvollen Höhle daliegenden Ei.[88]
Mehr denn die Gegebenheiten ihres Körpers oder ihrer Umwelt, also als Wolken oder Geschlechtsteile, erschienen den Völkern naturverbundener Kulturen jene Pflanzen als die großen göttlichen Wunder, die zu ihrer Größe in keinem Verhältnis stehende Wirkungen enthalten: Sie bevölkerten diese aus solchem Grunde mit Mächten, die in ihrem Aussehen nicht größer waren als die Pilze, Kräuter und Wurzeln – nämlich mit winzigen Kobolden –, die an ihren Kräften gemessen aber unbesiegbare Titanen waren, begabt mit der Fähigkeit, ihre menschlichen Verehrer oder Freunde »mit Siebenmeilen-Stiefeln«, mit Gedankenschnelle in unvorstellbare »Märchen-Abenteuer« zu entführen.

Hanfreste aus der vorgeschichtlichen Zeit Nordeuropas kamen 1896 zum Vorschein, als der Archäologe Hermann Busse in Wilmersdorf ein Urnengrab öffnete. Schon im 5. vorchristlichen Jahrhundert, gleichzeitig also, wie wir es von den Skythen und den Chinesen wissen, hat man demnach auch nördlich der Alpen die Canabis-Pflanze zu »Nahrungs- und Genusszwecken verwendet«. Virchow und andere versuchten, dies abzustreiten; die Tatsache scheint aber festzustehen: »Es bleibt die Frage offen, ob er in Nordeuropa kultiviert oder ob er aus dem Osten eingeführt worden ist.«[84]
Es ist erstaunlich, in welchen Ausmaßen die alten Volkskulturen auf diesem Hanf beruhten. Von den Slawen vernehmen wir: »Hanf und Flachs fanden außerdem noch Anwendung in der Heilkunde, zur Ölerzeugung, zur Salbung der Toten, als Betäubungsmittel und oftmals auch als Zahlungsmittel.«[85] Was fast den wichtigsten Gebrauch in den geschlossenen Räumen im kalten Mitteleuropa angeht, so wurde: »aus dem Hanfsamen einst ein Brennöl gewonnen, das in Ampeln zur Beleuchtung Verwendung fand. Später folgte das Öl für Ampeln und Lampen aus Lewat (Raps), bis dann auch dieses vom Steinöl (Petrol) abgelöst wurde.«[88]
Sehr früh mag man damit auch gewisse erstaunliche Wirkungen kennengelernt haben, die die vom Hanf erzeugten Wirkstoffe (mag man sie nun als Trank, Speise oder Rauch zu sich nehmen) auf den Menschen ausüben. Wenn wir die wichtigsten Zeugnisse des Altertums über den Gebrauch des Hanfs bei Thrakern und Skythen, also bei nördlich von den Griechen lebenden Völkern Europas, betrachten[87], kann uns das verhältnismäßige Schweigen mittelalterlicher Quellen über die Wunderkräfte des Hanfs wenig erstaunen: Diese Zurückhaltung steht im umgekehrten Verhältnis zu der Nachricht, dass der Hanf gerade in Festkultur und Religion dieser Stämme seine feste Rolle spielte. Die mittelalterlichen medizinischen Bücher enthalten nachgewiesenermaßen »verhältnismäßig wenig Reste« der vorgeschichtlichen (und wahrscheinlich im Geheimen nachlebenden) Pflanzenkenntnisse. Der »heidni-

sche Ursprung des Ganzen ... erfüllte den sich mit medizinischen Dingen beschäftigenden Priester mit Abscheu«.[88]
Eine Handschrift des 15. Jahrhunderts belehrt uns immerhin über die zäh allem staatlichen und kirchlichen Machtanspruch trotzenden baltischen Völker: »Die haiden ze Prüssen ... pflagen hanfkörner ze essen ... so si mit vergifften pfilen geschossen wurdent. Das war ir summa medicin.«[89] Als ein Hauptgeheimnis der alten Heilkunst erscheint der Hanf dann gelegentlich auch in den Kräuterbüchern der Renaissance. Der »Hanff, Canabus« wird etwa als Hauptbestandteil (»Hanfkraut vier lot«) eines Heilmittels angegeben, von dem man sich herrliche Folgen versprach:» ... und welcher den also

vor dem Einschlafen. S. G.

einnimpt, der darff sich der kranckheyt keiner besorgen.«[90]
Die Volksheilkunde und ihre Lehrer, die Kräutermänner und Hexenweiber, blieben noch lange dem Wundermittel Hanf treu. Besonders gegen Schlaflosigkeit wurde es bis ins 19. Jahrhundert hinein verwendet – gleichermaßen wie alle andern klassischen Drogenpflanzen. Hier einige der entsprechenden Vorschriften: »Man lege eine Handvoll pulverisierte Hanfkörner, mit Frauenmilch angefeuchtet, auf die Stirne.« »Das Öl aus dem Samen des Bilsenkrautes auf die Schläfe und Pulsadern gebunden.« »Desgleichen ausgepresstes Muskatnussöl, wenn man die Schläfe damit salbet.« »Mohnmilch mit Rosenwasser bereitet, und davon auf einmal 2 Unzen getrunken.«[91] »Die Emulzion der Hanf-Samen ist Volksmittel bei Gemütsaufregung, bei allen starken Schmerzen, und ein vortreffliches Mittel gegen Husten der Phthysiker.«[91]
Die Tschechen spülten gegen Zahnschmerzen den Mund »mit Aufgüssen von Bilsenkraut, Salbei, unreifen Mohnköpfen oder Hanfsamen-Abkochung«.[92] Viele Seiten seiner phantastischen Abenteuer von »Gargantua und Pantagruel« widmete noch der Franzose Rabelais der Vielseitigkeit dieses wunderbaren Hanfs, des »Pantagruelion«. Würden sie noch »ein Kraut von ähnlicher Kraft entdecken«, dann könnten sie »ins Gebiet der Gestirne eindringen und dort ihren

Wohnsitz aufschlagen«. Sie würden in diesem Falle »den letzten Weg finden, es ... Göttern gleichzutun«. Vielleicht war die Beschäftigung mit der »Magie« ihrer »heiligen« Pflanzen für den Urmenschen sogar eine Haupt-Ursache, dass er mit der Zeit auch deren andere für ihn nützlichen Eigenschaften entdeckte.

Haschisch im Abendland

Eine zweifelhafte Chronik, die die Romantiker gelegentlich für echt mittelalterlich, also für ein Zeugnis der Urzeit ansahen, erzählt von der weisen Frau Cambra, die die schönste Frau im ganzen Lande gewesen sei: »Sie lehrte Städte und Burgen bauen; Flachs gab sie Anweisung zu säen und Hanf der Erde anzuvertrauen, und unterwies die Frauen, wie sie dies zu Kleidern und sonstigem Gebrauche verwebten. Sie sprach Recht und war Wahrsagerin, Priesterin der Diana und Aliruna.«[99]
Schimmert hier trotz allem ein echtes Bild urtümlicher Zusammenhänge durch? Genau wie im verbreiteten mittelalterlichen Schwank, in dem ein Weib auf einen »Hanfacker« geht, um dort »die Alraune« (!) um Rat zu fragen.[94]
Noch um 1900 vernehmen wir: »Mit dem Hanfwerge, das die bayerischen Seiler von auswärts beziehen und verkaufen, weiß das Volk nicht umzugehen, wenn es ein Gespinst davon machen soll – eine Erinnerung an die historische Tatsache, dass der Hanf nur des Samens wegen gebaut wurde; noch im 13. Jahrhundert ist der Hanfsamen eine fettende Zuspeise des süddeutschen Bauers.
Jetzt findet man den Hanf nur noch als Vogel- oder Hühnerfutter im Garten gezogen und für die Hausmittel. Das Hanfwerg wird, getrocknet und mit Zuckerrauch erwärmt, auf rheumatisch affizierte Gelenke gelegt; an Stelle der früher üblichen frischen Hanfkraut- und Hanfsamen-Räucherungen, welche betäubende Wirkung hatten ...«[92]
Der Belgier de Coster nennt in seinem volkstümliche Quellen ausschöpfenden Roman um »Till Ullenspiegel« auch frische

Hanfspitzen als ein Bestandteil der an vielen entscheidenden Stellen seines Werks verwendeten »Hexensalbe«: Flämisch-belgische und holländische »Untergründler« von heute, die sich gelegentlich aus Freude an entsprechenden eigenen Überlieferungen »Klabuters«, also Erdmännlein zu nennen begannen, veröffentlichten dieses Rezept neu[95] und betrachten es in von mir vernommenen Gesprächen als entscheidenden Beweis: »Untergrund-Kultur, Hippietum ist bei uns keine neue Einführung aus Amerika, sondern war immer da, man hat diesen Bestandteil unserer Kultur nur durch Verfolgungen und Unterdrückungen aus uns auszutreiben gewusst. Holländische und andere europäische Ketzer flohen einst in den »Wilden Westen der USA. Jetzt kommt ihr Wissen wieder zu uns zurück.«

Wir haben leider kein Mittel zur Überprüfung, ob nun de Coster – er veröffentlichte sein Buch 1867 – seine tatsächlich wirksamen »frischen Spitzen vom Hanf« einer alten Anleitung entnahm, wie es K. L. W. van der Bleek in seinem Vorwort zur Ausgabe von 1915 behauptet: »Das im ›Ulenspiegel‹ angegebene Rezept ist eines der vielen überlieferten, und Coster tat sicher gut, gleich andern Forschern die Dosen fortzulassen –, sonst: wer weiß, wie viele es heute noch nachmachen würden«[98] Es ist ja ebensogut möglich – da wahrscheinlich ein guter Teil der damals im Rahmen des französischen Sprachkreises wirkenden Künstler den Haschisch kennenlernte –, dass er auf eigene Erlebnisse zurückgreift. Die »Reisen« seines Helden in die Geisterwelten gehören jedenfalls zu den lebendigsten, farbigsten Abschnitten seines mitreißenden Buches. Der Psychologe, Sagensammler und Mundartkenner Dr. Hans Zulliger, der trotz Alter eifrig an unseren in Bern und Burgdorf bestehenden Diskussionskreisen teilnahm, und dem ich die wichtigsten Hinweise zum einheimischen Theriak-Gebrauch verdanke, erinnert sich: »Man erzählte mir in meiner Jugend, dass die Hexen einst sehr gerne die Hanf-Felder heimzusuchen pflegten. Ich hörte einmal sogar als volkstümliche Kennzeichnung einer etwas ausgelassenen Fröhlichkeit: ›Sie waren so lustig, wie die Hexen im Hanf.‹

Ob dies freilich ein einmal allgemeiner Ausdruck war oder nur eine zufällige, damit nichtssagende Abwandlung der Redewendung ›So lustig wie die Vögel im Hanf‹, darüber kann ich leider heute gar nichts mehr aussagen.« Ein innerschweizerisches Sagenbuch aus dem 19. Jahrhundert bemerkt im Zusammenhang mit der Schilderung der geheimnisvollen Hexenzusammenkünfte jedenfalls: »Die haben sich mit ›weißen Hanfstengeln‹ berührt.«[97]

Im Volksglauben der Bretagne und Englands, also im alten Gebiet der keltischen Sprachen, erscheint der Hanfsame als mit wunderbaren Eigenschaften begabt; offenbar auch zum Gewinn der »magischen Sehkraft«. Und in Schottland nehmen die Feen gar »Hanfhalme« und verwandeln sie in ihre Rosse[98]: Genau wie etwa unsere Hexen ihre wahrscheinlich oft genug missverstandenen Eiben- und Mistel-»Besen«, verwenden sie also ihren Hanf als Mittel für ihre »Fahrten« in die geheimnisvollen Reiche des Traums.

»Es ist auf alle Fälle eine Tatsache«, meinte ebenfalls Zulliger, »dass gerade das Hanfspinnen im Volke als ein Hauptanlass zum Erzählen besonders phantastischer Geschichten galt.« Wurden bei solchen geselligen Gelegenheiten einst noch ganz andere Wirkungen des Hanfs verwendet als diejenigen, die seinen wirtschaftlichen Nutzen bedeuteten? Stand das Wort »Hanf« auch in Europa, genau wie für viele Länder des Orients, in enger Gedankenverbindung mit dem Wort »Märchen«? Noch in alten Erzählungen merken wir Spuren von einem solchen Zusammenhang: »In der Gesindestube des Rotenflüehofes sitzt Hudi

im übrigen als Kennerin der Nachtschattengewächse geschildert. S. G.

am Spinnrad und spinnt. Sie ist der wahre Typ jener Frauen, die ... sich der Zauberei ergeben, mit Leib und Seele dem Dienste der geheimen Mächte verfallen sind ... Sie spinnt bei den Bauern den Hanf und vergiftet die Phantasie ihrer Töchter durch abenteuerliche Geschichten ...«[99]

Schon im 16. Jahrhundert schildert Wier, der schon damals

nach den naturwissenschaftlichen Grundlagen der Hexen-Halluzinationen suchte, dass es in der Türkei »ein Pülverlein in Brauch« gebe, von dem »ein Löffel voll« genügen möge, einen Menschen auf Seelen-Reisen zu senden: »Nachdem er wieder zu sich selbst kommt, gibt er für, wie er hie und dort gewesen, auch wunderbarliche Sachen gesehen habe. Als sie etwa darob gefragt worden, haben sie geantwortet, es seie Hanfpulver (hanff buluer).«[100]

Die Macht der Türken und der mit ihnen verbündeten Tatarenstämme reichte bekanntlich in jenen Zeiten bis vor die Tore von Wien, Warschau und Moskau – erfasste also einen guten Teil des heutigen Erdteils. Nach halbgeschichtlichen Nachrichten scheint es zwangsläufig eine Gewohnheit aller damaligen Magier und gesellschaftlichen, »herumzigeunernden« Randgruppen gewesen zu sein, zwischen den beiden damaligen Gewaltblöcken zu pendeln: Nur so bewahrten sie zwischen Islam und Christenheit ihr verfolgtes Recht auf die Freiheit jener Erfahrungen, die sie zum Aufbau ihrer verfemten Außenseiterkultur für notwendig erachteten.

Mag auch der Hanf anscheinend für den Menschen keine eigentliche unberechenbar-giftigen Wirkstoffe enthalten, wie Nachtschatten, Fliegenpilz, Eibe usw., so enthält er in sich eine andere Gefahr – zumindest wenn sein Gebrauch volkstümlich wurde: Eher als alle die andern Zauberkräuter, die wegen ihrer Gefährlichkeit zwangsläufig nur im Umkreis von Kennern verwendet werden konnten, wurde er sehr leicht zu einer Gewohnheit für die Massen. Unterdrückte Volksschichten des Orients und sicher auch in den Grenzgebieten des Abendlandes flohen zu allen Zeiten mit seiner Hilfe in »wunderbarliche« Traumbilder und vergaßen dann mit den Jahren ihr ursprüngliches Ziel, ihr Suchen nach einer freieren Gestaltung des eigenen Lebens.

3. Seelen-Reisen der Uhrzeit

Das Erzählen von Feen-Geschichten schloss einst die Menschen zu einer Gemeinschaft zusammen. »Brauch ist es in der Normandie, / Dass, wenn der Gastherr Obdach lieh, / Mit Märlein oder Lied ihm's danke«, heißt es z.B. im mittelalterlichen »Sacristain de Cluni«.[1] Der Märchenkenner und sein Kreis bilden eine mystische Einheit, verbunden durch ein gemeinsames Erleben – als dessen Geheimnis in einer armenischen Volkserzählung der Genuss der gleichen magischen Früchte genannt wird: »Vom Himmel fielen drei Äpfel herab: der eine für den Erzähler, der zweite für den Zuhörer, der dritte für die ganze Welt.«[2] Ich glaube kaum, dass man nach allem bis daher schon Geschriebenen hier nur eine für die Märchen bezeichnende, bildhafte Redewendung zu erblicken vermag.

Am Anfang ihrer Feen-Geschichten führten sich überhaupt die Erzähler als »aus weiter Ferne kommende Reisende«[3] ein, ja, sie gingen häufig so weit, sich selber als Helden ihrer Dichtung vorzustellen, als jene Wundermänner, die alle geschilderten Verwandlungen siegreich überstanden. Die Märchen wurden also geradezu als Erlebnisberichte weitergesagt – wir haben Hinweise auf diese Tatsachen schon in den Zeugnissen des Mittelalters.[8]

Freilich ließen die Erzähler ihre Hörer keinen Augenblick im Zweifel, dass diese »Femen«, durch die sie »reisten« und in die sie mit der Kunst ihrer Worte ihren ganzen Kreis zu verzaubern suchten, eine Wirklichkeit ganz anderer Art darstellten als etwa die hinter Flüssen und Bergen liegenden Nachbarländer. Ein bretonischer Märchenmann begann etwa seine Geschichte: »Ich ging durch einen Wald, wo es kein Holz gab, durch einen Bach, in dem kein Wasser war, durch ein Dorf, in dem kein Haus war ...«[3]

Der Märchenerzähler entführt sein Volk auch in eine Welt von ganz andern Zeitbegriffen, und in der ganz andere Gesetzmäßigkeiten gelten. In einer englischen Geschichte heißt es etwa: »Einmal vor einer Zeit, und es war in einer sehr guten Zeit, doch es war nicht in meiner Zeit, noch in eurer Zeit, noch in jemand anderem seiner Zeit ...«

> Once upon a time, and a very good time it was, though it wasn´t in my time, nor in your time, nor any any else´s time.[4]

Der Dichter Mickiewicz berichtete 1843 als von einem wichtigen Quell der Anregung auch seiner eigenen Werke von der Erzählkunst des volkstümlichen Geschichtenkenners in Polen und Russland: »... der Held (seines Berichts) sucht den geheimnisvollen Vogel, der dem Phönix entspricht ... Der Vogel lässt eine einzige Feder fallen, welche der Held aufhebt und die, in seine Wohnung gebracht, einen so starken Glanz verbreitet, dass die ganze Hütte mit Licht erfüllt ist. In diesem Augenblick hat der Märchenerzähler den Brauch, einen Holzspan anzuzünden, und das von diesem ausgehende Leuchten lässt alle Anwesenden zusammenfahren. Bei einem andern Märchen, wenn man von dem von den Feen bewohnten Kristallschloss redet ... öffnet der Bauer

> also der ländliche Volkserzähler, S. G.

eine Türe und zeigt seinem Zuhörerkreis den von Sternen glänzenden Winterhimmel und die Wolken, deren phantastische Bildungen besser als jedes Bühnenbild des Theaters das Kristallschloss darstellen.«[5]

Das ganze »Märchenerzählen« erscheint uns damit nicht wesentlich verschieden von einer »psychedelischen« Sitzung von heute; von einer modernen »Licht-Schau«, während der mit oft erstaunlich bescheidenen Mitteln die überwachen Sinne der Zuhörer so angeregt zu werden vermögen, dass sie wahre Wunderwelten zu erblicken glauben. Schon in den 40er Jahren unseres Jahrhunderts standen aus diesem Grunde auf dem Dache einer Haschisch-»Teebude« von Harlem Zelte: Die Anwesenden rauchten in diesen ihr Kraut – »sobald die gewünschte Wirkung sich eingestellt hatte, kamen sie heraus, um unter freiem Himmel die Sterne und die Schönheiten der Natur zu bewundern.«[5]

Märchenerzähler als „Pfadfinder"

Auch wenn wir nicht wüssten, wie alltäglich der Gebrauch von »gewürzten« Weinen und Honigtränken, von Bilsen-Bier und Theriak bei unseren märchenliebenden Vorfahren war, müssten uns hier die Zusammenhänge zu den indianischen Anhängern der Peyotl-Kirche auffallen, denen ihre, die Stelle der Priester einnehmenden »Reise-Führer« (Road-Chiefs) heilige Sagen erzählen, die unter dem Einfluss des genossenen Zauber-Kaktus für alle Anwesenden zu einer zwingenden Wirklichkeit werden. Ein Anhänger dieser noch heute bestehenden Volksbewegung erzählte dem amerikanischen Anthropologen J. S. Slotkin: »Und dann, etwa um diese Zeit, dann erzählte der alte Führer diese (Schöpfungs-)Geschichte. Es schien, als erlebte ich sie selbst; damit ich sie verstand, musste ich sie selbst erleben.«[7]

Bei vielen unserer alten Märchen wurden noch die Schlussworte aufgeschrieben, mit denen die Erzähler ihre Berichte zu enden pflegten – sie zeigen uns alle das Gefühl des Überganges, des Erwachens aus dem Zustand der phantastischen Wirklichkeit einer gemeinsamen »Reise« in den Zustand des Alltags. Das festliche Essen, Trinken und Lieben in der Feenwelt erscheint auf einmal nur als lebendiger, sich auflösender Traum, ganz wie in gewissen Berichten der Hexen über ihre Zusammenkünfte: Sozusagen alle russischen Märchen enden mit der Schilderung der Pracht der Hochzeit der Helden. Etwas bekümmert schließt darauf der Erzähler: »Meth und Wein trank ich; übern Bart da floß es mir, doch der Mund blieb trocken mir.«[8]

Genau wie die Aussagen über die Feste der Zauberer, deren Glanz sich »mit dem ersten Hahnenschrei«, also dem Anbruch des Tages, auflöst, vernehmen wir als Abschluss fran-

zösischer Märchen: »Der Hahn sang, es wurde Tag und mein Märchen ist aus.«[8]

Der Erzähler geht sogar etwa so weit, den Ausklang seiner Geschichte geradezu als den Unterbruch einer Seelenreise,

eines magischen Flugs zu schildern: »... da fiel ich hin; und als ich gefallen war, stand ich hier mit einem Mal; ihr aber batet um ein Märchen, nun habe ich euch eins erzählt.«[8]
Märchenerzählen war einst ein Höhepunkt des Daseins. Wie es dabei auch bei uns zugegangen sein muss, können wir bei den nordamerikanischen Indianern lernen, die fast bis zum Ende des 19. Jahrhunderts ihre Kultur zu verteidigen wussten: »Am Feuer wurde auch

neben den kultischen Tänzen, S. G.

sehr viel geraucht, indianischer Tabak aus wilden Wurzeln, in geschnitzten Pfeifen aus Pfeifenstein. »Dann rauchten die Männer und erzählten sich Geschichten von den Heldentaten der Väter und Vorfahren. Besonders gern hörte ich meinem Vater zu, wenn er Sagen erzählte und uns aus seinen Erfahrungen lehrte ...«[9]
Verständnislos stand das letzte Jahrhundert dieser ganzen Welt der Märchenerzähler gegenüber. Sie hätten alle »etwas Schwermütiges, Träumerisches in ihrem Gesicht« – »und werden deshalb oft von den Gebildeten, die das Volk nicht kennen, für dumm gehalten«.[10]

Vom Sinn der Dummheit

Über das »närrische« Wesen, das unsere Märchen vielfach ihren durch alle Prüfungen schreitenden Menschen zuschreiben, wurden schon allerlei Vermutungen aufgestellt. Dieser Wesenszug wurde von den Erzählern so ernst genommen, dass sie ihn sogar häufig genug im Namen ihrer Lieblinge widerspiegeln ließen. Helden in deutschen Volksdichtungen heißen gerne »Tolleteufel«, Dummhans, Dümmling, Dummerjahn, bei den Ostslawen etwa Durak, Duratschok, Duren[11], wobei »Dur« den Zustand der Narrheit bezeichnet. Manchmal ruft man den Helden auch »Zapetschnik«, also »Ofenhocker«, oder »Zatrubnik«, also »der hinter dem Ofenrohr hockt«[11] – er gilt damit am Anfang des Märchens regel-

mäßig als zu sinnlosen Handlungen neigender, scheinbar träger, verschlafener, in Träumen dahinlebender Geselle.
Man hat sich schon genug gewundert, dass eine solche, im Sinne unserer Auffassungen wenig schmeichelhafte Kennzeichnung, sich im weiteren Ablauf gewöhnlich »ohne jede Bedeutung für die Auffassung vom Helden für die Handlung«[11] erweist: Trotzdem oder gerade weil man ihn uns soeben als dumm, toll, närrisch, verschlafen, albern vorstellt, wissen wir ziemlich von den ersten Sätzen der Geschichte an, dass er sich schon bald als weiser, tätiger, unternehmungslustiger als seine Brüder oder Reise-Gefährten erweisen muss.
Es müsste eigentlich auffallen, dass die Worte für Seelenzustände wie toll, dumm usw. in alten Sprachdenkmälern noch einen ganz andern Sinn zu enthalten scheinen als nur denjenigen, den sie für uns heute besitzen. Toll, töricht etwa besitzt sicher auch die Bedeutung von verwegen, ursprünglich sogar wohl den Sinn von verhext, also: in der Macht magischer Kräfte. Man vergleiche das Schwedische »galnebär« für Tollkirsche, wobei gal (verrückt, toll) sicher zu »gala« Zaubergesänge gehört.[12]
»So man die Beer isset«, schrieb Mattioli 1600 von dieser Tollkirsche, »machen sie denselben Menschen doll und unsinnig, als hätte ihn der Teufel besessen

> Erinnert dies nicht wörtlich an den Namen des Märchenhelden »Tolleteufel«? S. G.

oder bringen ihn in tiefen unüberwindlichen Schlaf.«[12] Sie machen »tumm und toll«, lehren auch die Kräuterbücher über das Bilsenkraut[13], das aus diesem Grunde so koboldhafte Namen wie Dull Dill, Dulle Dille, Tolle Dille, Dolldill, Dülledill usw. trägt. Beachtenswert scheint uns hier die Bezeichnung »Dullen Billen«, wobei das Volk den zweiten Teil des Wortes als Anspielung auf Bilder verstand: »Weil sein Genuss ›bunte Bilder‹ ... erzeugt.«[14]
Das ukrainische Wort für Bilsen »dur-zilje« enthält wiederum die gleiche Wurzel wie der Duren, Durak, der häufige

slawisch-russische Märchenname: Es ist also das Kraut (zilje), das den Zustand der Dummheit, Torheit, Narrheit (dur) zu entfesseln vermag. Ähnlich heißt Bilsen, deutsch auch »Dummkraut«, bei den Litauern durnazole[14], wobei auch litauisch durnas = dumm, närrisch, verrückt ist. Man habe Bauernkinder gesehen, heißt es bei Matthiolus-Camerarius (1586), die hätten nach dem Genuss dieser Bilsen sich so sinnverwirrt, benebelt (»tamisch«) aufgeführt, dass die Eltern annahmen, sie seien von Geistern besessen.[14] Für toll, toben, sich dumm und wild aufführen, »außer sich sein« haben die Russen noch ein vielgebrauchtes Wort »belenitsja« – wiederum eine Ableitung von belena, Bilsen. Wenn sich jemand übermütig, dumm aufführt, »Dummheiten macht«, besteht dazu die Redewendung »on beleny objelssja«, er hat zu viel Bilsenkraut gegessen, er hat sich an Bilsen überessen.[15]
Ist damit der dumme, tolle, verschlafene Märchenheld ein Mensch, der seine Einweihung in die Wissenschaften der Kräuterzauberer besteht? Sollen seine Kennzeichnungen in dieser Richtung nicht etwa, wie man es später auffasste, bedeuten, »dass er beschränkten Geistes gewesen«, sondern dass er sich im Verlauf seiner wunderbaren Abenteuer »außer sich«, also im magischen Zustand befand: so dass schon dadurch kein Hörer in die Versuchung kommen konnte, die wunderbaren Begebenheiten anders zu verstehen, denn als Berichte von einer Reise durch eine Traum-Wirklichkeit.

Das Fürchten lernen

Hexenrichter kannten die von Bernhard Rategno (De strigiis) bezeugte Tatsache, dass man die Hexen in der Nähe ihrer Versammlungsplätze »nicht selten ... den Weg suchend, herumirrend« gefunden habe.[18] Wohl maßlos abergläubischer als diese Frauen erklärte man dies mit der Behauptung, dass der Teufel mit seinen Dienern durch die Lüfte zu »fahren« pflege und sie dann boshaft im unbekannten Gebiet aussetze. Wer erkennt hier aber nicht den »für Außenstehende« tatsächlich etwas närrischen, hilflosen, »verirrten« Zustand von Menschen unter der Herrschaft der Drogen? Auch »Irr-Beere« gehört zu den zahlreichen Namen der Toll-Kirsche wie »Fahrenkraut«, also das Kraut der magischen Hexen-»Fahrten«.[12]

»Bei der Hexenfahrt leidet man keine Furchtsamen«, wurde wohl wegen der gelegentlichen Gefährlichkeit der so erzeugten inneren Zustände gelehrt[17], und damit sind wir eigentlich wieder im Umkreis der Kennzeichnungen unseres »dummen« Märchenhelden, der uns etwa vorgestellt wird »als einer, der auszog, das Fürchten zu lernen«.

Eine schweizerische Fassung dieser so verbreiteten, heute aber eigentlich fast wiederum nur aus der Sammlung der Brüder Grimm bekannten Geschichte, heißt geradezu »Geister-Küche«.[18] Der Mann will »in einem im Walde einsam liegenden Häuschen« übernachten. Ausgerechnet »um Mitternacht« beginnt der Held mit Gefährten darin ein Feuer zu machen, was man wohl erst nachträglich durch ihren »Hunger« zu erklären versuchte. Aus dem Schlote über dem Herd, also ganz offenbar aus dem Rauche heraus, fallen nun einzelne Körperteile herunter, die sich nach und nach zu einem ganzen Gespenstermann zusammensetzen. Ganz verwandt ist auch das von Zingerle aufgeschriebene Märchen »Die Furchtlerner«[19]: Auch hier wirkt in später Stunde »Hansl der Tölpel« in der Küche des verzauberten Schlosses. »Da kam ein Geist und forderte ihn auf, mit ihm zu gehen, oder er zerrisse ihn. Darüber lachte Hansl. Erst als der Geist versprochen hatte, dass seiner Speise nichts geschähe, ging er mit, ließ aber den Geist alle Türen aufmachen.«

Unsere Volksdichtungen erzählen damit etwa das Gleiche, wofür uns die von Märchen und nachlebenden Bräuchen der Geheimgesellschaften angeregte »Zauberflöte« von Mozart als eine Veranschaulichung dienen kann: Als anerkanntes Mitglied der Ur-Gesellschaft wurde erst jener junge Mensch angenommen, der die von seinen Magiern überwachten Einweihungen zu bestehen vermochte – zu deren Höhepunkt

nach allen Zeugnissen der Sturm der »tollen Bilder«, der durch jene Kochkünste, Salben, Tränke, Räucherungen erzeugten Gesichte gehörte.
Gewisse Märchen enthalten noch die Erinnerung, dass der nachträglich so unerschrockene Held nur darum so mutig ist, weil er vorher von »einem Geist« gut vorbereitet wurde, »er solle sich nur nicht fürchten«: Heubäume würden zwar über ihm zusammenbrechen und Löwen ihre Rachen aufsperren, aber die Gefahr sei nur scheinbar – »sie täten ihm nichts«.[20]
Enthält hier die Volksdichtung nicht ziemlich wortwörtlich die gleiche Lehre, die der französische Dichter Jean Cocteau als seine Erfahrung mit dem durch ihn verwendeten Rauschmittel zu Papier brachte? »Man muss sich ihm nähern wie einem wilden Tier: ohne Furcht.«[21]
Etwas gelehrter für heutige Verhältnisse ausgedrückt, lautet die gleiche Erkenntnis dann etwa so: »Die Versuchsperson

die mit Hilfe von Drogen auf eine »Reise« gehen will,
S. G.

muss vorbereitet werden. Man muss ihr sagen, welche Unannehmlichkeiten die erste Phase mit sich bringt und dass sie ruhig abwarten muss, dass diese aufhören, sonst entstellt Todesangst den Sinn der psychedelischen Untersuchung und kann neurotische oder tiefgreifende psychotische Störungen verursachen.«[21]

Schweigegebot der Feen

Eines der zahlreichen Merkmale, das Erlebnisse der Märchenhelden und die der Teilnehmer an den Hexenfesten miteinander verbindet, ist das Verbot, »darüber zu reden«.
Von den Heiligtümern der heidnischen Schweden wird erzählt, dass sie sich »in der Regel« bei einem Hain und einer Quelle befanden. Dort hätten unter der Leitung der »Zau-

berinnen« wilde Tänze stattgefunden. Davon wird erzählt, »dass vorwitzige Zuschauer

also Außenstehende, S. G.

endlich selbst von der Raserei erfasst worden wären und mitgetanzt hätten, bis sie durch den Sturz von einem steilen Felsen den Tod gefunden«.[22] Die südslawischen Wilen reißen dem, der sie beim Tanze stört oder zu belauschen sucht, »Hand oder Herz aus oder machen ihn durch ihren Blick stumm und blind oder verwirren (!) seinen Geist oder kitzeln oder tanzen ihn zu Tode«.[23]

Wenn wir vernehmen, dass die Neudazugekommenen beim Hexensabbat ausdrücklich gewarnt wurden, »niemandem ein Wort von dem zu sagen, was hier geschehe«[24], so könnte man dies leicht als eine bei der sadistischen Grausamkeit der Verfolger notwendige Vorsichtsmaßnahme verstehen. Wenn wir nun aber von Skandinavien bis in den Balkan hören, dass neugierige Fremde, die das Treiben der Zauberfrauen zu belauschen suchten, von »Raserei« erfasst wurden, einen »verwirrten Geist« bekamen, fällt uns zusätzlich ein, was ein französischer Geschichtsschreiber der Magie im 19. Jahrhundert behauptet[25]: So stark seien die Giftdrogen gewesen, die die sehr wirklichen Hexen in ihren berühmten Kesseln brauten, dass unvorsichtige Nichteingeweihte, die in die Nähe kamen, durch die Räucherungen in einen Strudel irrsinniger Bilder hineingerissen wurden. Es ist wohl ohne weiteres anzunehmen, dass Menschen des Mittelalters, die keine Vorbereitungen auf ein solches Erlebnis besaßen und noch dazu überzeugt waren, dass in allen Naturwirkungen der Teufel auf ihre erbärmliche Seele lauere, tatsächlich und ziemlich schnell ihr schon an sich schwankendes seelisches Gleichgewicht verlieren konnten ...

In diesen zahllosen Geschichten über das Schweigen gegenüber den Außenstehenden scheint uns aber noch etwas mehr zu stecken als die Vorschriften geheimer Bünde oder die Nachrichten über Zusammenbrüche als Folge des unvorsichtigen Umganges mit den Hexen-Drogen. Auch der Tierbräutigam der Märchen verbietet dem Mädchen, über ihr Leben bei ihm zu reden. »Ein Schleier liegt über den Dingen, die sich zwischen beiden vollziehen.«[26]

Ähnlich wie in den zahllosen Fassungen des gleichen Märchens das eine Bild für das gleiche Erlebnis spielend durch ein anderes ersetzt zu werden vermag, so wallen zum Beispiel auch die Jenseits-Vorstellungen in den russischen Totenklagen durcheinander. Hier ist nirgends eine »festgelegte Schilderung des Paradieses oder der Hölle. Zahlreiche, traumhafte, einander widersprechende Mythen und Sagen umschleiern dieses ferne Land ...«[27]

Erzählen nicht ganz ähnlich die modernen Anhänger der Rauschkulte, dass es »unmöglich ist, jemand, der es nicht selber miterlebte, die ineinanderfließenden Erlebnisse, die Flut der Bilder, die auf den Verstand einströmen, einem Außenstehenden in die Sprache des Alltags übersetzen zu wollen«? Hilflos gegenüber der Forderung, ihre Schau weiterzuerzählen (helpless to communicate) erweisen sich die heutigen LSD-Eingeweihten.[28] Die modernen Untergrund-Zeitschriften verkünden dutzendfach: »Niemand wird sich ernsthaft bemühen, einen Trip bis ins Detail zu beschreiben. Spätestens nach ein paar wenigen Sätzen würdest du deinem Gegenüber empfehlen, es doch einfach selbst mal zu versuchen.«[29]

Genau eine solche »Empfehlung« war aber während einem guten Teil der abendländischen Geschichte vollauf genügend, den Erzähler von »Reisen« in Feenreiche dem sicheren gesellschaftlichen und wahrscheinlich auch dem qualvollen körperlichen Tod zu überliefern: »Erzähl keinen Traum«, dies ist nicht zuletzt aus solchen Gründen in den Sagen der weise Rat der »Waldweiblein«, es sei die Voraussetzung, dass einem »aus aller Not« geholfen werden könne.[30]

Lehrzeit in Asche und Staub

Dass ursprüngliche Vorstellungen sich in den zahllosen Geschichten um das Aschenbrödel erhielten, wurde schon vor

Jahrhunderten vermutet. 1608 schrieb G. Rollenhagen in der Vorrede zum »Froschmeusler«: »Was auch der alten Deutschen heidnische Lehr gewesen, vernimmt man am besten aus den wunderlichen Hausmärlein von dem verachteten frommen Aschenpössel ...«[31]

»Der Name der Heldin Aschenputtel oder Aschenpuddel bezeichnet im Hessischen ... die in der Asche wühlende, sich wälzende Küchenmagd, ein geringfügiges, unreines Mädchen.«[32] Das männliche Aschenbrödel, also der ähnlich heißende Held verwandter Märchen, gilt am Anfang der Geschichte für »dumm ... weil er seine erste Jugend in der Asche der Küche zubringt; als endlich seine Zeit erscheint, tritt er auf, tut es seinen Brüdern weit zuvor und erreicht das höchste Ziel«.[32]

Für die Jahrhunderte unserer jüngsten Vergangenheit galt bekanntlich ein Dasein »in Asche und Rauch« als etwas nur der Unterschicht zukommendes, also etwas Verächtliches – der Ausdruck einer die Märchenheldin oder den -held quälenden Strafe, oder als Folge seiner aus dem Fortlauf der Geschichte kaum verständlichen Faulheit. Für eine Urgesellschaft, da der Herd heilig war und damit alle Handlungen an ihm den Besitz von Wissen forderten, muss ein Aschenbrödel nicht trotz, sondern gerade wegen seinem Leben in der Asche am Ende der Märchen zu den höchsten Ehren kommen. »Die Asche gilt seit den ältesten Zeiten bei den verschiedensten Völkern als mit besonders wirksamen, heilvollen Kräften ausgestattet.«[33] Vom Herd her (oder aus dem Kamin) erscheinen die hilfreichen Hausgeister, die Erdmännlein (Härdmannli); dort standen auch tatsächlich die Puppen, Bilder der Kobolde, worunter man wohl in den meisten Fällen Alraunen oder ähnliche Wurzelgebilde zu verstehen hat.[34]

Das französische Aschenbrödel sitzt auf einem Aschenhaufen und »sucht in den Ritzen des Kamins«. Dort findet sie, offenbar als Geschenk des freundlichen Herd-Geistes, »einen goldenen Schlüssel«, dank dessen sie die schönen Kleider erhält, mit denen sie den Ball des Prinzen besuchen kann.[35]

Wenn wir uns wohl vergegenwärtigen, dass die Schöpfer

dieses sehr alten und ursprünglichen Märchens sich kaum einen »Ball« im Sinne der späten höfischen Zivilisation vorgestellt haben können, sondern ein entfesseltes Tanzfest im Sinne ihrer Volkskultur – dann rückt auch unser gutes, sich geheim am Kamin zu ihrer Lustreise bereitendes Aschenbrödel ausgesprochen in die Nähe der sich am Herd zu ihrem »Ball« rüstenden Hexen des Mittelalters.

Im italienischen Märchen pflegt das Aschenbrödel eine Blume, die ihr von einer wunderschönen Jungfrau aus einer Höhle geschenkt wurde. Aus der Pflanze tritt nun eine Fee und fragt unvermittelt die Heldin, was sie sich wünsche: »Worauf diese antwortete, dass sie gern manchmal ohne Wissen ihrer Schwester aus dem Hause gehen möchte. ›So komme denn‹, erwiderte die Fee, ›jedesmal, wenn du diesen Wunsch hegst, an den Blumentopf und sprich ...‹ « Am nächsten Freitag (der Freitag ist übrigens in den Sagen der Lieblingswochentag der Hexenfahrten) eilt nun das Mädchen »rasch zu ihrem Blumentopf, und nachdem sie die ihr von der Fee gelehrten Worte ausgesprochen, sah sie sich pötzlich wie eine Königin geschmückt auf einem Zelter sitzen ...«[35]

Magie um den Blumentopf, und mit Asche und Rauch des Herdes, erscheinen damit beide als Ausdruck eines gleichen urzeitlichen Kräuterzaubers – als zwei Erinnerungen über die gleichen Vorgänge, die sich gegenseitig verständlich machen: »Kamin und Türe waren für sie das gleiche Loch«, hörte ich noch von den Höhlen der »Heiden« in der Umgebung von Interlaken wie von Burgdorf, wobei die Erinnerung des Volkes festhält, »dass diese Menschen, so armselig sie lebten, so sehr unsereinem in allen Hexereien über waren und alle Kräfte der Kräutlein kannten«. Erklären solche Sagen nicht ebenso das Leben des Aschenbrödel, Cendrillon, polnisch Kopuszek (von kopec = Ruß, Rauch)[35] usw. in der Asche, wie die fortlebende Vorstellung, »dass die Hexen stets durch den Kamin ausfahren«?

Wie ein Kenner zahlloser Tatsachen der europäischen Untergrund-Geschichte erzählt, galten überall die Hütten fast steinzeitlicher Art noch in der Renaissance und später als Treffpunkte der Nomaden und auch aller Sesshaften, die ge-

heime Wege liebten: Hier habe man Liebestränke gebraut und hier seien die wahren Hochschulen aller Ketzereien, Jahrmarkts-Künste und Außenseiter-Wissenschaften gewesen.[36]
Mag die Märe vom Aschenbrödel ihrem Kern nach eine Erinnerung an uralte, wenn auch lange nachlebende Einweihungen in rußigen Hexenküchen enthalten, immer wieder wurde in Europas Vergangenheit die Überlieferung zu einer geschichtlichen Wirklichkeit: Trotz der Wut aller Vertreter der Oberschicht, der Hofschranzen, bezauberten Mädchen aus Feenwald und Alchimistenhöhle in jedem Jahrhundert »die Prinzen« und kamen dadurch zu Einfluss auf ihre ganze Zeit.
»Fast in allen Hexenprozessen ist der Teufel schwarz gekleidet, er trägt einen Federhut, er sitzet am Herdfeuer ...«[37]
Ohne dieses aus der Wirklichkeit stammende Urbild des rußigen Zaubermeisters in der Hexenküche, aus dem in der Volksdichtung liebliche Märchengestalten wie Aschenbrödel ebenso entstanden wie die Vorstellung der »von Flammen umgebenen Höllenherrscher«, fehlt uns damit ein wichtiges Tor zum Verständnis der Vergangenheit.

Sonnenkleid aus Drogendunst

In der isländischen Fassung des Märchens vom »Aschenbrödel«, es erinnert freilich ebenfalls an die grimmsche Geschichte um »Gold- und Pechmarie«, werden drei Mädchen nacheinander ausgeschickt, um »Feuer zu holen«. Zwei kommen an einem Hügel vorbei, aus dem die Frage tönt: »Willst du mich lieber mit dir oder gegen mich haben? « Beide finden es vollkommen »gleichgültig«. In einer Riesenhöhle finden sie dann kochendes Fleisch und einen Topf mit Kuchenteig. Sie essen davon und lassen den Rest unbeschwert verbrennen.
Nur das Aschenbrödel besteht dann die Prüfung. Kein Ding findet sie, als sie die bedeutsame Frage vernimmt, sei so gering, dass man nicht wünschen sollte, es auf seiner Seite zu haben. Richtig und mit Verantwortungsgefühl führt sie auch in der Riesenhöhle alle notwendigen Küchenarbeiten aus: Dafür bekommt sie dann, neben andern Wundergaben, ihr

Prachtgewand – dank dessen sie ihren Königssohn zu gewinnen vermag.[38]

In verschiedenen Fassungen des Aschenbrödel-Märchens erhält die Heldin ihre das Herz des Prinzen gewinnenden Kleider von einem Baum, Strauch, gelegentlich sogar aus einer geheimnisvollen Nuss.[39] In der slowakischen Volksdichtung erhält der Küchenjunge von der Sonne »ein Gewand, das bequem in eine Nussschale hineinging; das war ein Sonnenkleid«.[40]

Der irgendwie durch Umgang mit Feen-Kräutern gewonnene äußere Glanz des aus seiner rußigen Höhlenküche entsteigenden Aschenbrödels entspricht der durch Magie erzeugten Schönheit der mittelalterlichen Hexen. Die keltisch-englische Überlieferung, behauptend, dass dies noch immer in geheimen Bünden angewandt werde, weiß darüber: »Es heißt, dass die Hexen auf dem Land, wo man sie nicht sah, das

aus Kräutern gewonnene, S. G.

Öl auf die Haut rieben und nackt zum Sabbat gingen. Das Öl wärmte sie, bis der Tanz begann, und strömte, wenn sich der Körper beim Tanzen crhitzte, einen starken Duft aus, der seltsame Wirkungen hervorrief. Woraus es hergestellt wird, ist ein Geheimnis. Manchmal vermischten sie das Salböl mit Ruß, um des Nachts nicht gesehen zu werden.«[41]

Auch Aschenbrödel muss ja, nach dem Rat der sie belehrenden Feen, immer daran denken, wie lang der ihr anhaftende Zauber zu wirken vermag. »Nur bis Mitternacht« bewahren ihre prächtigen Kleider und die andern magischen Geschenke »ihre Schönheit, dann werden sie hässlich«.[42] Rechtzeitig, genau wie die Hexen, muss also das glänzende Mädchen, bevor sie jedermann als das rußige Aschenbrödel erkennt, in der Nacht verschwinden ...

Das Märchen erzählt also auch hier ursprünglich nicht von »übernatürlichen Wundem«, sondern von nichts als an ihre Gesetzmäßigkeiten gebundenen Drogenwirkungen. »Es gab Mädchen«, wurde mir noch für das Frutigtal im Berner Ober-

land bezeugt, »die trugen auf sich, wenn sie zum Fest gingen, bestimmte Wurzeln, die, wenn sie wie wild tanzten, stark zu riechen begannen und alle Burschen sozusagen betäubten. Das Mädchen konnte dann aussehen, wie es nur wollte, jedermann glaubte, sie sei wunderschön und alles an ihr sei schön.«[43]

Noch genauer wusste man es in Osteuropa: Noch in unserem Jahrhundert spielte die Tollkirsche »in der Bukowina insofern eine Rolle, als der Glaube besteht, dass ein Mädchen mit der Belladonnawurzel in der Tasche den Burschen beim Tanze gefallen wird ... Einen ähnlichen Glauben trifft man in Ungarn an, wo die Wurzel als Amulett auf dem bloßen Leib getragen werden soll ...«[44] »Mädchen tragen in Siebenbürgen die Tollkirschenwurzel im Busen, um die Burschen an sich zu ziehen.«[45]
Aus solchen erträumten oder teilweise wahrscheinlich auch wirklichen berauschenden Ausdünstungen des Hexen-Nachtschattengewächses Tollkirsche erklärte man auch schon ihren Namen Belladonne, also »Schöne Herrin«.
Sogar das »Sonnenkleid«, der jedermann bezaubernde, zu leidenschaftlicher Liebe zu seinem Träger bewegende äußere Glanz »aus der Nussschale«, scheint durch die alte Drogenwissenschaft eine ziemlich naheliegende Erklärung zu erhalten: Wurzeln wurden durchlocht am Leibe getragen – zerkleinerte und gepulverte Mittel, die man ähnlich auf sich besitzen wollte, tat man nachgewiesenermaßen »in Tierhörnchen oder ausgehöhlte Nussschalen ...«[46]
Wenn man im 19. Jahrhundert den Kindern über das »brave« Aschenbrödel vorlas, das mit Zauberkräutern umging, Geister sah und am Abend am Herde seltsame Verrichtungen ausführte, auf magischen Reittieren zum Tanz eilte und einen Prinz durch Hexerei zu leidenschaftlicher Liebe entbrennen ließ, wer dachte dabei schon weiter zurück und machte sich klar, dass die hier geschilderten Handlungen fast durch die ganze Zeit der geschriebenen Geschichte jede für sich genügten, ein Weib in die Folterkammer und auf den Scheiterhaufen zu bringen?

Abenteuer im Schlaf

Der Kreis der Märchen vom magischen, von Hexen oder Feen erzeugten Schlaf, den wir am besten aus »Dornröschen« oder auch »Schneewittchen« kennen, ist ungeheuer groß.

In einer armenischen Geschichte erzürnt der Königssohn eine Hexe dadurch, »dass er ihr nicht die geziemende Achtung bezeigt«. Sie sticht ihn mit einem Dorn, und au-

Der Deckel wurde abgehoben, er hieß das leidtragende Gefinde hinausgehen bis auf die Zwerglein,brachte seine Reliquie hervor und legte sie auf das Herz der Erstorbenen Musäus, Richilde.

genblicklich schläft er ein.[47] Oder es wird in einem Volkslied des französischen Westens ein Mädchen in den Wald geschickt, um Haselnüsse zu pflücken (pour cueillir la nouzille). Sie sticht sich einen grünen Dorn in die Hand und schläft tief ein, bis ein Reiter kommt, der sich in sie verliebt und sie wecken kann.[48] Man hat hier im 19. Jahrhundert verschiedene Gestaltungen ein und des gleichen Mythos erblickt; können aber nicht ebensogut viele dieser Erzählungen aus echten Erlebnissen entstanden sein, die an vielen Orten und zu verschiedenen Zeiten stattfanden?
Eine Schwester der Dornröschen und Schneewittchen, deren Abenteuer freilich unglücklich genug ausging, ist die Heldin von Shakespeares »Romeo und Julia«. Die Untersuchung der

dichterischen Quellen, die der große Engländer für sein Theater benutzte, scheint ergeben zu haben, dass auch diese Geschichte von alten Berichten über Mandragora-Wirkungen angeregt wurde.[49] An eine ähnliche Begründung des magischen Schlafs ihrer Heldinnen und Helden scheinen auch die Erzähler vieler alter Märchenfassungen gedacht zu haben.

In der arabischen Entsprechung zu unseren Volksdichtungen um Schneewittchen sitzt der Prinz neben der Leiche seiner »vergifteten« Gattin, bis ihm gute Geister den Baum zeigen, dessen Blätter sie auf erwecken.[50] In der italienischen Fassung sind es »giftige Blumen«, die den Zauberschlaf bewirken; in Schweden wiederum ein Zauber-Apfel – wobei eine Riechflasche die Wirkung des Hexenmittels zu vertreiben vermag.[50]

Erinnert schon dies alles deutlich genug an die sehr wirklichen Folgen der Genüsse jener Pflanzen, die man einmal als Schlaf-Äpfel, Schlaf-Kräuter oder Schlaf-Blumen allgemein kannte, so schläft die Heldin des kabylischen »Schneewittchen«-Märchens ganz einfach unter dem Einfluss einer ihr eingegebenen »Opiumpille«.[51]

Ein Bericht über magischen Schlaf, den er selber noch in Lappland erlebt haben will, verdankt man noch aus dem 19. Jahrhundert dem Erzbischof von Uppsala, der einen Zauberer in Lappland besuchte. Dieser setzte eine Pfanne mit »trockenen Kräutern in Brand und hielt seinen Kopf über den übelriechenden narkotischen Dampf derselben. In wenigen Minuten bedeckte Leichenblässe sein Gesicht, der Körper fiel nach kurzen Zuckungen in den Lehnstuhl ... zurück und lag regungslos, in allem einem Toten gleich da.« Die Gäste des Drogen-Magiers glauben schon an einen Unfall, doch bald kehrt dieser zurück und erzählt von fernen Gebieten, die er auf seiner »Reise« besucht haben will.[52]

Weisheit durch Scheintod

Auch der berühmte todähnliche »Schlaf der Fakire«, mit dem indische Gaukler die Fremden zu erschrecken und zu erstaunen pflegen, diente ursprünglich nicht zu Jahrmarkt-Spielereien, sondern zu magischen »Fahrten« zur Erkenntnis der tiefsten Geheimnisse des Weltalls.[53] Genau wie es nach Bibra, Perreira und andern beim »Lebendigbegraben« der Fakire, wahrscheinlich zumindest beim Erlernen dieser Fähigkeit, nicht ohne »große Dosen Haschisch« abgeht[54], so verwendeten die indischen Magier für ihre kosmischen Trips geheimnisvolle pflanzliche Rauschmittel: »Schon die Brahminen bedienten sich des unter großen Feierlichkeiten bereiteten Somatrankes zur Erzeugung des Hellsehens und Vollendung der Yoga. Dieser Trank erhebt sie über alle Welten in einen Zustand, in welchem sie ›mit Brahma vereint das Innere aller Dinge erkennen‹ «[55]

Genau wie in europäischen Märchen die Erd- oder Bergmännlein das sich in der Gewalt des Schlaf-Apfels befindende Schneewittchen in einen »Gläsernen Sarg« legen und darin beobachten, fleißig »daneben Wache halten« und so weiter, so mussten die Schüler der indischen Weisen während »der Abwesenheit von deren Seele« ihren Leib vor allen Gefahren bewahren. Dabei ging es vor allem um einen Schutz des unbeweglichen Körpers vor wilden Tieren, Mäusen und Insekten[53]: In einer alten deutschen Fassung des »Schneewittchen«-Märchens wird die scheintote Schöne »auf einem Baum« vor der Höhle verborgen[58], in einer russischen Version ihr Sarg zwischen zwei Bäumen befestigt.[57]

Diese »Sicherung« der im »magischen Zauberschlaf« ruhenden Zauberer bei Einweihungsbräuchen stimmen ganz genau mit urtümlichen Beerdigungsbräuchen überein: Lernte also der vorgeschichtliche Mensch aus diesem durch seine Drogen erzeugten Tiefschlaf, währenddessen die Seele scheinbar durch bunte Wunder wanderte, auch das Leben als etwas vom Leib Unabhängiges zu betrachten? Haben wir hier den Ursprung der Vorstellung, dass die Toten in ihren von Ehrfurcht umgebenen Friedhöfen nur »ruhen«, in einem »ewigen Schlaf« daliegen und in Wirklichkeit »durch die Geheimnisse des Jenseits« reisen?

Den Übergang zwischen den Berichten vom Hexenschlaf und altertümlichen Unsterblichkeitsvorstellungen besitzen wir etwa in der aus dem 12. Jahrhundert stammenden Überlieferung über die Gattin Haralds des Haarschönen: »Ihr Antlitz veränderte sich nicht im geringsten, und sie war noch ebenso rot, als da sie lebendig war; der König saß bei der Leiche und dachte, sie würde wieder ins Leben zurückkehren; so saß er drei Jahre.«[58]

Die Einweihung des Dornröschen

Wir haben genug der Berichte aus dem Altertum, als noch die Einweihungsbräuche öffentlich bestanden, dass die Menschen, die sie durchmachten, von nun an keine Furcht mehr vor dem Sterben besaßen: Sie waren fest überzeugt, dank der Kenntnisse ihrer Priester sozusagen eine Kurzfassung des Todesvorganges durchlebt und damit das große Rätsel des Daseins erfasst zu haben. Apulejus, der selber die Mysterien der Isis durchwandern durfte, bezeugt: »Ich beschritt die Grenzen des Todes, und da ich Proserpinens

> der großen Göttin der Unterwelt, S. G.

Schwelle betreten, wurde ich durch alle Elemente

> die berühmte Wasser- und Feuerprobe der Geheimbünde noch im 18. Jahrhundert, S. G.

hindurchgeführt, und kam wieder zurück. Um Mitternacht sah ich eine strahlende Sonne und alle Götter der Unter- und Oberwelt.« Stobäus erzählt es ganz ähnlich: »Die Seele empfindet im Tode dasselbe, was derjenige erfährt, welcher in die großen Mysterien eingeweiht wird. Ist man an den Grenzen des Todes und der Einweihung angelangt, so ist Alles traurig und schrecklich anzusehen. Ist aber dies vorüber, so bricht ein wunderbares Licht hervor. Glänzende Ebenen und blumenbesäete Auen kommen überall zum Vorschein.«[59]

Schritt um Schritt wurden dann im Laufe unserer geschichtlichen Entwicklung diese magischen Zustände, die unsere »Märchenhelden« Dornröschen, Schneewittchen und so weiter erleben, zu etwas Verwerflichem, zu einem »bösen Zauber«: Als solcher gilt etwa in der mittelalterlichen Sage der endlose Schlaf des Magiers Merlin, in den ihn, mitten im Dornengebüsch, die schöne Fee Viviane versenkt – dies, obwohl es ausdrücklich heißt, der große Hexenmeister liege glücklich in der Flut der allerschönsten Gesichte.[48]

Erst den Jahrhunderten der Hexenverfolgung gelang es, diese »Reisen« ins Märchenland mit der Hilfe der Feenkräuter endgültig als Verbrechen darzustellen und so Schritt um Schritt aus der Volkskultur auszutreiben: Crusius, Remigius und andere Schriftsteller jener blutigen Zeit nennen uns ausdrücklich »einen langwierigen Schlaf«, die Beobachtung, dass gewisse Menschen »oft ... zwei ganze Tage aneinander schlafen«, »ein Indicium der Hexerey« – also als einen genügenden Grund, Zeitgenossen als Ketzer zu verhaften, zu foltern und dem Scheiterhaufen zu übergeben.[60] »So manchen Tropf« man nach Cardanus und Wier von einem Hexentrank aus Nachtschatten und Mohn einnahm, »so manche Stunde« muste man darauf schlafen.[61]

Das Dornröschen-Märchen in der Aufzeichnung des Franzosen Perrault besitzt übrigens noch die Erinnerung an diese ins Volk getragene Entartung urtümlicher Vorstellungen: Das von einem Dornendickicht umwachsene Schloss, in welchem die Heldin ihren langen Schlaf abhält, wird hier von den Bewohnern der Gegend als Ort unheimlicher Hexen-Zusammenkünfte angesehen.[62]

Kurz und gut: Auch Dornröschen wäre in den meisten Jahrhunderten jener Schrecken, die wir als europäische Geschichte zu bezeichnen pflegen, für ihren »Schlaf« im Zauberschloss ebenso in den Kerker gewandert, wie Schneewittchen für die gleiche Betätigung in der Höhle ihrer Erd- oder Berg-Leutlein. In unseren Zeiten wäre beiden »nur« ein Gerichtshandel wegen des Gebrauchs »unerlaubter Drogen« sicher.

4. Das Reich der Feen

Die Vorstellungen, die von den Hexenrichtern vertreten wurden, waren teilweise gar nicht wesentlich »unmoderner« als gewisse Theorien von heute. Hinter allen »theologischen« Begründungen erkennen wir noch heute gelegentlich die Auffassung, dass die Hexen Vertreter einer nachwirkenden Ur-Kultur waren, deren Reste man beseitigen musste, um das Volk für eine andere Art der Zivilisation zu gewinnen. Man mordete die Kräuterweiber und Kräutermänner, weil man vor ihnen Angst hatte und gleichzeitig wohl auch ihnen gegenüber an Minderwertigkeitsgefühlen und schlechtem Gewissen litt. Sie waren vor allen Obrigkeiten »von Gottes Gnaden« gewesen: man fürchtete ihr Wiederkommen.

Ganz ohne Wissen von der Vorgeschichte, wie wir es etwa heute annehmen, war ja die Oberschicht jener Jahrhunderte gar nicht; was ihr an Kenntnis der Funde oder der Sprachdenkmäler abging, das ersetzten ihr die damals noch ungleich lebendigen Volksüberlieferungen. Wir vernehmen etwa von »Weißen Frauen« von Friesland, »die sich aufhielten im Walde, auf kleinen Hügeln, da sie ihre unterirdischen Höhlen hatten«: »Alven« (Alben!) hätten sie geheißen. Als Hebammen hätten sie gewirkt und »die Vieh-Hirten weggeführet«: »Von ihrem Zustand und Tun scheinen viele Märlein gewesen zu sein ...«[1]

Antike und germanische Sagen, Uraltes und Zeitgenössisches vermischend, erzählt auch der bayerische Renaissance-Chronist Aventin von den »Alraunen«, die er im übrigen den »Amazonen« der Griechen gleichsetzt: »... man sagt überall von ihnen, es wären lauter Teufel, fressen die Leut, machten aus ihren Hirnschalen Trinkgeschirr und hängten es auf in ein heiligen Forst, wie jetzt der Bärn und Wolfs Köpf. (Sie) hingen die Köpf auf zu einer ewigen Gedächtnis ...«

Also Totenkult und nicht etwa Menschenopfer? S. G.

»Ihre Hauptmannin ist gewesen Frau Hätz, soll eine große Ärztin und Künstlerin gewesen sein, darvon man noch die alten Zauberer die alten Hexen nennt.«[2]
Ähnliche phantastische Erinnerungen an eine Urzeit scheinen in Shakespeares »Macbeth« nachzuklingen, wenn die Hexen, die Dienerinnen der Göttin Hekate (hat sie wohl auch dem guten Aventin bei der Annahme seiner Hexen-Urmutter Frau Hätz vorgeschwebt?) um ihren brodelnden Kessel tanzen: »Gleich Elfen und Feen« bezeichnen sie selber in ihrem Liede ihr Treiben.[3]
Der Hexen Tänze, schreibt auch einer ihrer schlimmen Verfolger, der Franzose Boguet: »sind ähnlich denen der Feen, diesen in Menschengestalt verkörperten wahren Teufeln (vrays diables incorporez), welche vor noch nicht langer Zeit herrschten.«[4]
Doch mochten die Hexenrichter und ihre Gelehrten schreiben, was sie wollten, »die Hexe«, die Frau im Hag, das Waldweib, blieb Mittelpunkt der schönsten Volksdichtung, des Märchens. Erstaunlich genug hat man festgestellt, dass sie alles in allem im deutschen Märchen noch immer den Feen, Elben, Elfen der vorgeschichtlichen Sagen entspricht: »Die christliche Welle, die die Hexe der Volkssage überschüttete und unkenntlich machte, hat die des Märchens nicht mehr erreicht. Mythisch erscheint sie in der Dreizahl, von Raben umflogen ... Sie entführt Jungfrauen und nimmt sie zu sich in den Dienst ... Ja die hilfreichen Spinnerinnen werden ausdrücklich als Hexen bezeichnet. Von einer schönen Musik der Hexen ist in Tiroler Märchen die Rede ...«[5]
Es ist immer nur dank der Begegnung mit diesen kräuterkundigen Hexen, mit den Feen, bei den Slawen mit den Wilen oder der Waldfrau Baba-Jaga, durch die der Märchenheld sich zu bewähren und eben zu einem richtigen, echten Märchenhelden zu werden vermag.

Ehrengäste in Hexen-Höhlen

Beim Chronisten Aventin und bei zahlreichen Schriftstellern seiner Zeit »fressen« die Alraunen »die Gäst ... alsbald einer kam«.[2] Sie stehlen Kinder, um sie zu verspeisen oder um ihr Fett zusammen mit unheimlichen Kräutern »in ihrem Kessel zu Zaubertränken (oder Zaubersalben) zu kochen«.

Mag auch dieses widerliche, von der Oberschicht des Mittelalters bis fast in das 19. Jahrhundert hinein in das Volk getragene Bild in gewissen Sagen seine unreinen Spuren hinterlassen haben – die Volksdichtungen wissen eigentlich genau, dass es den Zauberern bei ihren Gästen und »von ihnen geraubten« Kindern um etwas ganz anderes ging: Freilich um ein Unternehmen, das in den Augen ihrer blutigen Verfolger noch unendlich viel verwerflicher und gefährlicher war, als es ein noch so abstoßender Mord hätte sein können.

Die Unterirdischen, weiß noch die Erinnerung des Volkes, lockten die Kinder in ihre Höhle, »lehrten sie Sprüche, wie sie denn sehr klug waren, und entließen sie nach einigen Stunden (?) wieder«.[6] Die »Alte im Walde« der deutschen Märchen, die auch Waldweiblein, Wildes Weib, Waldfräulein, Moosweibchen, Waldminchen, Frau Holle, Großmütterchen Immergrün usw. heißen kann, nimmt Kinder mit sich »und erzieht sie zu brauchbaren Menschen ...«[7]

Von ihren Feen erzählten noch lange die Slowenen, wie schön und lieb sie gewesen seien: »Sie waren von tiefer Wissenschaft, dabei guten Herzens.« In Höhlen hätten sie gehaust, wären aber oft nächtlich in die Ortschaften ihrer Stämme gekommen, Arbeiten zu verrichten: »Wer ihren Rat befolgte, dem ging alles glücklich vonstatten.«[8]

Von ihren Feen berichteten ähnlich die Kroaten: »Als sich die Zahl der Menschen auf Erden vermehrte, schickte Gott Wilen in die Welt, damit sie die Menschen beaufsichtigten und in allem Guten unterrichteten. Diese pflegten kleine Kinder zu sich zu rufen, um sie Anstand zu lehren.«[9] »Die Eltern befolgen die Ermahnungen der Wilen, erzogen sorgsam ihre Kinder, lehrten sie, was recht und was billig sei.«[10]

Genau gleich erinnern sich noch die schweizerischen Alpensagen von den einheimischen »weisen« Bergfrauen: »Sie führen die Hirten in ihre eigenen Behausungen, lehren sie die geheimen Fähigkeiten und Pflanzen, machen sie auch zu Meistern in den Künsten der Zauberei ...«[11] Diese Feen hatten nach den Berichten der Sennen »in den Balmen der höchsten Felsen ihren Aufenthalt«. Den besten unter den Hirten lehrten sie »die Heilkräfte der Bergkräuter und Pflanzen« und viele andere »seltene Geheimnisse und Kunststücke«. Wenn diese aber darüber zu andern, zu uneingeweihten Menschen, zu reden wagten, diese Geheimnisse nicht nur ganz »geheim trieben«, dann wurden sie von den Kobolden in grässliche Gletscherspalten gestürzt.[12]

„Wahnsinn" für Uneingeweihte

Die Geheimnisse der Feen, Wilen usw. werden also für so schwerwiegend angesehen, dass jede ihre öffentliche Betätigung, also ihre Anwendung im Kreise von Nichtkennern der magischen Künste, zwangsläufig schwarzes Unglück auslösen muss: Wohlverstanden, nach dem genauen Wortlaut vieler Sagen sind es nicht etwa die Zauberer oder »Unterirdischen« selber, die die Verräter »bestrafen« – die bloße Auslösung der verborgenen Naturkräfte durch Unwissende ist es, die alle Übel auslöst.
Vom Außenstehenden, der, ohne richtig »dazuzugehören«, sich in die Hexenfeste einschlich, weiß etwa die Überlieferung, dass er »irregeführt« wurde, »wochenlang krank lag, zeitweise irrsinnig wurde«.[13] Wer sich unvorsichtig »in den Berg« der Geister begibt, »kommt nur halb lebensfähig wieder zurück. Fieber, Ohnmacht, jahrelanger Schlaf, Fallsucht, schwere Krankheit oder stilles Hinsiechen, meist mit baldigem Tode endigend, Irrsinn, Verblödung, das sind die Übel, die den einzelnen treffen ...«[14]
Auch wenn uns nicht in vielen der Sagen ausdrücklich berichtet würde, der eigentliche Inhalt der Unterweisung der Menschen bei den Feen, Erdmännchen, Bergleutlein und dergleichen sei die Kenntnis der »Kräuter« gewesen, müss-

ten wir den Zusammenhang merken: Fast alle die »Strafen«, die den Uneingeweihten, den unvorsichtigen Eindringling in die Bräuche der Zauberer treffen, decken sich mit denen, die die Volksmedizin den von den Hexen tatsächlich verwendeten Pflanzen zuschrieb – und die zum guten Teil auch durch neuere Untersuchungen bestätigt werden konnten.
Für ein Zeitalter, da die unmittelbare Erfahrung seiner Umwelt über die Möglichkeit des Überlebens und der geistigen Entfaltung des Menschen entschied, war eine angewandte Kräuterkunde die Grundlage für zureichende Ernährung, Heilung von Wunden und Krankheiten, Heizung, Beleuchtung, Bekleidung, Herstellung von zureichenden Waffen usw. Die Gefährlichkeit in der Verwendung einer ganzen Reihe von an sich nützlichen Pflanzenstoffen ließ wahrscheinlich den Kenner all dieser Mittel zum ersten und wohl auch allein unentbehrlichen Beruf der menschlichen Urgeschichte emporsteigen. Der Medizinmann, der zauberkundige Kräutermann in seiner Höhle, die im »dunklen Wald«, »im Hag« hausende Hexe traten auf die Bühne der Kultur: Ihre Hauptaufgabe wurde, jungen Menschen, die in die Gemeinschaft der Erwachsenen aufgenommen werden sollten, mit viel Vorsicht das ganze notwendige Wissen des Stammes weiterzureichen. Um durch endlose Folgen der Jahrtausende ihrer Aufgabe gerecht bleiben zu können, mussten sie Pflanzenkenner und Ärzte sein, Ur-Alchimisten, auch in der Gesellschaft von Jägern und Hirten schon gelegentliche Gartenanbauer, Kenner der alten Überlieferungen – damit also auch »Märchenerzähler« und bereits eine Art Lehrer der Lebensbräuche.

Kochschulen im Zauberwald

Bei den Schwarzen von Liberia lernte Büttikofer einen solchen Stand als Mittelpunkt des ganzen gesellschaftlichen Lebens noch in der Gegenwart kennen[15]: »Eine mit der Ehe in engem Zusammenhang stehende Institution ist der sogenannte Zauberwald, der als ein auf das Eheleben vorbereiten-

des Pensionat betrachtet werden muss. Es gibt für Knaben und Mädchen je einen besonderen Zauberwald ...«
In den Zauberwald »treten die Mädchen im zehnten Jahre ein, manchmal schon früher, und bleiben dort bis zu ihrer Heiratsfähigkeit, oft auch noch länger. Wie an die Soh-bah

> die männlichen Lehrer im Zauberwald – Soh heißt übrigens »Waldgeist«, »Waldgott«. S. G.

für die Knaben, so bezahlen die Eltern für ihre Mädchen eine gewisse Leistung in Naturalien an die Dämonsfrauen, um es ihren Kindern an nichts fehlen zu lassen ...«
»Das Betreten des Zauberwaldes der Frauen ist Männern und uneingeweihten weiblichen Personen streng untersagt.« Die Wälder gehören den Geistern, und jeder Uneingeweihte kann von diesen getötet werden. Die Mädchen dürfen zwar ihre Angehörigen besuchen, müssen sich aber beim Verlassen des heiligen Gebiets »mit weißem Ton beschmieren« – gelten also schon ihrem Aussehen nach als Gäste aus einer andern Welt: »Auch dürfen sie, ebensowenig wie die Knaben, kein baumwollenes Zeug tragen, sondern kleiden sich beim Ausgehen mit einem Schürzchen von Baststoffen oder Blattfasern der Weinpalme. In diesem Zauberwald lernen die Mädchen unter der Aufsicht ihrer Erzieherinnen Gesang, Spiel und Tanz, sowie zahlreiche Gedichte ... allerlei häusliche Arbeiten verrichten, Netze stricken und dem Fischfang obliegen.«[15] Wer denkt da nicht, schon wegen des geschilderten Aussehens, an unsere »im Zauberwald« tanzenden, meist »weißen« Feen, an das von Asche bedeckte Aschenbrödel, das ebenfalls in Grimms Märchen vorkommende Mädchen »Allerleirauh« mit ihrem Kleid »von allerlei Rauhwerk, in das auch Moos und was man noch sonst im Wald findet, eingenäht worden«?[16]
»Zauberwaldkind« oder »Jungfrau« hießen, ebenfalls ganz im Sinn unserer Märchen, diese schwarzen Mädchen, und das Ende ihrer Lehrzeit und Prüfungen im »Zauberwald« endete bei einem jährlichen Zauberfest, bei dem die nun Eingeweihten von ihren Angehörigen möglichst kostbar bekleidet wurden – wie »unsere« Aschenbrödel, die zum Schluss jeder der

alten Geschichten bei einem fröhlichen Fest zu Königstöchtern werden und ihren ihnen entsprechenden Gatten finden.

Der Franzose Saintyves, der Russe Propp und andere entdeckten schon diesen so offenbaren Zusammenhang zwischen solchen Bräuchen, mit denen die sogenannten »Naturvölker« den Eintritt in den Zustand der »Reife« des Erwachsenseins umgeben, und dem Aufenthalt unserer Märchenhelden bei Frau Holle und ähnlichen (stets Geheimnisse hütenden) Gestalten: Bei ihnen allen lernen diese »Kinder im Walde« scheinbar gefährliche Proben bestehen und kehren von ihnen mit »Wundergaben« zurück.

Wäre aber dieser »Zauberwald« wirklich zum Zauberwald der Märchen geworden, wenn er, wie es der Forscher des 19. Jahrhunderts soeben ausdrückte, nur eine Art »Pension«, ein Gymnasium, ein Töchter-Institut im Sinne unserer Zeit gewesen wäre – und nicht doch ein »echter« Zauberwald?

Zu den frühesten Entdeckungen, die man in jedem Stamm als sein höchstes und gleichzeitig gefährliches Gut weitergab, gehörte eben die Kenntnis des Lebens der Umgebung, also vor allem der Eigenschaften, der Wirkungen der Kräuterwelt. Der Mensch entdeckte die Geheimnisse des Nährwerts der Pflanzen und ihren Nutzen als Gift für die Waffen der Jagd. Er entdeckte auch bei einer Unzahl von ihnen die Fähigkeit, den Geist zu berauschen und zu unvorstellbaren Höhenflügen der Phantasie zu entflammen.

Rübezahls magisches Theater

Zu den Gestalten der Volksdichtung, die fast bis in die Gegenwart hinein am lebendigsten blieben, gehört Rübezahl, der berühmte Kobold, Berggeist, Hexenmeister, Gnomen-Herrscher im Riesengebirge. In den ersten Sammlungen echter Volks-Mären, die einen Hauptanstoß zum ganzen Suchen und Forschen der Romantik darstellten, spielt er bereits eine sehr wichtige Rolle.

Die Schilderungen seiner Erscheinungen schwelgen im Ruhm seiner unvorstellbaren Verwandlungskünste: »Er kann sich so schön machen, dass der Apollo im Vergleich mit ihm zu einem Schneidergesellen wird, und wieder in Gestalten einhergehen, dass alte Mütterchen ein Kreuz schlagen, furchtlose Männer davonlaufen, junge Mädchen in Ohnmacht fallen und Kinder ins Bett kriechen.«[17]

Doch wenn er auch bis in die Gegenwart als der Lehrer aller Kräuterzauberer in jeder Art von Blendwerk galt, so steht er in der Märchensammlung von Musäus und in späteren Gestaltungen entsprechender Sagen sehr bescheiden vor uns. Der Verlobten eines böhmischen Fürsten, die er (ähnlich den Gestalten aller verwandten Volkserzählungen) zu sich in seine Höhlen »geraubt« hat, lässt er aus seinen »Rüben« ein ganzes fröhliches Menschenvolk entstehen.

Dieses Feenreich, mit dem sich das Mädchen ergötzt, währt freilich nicht lang: »Denn bald welkten die Gestalten dahin, verloren ihre Heiterkeit, und schrumpften endlich zu alten Mütterchen zusammen. Die Prinzessin war darüber außer sich von Schmerz ...«[18]

Der angeblich sonst allmächtige Bergriese erscheint nun vor ihr und weiht sie in das Geheimnis seiner magischen Wissenschaft ein: »Die Kräfte der Natur gehorchen mir, doch gegen ihre Gesetze vermag auch ich nichts. So lange Saft in den Rüben war, konnte der magische Stab ihnen jede beliebige Gestalt geben, aber jetzt sind sie vertrocknet, und der Geist, der ihnen eingehaucht wurde, raucht allmählich aus ...«[19]

Auf den oft und matt besungenen Sudeten, dem Parnass der Schlesier, hauset in friedlicher Eintracht neben Apollo und seinen neun Musen der berufene Berggeist, Rübezahl genannt, der das Riesengebirge traun berühmter gemacht hat, als die Schlesischen Dichter allzumal.

Matäus. Rübezahl.

Traurig gibt er sogar zu, in den Wintermonaten aus Mangel an seinen kostbaren »Rüben« nur beschränkte Möglichkeiten für seine Zaubereien zu besitzen.
Man hat es sich mit dem Erklären dieser seltsamen Geschichte ziemlich einfach gemacht und etwa behauptet: »Man sieht deutlich, dieses Märchen verdankt seine Entstehung dem Bestreben, den Namen Rübezahl zu deuten.«[18] Dieser stamme wahrscheinlich aus einer slawischen Sprache; die deutschen Einwanderer hätten ihn dem Klang nach übernommen und nicht verstanden. Also hätten sie eine oberflächliche, verspielte Volksdichtung erfunden – dies, obwohl »die Rübe den Charakter des Berggeistes eben nicht sonderlich bezeichnet«.[18]
Dies mag sicher stimmen, wenn wir, hoffnungslos entfremdet gegenüber jener Welt der Volkskultur, die unsere Märchen hervorbrachte, uns hier zäh unser Gemüse Rübe vorstellen wollen. Rübe ist aber nun einmal für die Sprache »die allgemeine Bezeichnung für die bekannten Kulturpflanzen mit fleischiger, runder, spitzzulaufender Wurzel, besonders für die Wurzel selbst«.[20]

Die Rüben am Hexensabbat

Als »Rübe« verstand man, wie wir schon sehen konnten, sogar den Eisenhut, die magische »Blaue Blume«. Ein litauischer Name des Bilsenkrautes lautet pometropes, wobei dieses Wort aus pometis = epileptischer Anfall (also aus einer Anspielung auf die Wirkung dieser Hexendroge) und rope = wiederum Rübe, zusammengesetzt ist.[21] Die ebenfalls giftige Zaun-Rübe erscheint gar in vielen Mundarten fast wie die Rübe an sich. Wir finden etwa Ausdrücke wie Wilde Rübe, Römische Rübe, Faule Rübe, Hexenrübe, in der Schweiz Hag-Rüebli: An Zustände, hervorgerufen durch ihre Wurzelgräbern und Hexen bekannten, mit denen der Alraune verglichen sehr giftigen Wirkstoffe (also an Tollheit und närrisches »Rasen«), erinnern Ausdrücke wie Toll-Rübe, Ras-Rübe oder polnisch duma rzepa = Narren-Rübe.[22]

»Tolle Rübe« (durna ropa), »Böse Rübe« (pikt-rope) ist bei den Litauern das »Krainer Tollkraut«, das Nachtschattengewächs Scopolia carniolica – das von ihnen ebenfalls zu allerlei »Belustigungen« und für »rauschartige Zustände« verwendet wurde.[28] Auch die Tollkirsche heißt im Mecklenburgischen Röwerint – ebenfalls in Anlehnung an Röwe, Rübe, und zwar »wegen des dicken walzenförmigen Wurzelstockes«.[24] Sogar der Märchenname Rapunzel scheint zum lateinischen Wort rapum, Rübe zu gehören!

Wenn uns im übrigen die Sage erzählt, Rübezahl »eilte flugs hinab in den Garten und zog eine Menge Rüben hinaus«[18], so dachte hier ein Bewohner des Riesengebirges wohl kaum an einen Gemüsegarten, sondern erinnerte sich einer anderen Ortsbeschreibung: In älteren Schilderungen böhmischer Volksbräuche finden wir die Angabe, dass der »sogenannte Garten Rübezahls« ein ganz bestimmter wilder Platz war, den man wegen seinen berühmten »Kräutern und Blumen« aufzusuchen pflegte.[25]

In einer Geschichte der Sagensammlung von Johannes Prätorius, also aus dem 17. Jahrhundert, heißt es wortwörtlich: »Rübezahl lässt seinen Garten nicht berauben«, und wir finden ihn als den Hüter der geheimnisvollen Springwurzel[28], die in Sagen bekanntlich recht häufig mit dem Nachtschattengewächs Alraune gleichgesetzt wird.

»Er hockt da wie der Gottseibeiuns beim Rübenacker«, lautet eine schwäbische Redensart und ein Sprichwort behauptet: »Die Hölle ist mit Rüben besät.«[27] Die »Rüben«, freilich offenbar die wie in den Rübezahl-Sagen aus den von Geistern, »Erdleuten gehüteten »Gärten« in Wäldern und Bergen, gelten also als Schlüssel zur Begegnung mit jenseitigen Mächten: Als Höhepunkt des Festes, so lesen wir in einer Zusammenfassung der Berichte über den Hexensabbat, galt der Augenblick, wo dessen Meister »eine geschnittene Rübe« seinem Volke »zur Anbetung« darbrachte: »Nun beginnt der große und unzüchtige Hexentanz der berauschten Satansdiener mit seinen seltsamen Bocksprüngen, dem rasenden Geheul ...«[28]

Ausdrücklich behauptet Johannes Prätorius in seiner »Daemonologie Rubinzalii«, die immerhin 1662 erschien, es sei zu seiner Zeit der allgemeine Glaube gewesen, dass »alle Wurzelmänner, Chimici« es mit dem Rübezahl halten und ihn als ihren »Oberherrn« anerkennen und verehren.[29] Von diesem Freund, Fürst, Gott der »Thiriackskrämer« (die wir schon als die alten, alle Länder durchziehenden Händler mit Rauschmitteln kennenlernen durften) schreibt dieser Zeuge des Volksglaubens seiner Zeit: »Er soll auch öftern dergleichen Wurzeln selber helfen mit ausgraben; also dass man dannerhero ihn wohl könnte Rübezahl nennen.«[30]

Meisterchemiker vom Riesengebirge

Um solche Angaben voll zu verstehen, müssen wir wieder einmal rasch einblenden, was wir in heutigen Untersuchungen über die Wirkstoffe jener Pflanzen nachlesen können, die vor allem von jenen »Rüben-Ziehern«, Wurzelmännern und Alchimisten des 16. und 17. Jahrhunderts gesucht wurden.
Von den Alkaloiden der Nachtschattengewächse vernehmen wir: »Die Betroffenen sind leicht eigener und fremder Suggestion zugänglich, sie glauben zum Beispiel mit Geistern oder Gespenstern zu verkehren, oder meinen, dass sie in Tiere verwandelt sind.«[31] Wir sehen, die von Prätorius und andern bezeugten so häufigen Begegnungen mit dem alle Gestalten annehmenden Hüter der Wurzeln – aber auch die romantischen Geschichten über sein dank der Säfte der Rüben geschaffenes Feenreich – fügen sich ohne jeden Zwang in den Rahmen entsprechender Erfahrungen.
Solche Nachrichten scheinen uns wiederum die besten Beiträge für das Verständnis der Gesetzmäßigkeiten von Entstehung und Verfall unserer Volkssagen: Im Umkreis der Machtbereiche der städtischen und ländlichen Obrigkeiten, die in furchtbaren Verfolgungen die alte Kräuterwissenschaft mit ihren Trägern zerstörte, verblassten sie durch immer fehlerhafteres, sinnloseres Nacherzählen von Geschlecht zu Geschlecht.
Bei den »Alraungräbern« abgelegener Gegenden im Riesengebirge und in den Alpen, bei der geschlossenen Zunft der

»Theriakkrämer«, wurden dagegen die alten Märchen-Bilder durch eigene wunderbare Erlebnisse dauernd erneuert.
Die Geschichte von Rübezahl, der einem vor der Schwelle ins Erwachsenenalter stehenden Mädchen das große Geheimnis seiner Rüben-Wissenschaft eröffnet, scheint uns damit ein nur sehr wenig entstellter Bericht über jene vergessenen Einweihungen. Mochte sie Musäus, immerhin ein Bahnbrecher des neuzeitlichen Sammelns der Volksdichtungen, auch für einen ziemlich nichtigen Liebesroman halten und sie auch entsprechend im Geschmack des 18. Jahrhunderts nacherzählen: Hier lebt, wenn wir diese Mär fast unverändert, aber in unserem Sinne, zu lesen versuchen, noch immer die ganze Weisheit jener von Prätorius angeführten »Wurzelmänner, Chimici«.
Die Heldin sieht vor sich eine phantastische Wirklichkeit entstehen und glaubt sich in einem paradiesischen, von Feenwesen bevölkerten Lustgarten. Doch schon kommt die große Entzauberung, die einst wohl jeden Eingeweihten im ersten Augenblick tief enttäuschte – um ihn dann freilich erst mit der richtigen Verehrung gegenüber den sich offenbarenden Kräften in ihm und in seiner Umwelt zu erfüllen: Glanz und Schönheit der Erlebnisse erwiesen sich als Folgen eines von Zauberfrauen und Medizinmännern treu gehüteten Wissens vom »eingehauchten Geist« in ihren Wurzeln.

Was wusste Rumpelstilzchen

In einer hessischen Fassung des Märchens, das wir vor allem noch aus der Sammlung der Brüder Grimm als »Rumpelstilzchen« kennen, geht eine Frau an einem Garten vorbei und bekommt nach dessen schönen Früchten ein Gelüsten. Ein schwarzer Mann, der aus der Erde kommt (wohl der Hüter der magischen Pflanzen), überrascht sie, und sie muss ihm ihr Kind versprechen.[82]
Der Höhepunkt des Märchens ist in allen zahllosen Abweichungen der Geschichte stets übereinstimmend: Das Zauberwesen stellt nun diesem Kind, wenn es heranwächst,

nach und will es zu sich holen. Zweck und Hergang dieses Unternehmens wird in den uns heute noch vorliegenden Fassungen verschieden gedeutet. Oft wird behauptet, das Bergmännlein oder »Härdmanndli« (Erdmännlein) habe die Bauerntochter »heiraten« wollen[33] – auch hier ist damit das Alter der Märchenheldin (oder des Märchenhelden) sehr deutlich erkennbar; sie stehen immer an der Schwelle ihrer Reife, des Eintritts in die Gemeinschaft der Erwachsenen.

Das Mädchen oder auch dessen Eltern beschließen aber, alles zu tun, diesen Gang in das Reich des Zauberers abzuwenden. Bezeichnenderweise erinnert sich etwa die Volksdichtung, dass es der »Beichtvater« ist, der genauen Rat weiß, wie man den unheimlichen Gast zu betrügen vermag.[33] Man solle ihn »abends vor der Höhle« belauschen: »Das Mädchen tat es, sah und hörte, wie ihr Liebhaber halbnärrisch vor seiner Höhle tanzte und sang.«[33]

In der Fassung bei den Brüdern Grimm gibt das Erdmännlein dabei als seine Hauptbeschäftigung »backen und brauen« an, eine Tätigkeit, die in der Volkssage sehr häufig die Hexen und andern geheimnisvollen Bewohner der Berge und Wälder ausüben!

In einem schweizerischen »Rumpelstilzchen«-Märchen singt der sich für unbeobachtet haltende, närrisch tanzende, also offenbar berauschte Zauberer sogar: »Hinecht choche-n-es Chrüttli / Und morn hole mis Brütli ...« Also: heute koche ich ein Kräutlein, und morgen hole ich mein Bräutlein.[33]

Dieses rätselhafte »Kräutlein« ist nun in so unglaublichen Ausmaßen das Alpha und Omega von aller Magie, dass eine Hexe von Konstanz 1495 gestand, sie habe »sich an ain (einen) teuffei ergeben, der hieß Krüttle«. Eine Hexe im südlichen Schwarzwald gab 1486 zu: »Sie habe ferner einen Teufel, der heiße das bös Kritlein

also offenbar wiederum Kräutlein, S. G.

er habe ihr verheißen, wenn sie gefangen werde, sie zu befreien.« Und aus Luzerner Gerichtshändeln von 1450 vernehmen wir gar, dass wiederum Kräutlein (»Krutli«) »under

den tufeln (unter den Teufeln) ir houbtmeister were«.[34]
Wie mögen diese mittelalterlichen Hexenmeister doch trotz allen Folterungen gelacht haben, wenn sie sehen mussten, wie ihre stumpfsinnigen und grausamen Verfolger aus ihren Fachausdrücken eine ganze Dämonologie aufbauten – und ihr für sie so vielsagendes Wort »Kräutlein« sogar in einen wirklichen »Hauptmeister aller Dämonen« verwandelten!

Das Verschwinden im Schwefelstunk

Das Ende aller entsprechenden Geschichten ist eindeutig: Der Kräuterkenner, der Zauberer, der das Mädchen abholen will, merkt zu seinem Entsetzen, dass er in seiner Unvorsichtigkeit belauscht wurde und dass nun sein wahres Wesen seinen Feinden bekannt ist. Es bleibt ihm nichts anderes mehr übrig, als auf sein Recht auf das Kind zu verzichten und auf der Stelle zu fliehen.
»In manchen Varianten verschwindet Rumpelstilzchen mit Gestank«[35] – »mit unausstehlichem Gestank« heißt es im bereits erwähnten Märchen aus der Innerschweiz.[33] Man hat bereits mehrfach darauf hingewiesen, dass er hier genau so handelt, wie in vielen mittelalterlichen Sagen und Legenden der Teufel, der Herr des Hexensabbats, wenn er vertrieben wird und das Feld räumen muss.
Handelt es sich bei diesem vielgenannten »Schwefelgestank« der verschwindenden »Dämonen« um eine Erinnerung an die magischen Räucherungen der Zauberzunft? Viele Stellen aus alten Hexengeschichten scheinen uns zu beweisen, dass diese freilich von ihren Anhängern gar nicht als abstoßend, sondern eher als sehr angenehm empfunden wurden: »... man sagt, dass die Teufel sich vergnügen an wohlriechenden Sachen, und feist werden von den Dünsten.«[36]
Immerhin zeigen uns auch die Kräuterbücher, dass die im Rahmen der alten Pflanzenmagie verbrannten Wirkstoffe oft einen Rauch erzeugten, der vor allem die geängstigten Massen während den Ketzer- und Hexenverfolgungen sehr leicht

an »Höllen-Rauch« zu erinnern vermochte. Wir vernehmen etwa vom Bilsenkraut: »Es hat einen scharfen, schweflichten (!), schlaferweckenden Geruch, der der Empfindlichkeit hart zusetzt und die Sinne betäubet ...«[37]

Nicht zufällig soll der Sinn des geheimen Namens der unserem Rumpelstilzchen entsprechenden Märchengestalt von der Insel Man »Des Druiden Knecht« bedeuten[38]; »Baum- und Pflanzendienst« erkannte schon der alte, von uns mehrfach herangezogene F. J. Mone (1823) als »vorzügliche Äußerung« des keltischen Druidentums. Die hier kurz behandelten Volksdichtungen mögen der Ausdruck einer Zeit sein, da es nicht mehr als Ehre und Ausdruck kosmischer Gesetzmäßigkeiten galt, seine Kinder zur Einweihung, zur Einführung in die Lebenswissenschaften in die heiligen »Gärten«, Wälder und Berge zu den Medizinmännern zu bringen: Der wachsende Machtanspruch der weltlichen und kirchlichen Obrigkeiten konnte nun einmal keine Einschränkung durch irgendwelche unübersichtliche Stammesbräuche dulden.

In unseren Märchen steht der Zauberdoktor aus der Höhle zwar als ziemlich ohnmächtig gegenüber dem König in seinem Schloss oder dem Einfluss des »Beichtvaters«, ist aber ziemlich unüberwindlich, wenn er seine Künste anzuwenden vermag.

Wenn er sich in seinem Rauschtanze als Kenner des richtigen »Kräutleins« rühmt, so müssen wir wiederum an jene Schwarzwälder Hexe von 1486 denken, die glaubte, »wenn sie gefangen werde«, dann könnte die von ihr verehrte Zaubermacht mit dem Namen »Kräutlein« sie »befreien«: Mag also in einer Reihe der Rumpelstilzchen-Märchen der Hexenmeister den ihm versprochenen jungen Menschen nicht bekommen, so vermag er sich doch, dank der allgemeinen Furcht vor den Wirkungen des ihm bekannten »schweflichten« Rauchs, wieder in die von ihm beherrschte Einsamkeit zu entziehen.

Heinzelmännchen im Hause

Neben Hexenfrauen und Zaubermännern, die im Volksleben von gestern häufig genug vorkamen, kennen unsere Überlieferungen Wesen, die wir »als rein märchenhaft« anzusehen gewohnt sind.

Da sind etwa die »Zwerglein«, die »den Menschen früher ihre Arbeiten verrichteten«. Wer kennt nicht die meistens so kitschigen Kinderbilder und Gedichte aus dem letzten Jahrhundert, in denen sie der schlafenden Hausfrau ihre Küche putzen und dem armen, aber ehrlichen Schuhmacher die Sohlen anhämmern?

Nun, der alte Volksglaube war offenbar nicht halb so beschränkt wie die Einfühlungsgabe der Menschen unserer jüngsten Vergangenheit. »Sie hat einen Kobold«, sagte man tatsächlich »von einer Magd, welcher die Arbeit rasch von der Hand geht«.[39] Eine Sage berichtet dazu: »Sie (die Erdgeister) kamen früher des Nachts und ordneten an. Sie waren so groß wie Kinder und wie mit Moos bewachsen, aber sehr vernünftig und rechtlich ... «[40] Die Hilfe, die die Erd-Kobolde den Menschen erwiesen, bestand also nicht darin, dass sie diesen ihre Arbeit im wörtlichen Sinne »abnahmen«, sondern dass sie ihnen diese durch gute Einfälle erleichterten!

Wörtlich lesen wir über die nun bis ins 19. Jahrhundert vom einfachen Volk sorgfältig aufbewahrten und für lebende Wesen angesehenen Alraunen: »Von dieser also geschnitzten Wurzel glauben einige, dass sie, als ein Haus-Geist, alles Nötige heimlich sagen und einraunen könne, was sie verlangen.«[41]

Noch 1836 lesen wir als »noch jetzt« von den Zigeunern, dem fahrenden Volk, verbreiteten »Aberglauben«, dass jede solche Wurzel »irgend einen berühmten Zauberer oder eine Zauberin« vorstellen sollte, also wohl den Namen eines mythischen Wesens trug.[42] Die Mandragora-Gewächse wurden nun, wie uns dauernd berichtet wird, Erd-, Heinzel-, Wichtelmännchen genannt[43]: Man verstand dies lange in dem Sinne, dass »im Wurzelkult eben Reste eines Glaubens an die Erdgeister nachlebte«. Alles spricht aber dafür, dass es

„Als der nächste Abend kam, machte sich das ganze Dorf der Zwerge auf den Weg, die Königin in der Mitte, denn sie liebten sie und wollten sie schützen vor jeder Gefahr. Alle haten Geschenke für das kleine Mädchen: zierliches Spielwerk, süße Näschereien, seltene Waldblumen.“

sich umgekehrt verhielt: Aus den durch die Drogenpflanzen erzeugten Träumen musste zwangsläufig das dichterische Bild entstehen, nach dem sie von sehr wirksamen, lebendigen Mächten, Kobolden, Elfen bewohnt waren.

Götter aus dem Kraut

Bei den Tschechen hieß der Alraun auch muschitschek, also homunculus, Männlein, und hospodartschek, also kleiner Hausherr, Hausgeist.[44] Der Hauskobold, der »Drache«, der seinem Besitzer den Reichtum bringt, »wird (in deutschen Sagen) als Alraun geschildert«. Der Alraun wird in Hexengeschichten nicht nur vom »Teufel« gebracht – »der Alraun erscheint auch als Satan, mit dem man ein Bündnis geschlossen hat.[44] Mit andern Worten: Die Kobolde, die Geister der Märchen und des Hexenglaubens, stehen nicht nur mit den Zauberkräutern »im Zusammenhang«, sie sind diese selber!

Auch den Namen »Walkerbeere« für Tollkirsche deuteten Kronfeld und Heinrichs »von den heilkundigen Walen oder Walküren«[45]; hierher gehören natürlich ebensowohl Walburgiskraut (Mondraute), Walsamen (Besenkraut), Walstroh (Mägdeblume), Walgras (kalte Mägde), Walblume (Katzenklee), Walkirsche (Vogelkirsche), Walbeere, Kürbeere (Teufelsbeere), Walglocke (Digitalis), Waleiche, Walendistel (Mordwurz) und so weiter.[46]

Ein wichtiges Geschöpf des deutschen und benachbarten Volksglaubens war der Bilwis; ein Name, den gespenstische Wesen, Kobolde, Hexen, Zauberer und Dämonen trugen. Jan Malecki sah hier eine altheidnische Gottheit des Reichtums; Praetorius erkannte in den »Pilwitten« die preußischen Heinzelmännchen, und die preußische Kirchenlegende von 1530 setzt gar »piluuytus« der großen Göttin Ceres gleich. Es ist für uns sehr beachtenswert, dass nun das Volk das seltsame Wort »durch Anlehnung an Bilsensamen usw. zu Bilsen erweiterte«[47]: Das Bewusstsein des Zusammenhangs von Gesichten mythischer Wesen mit durch »heilige« Kräuter erzeugten Gesichten muss also noch außerordentlich wach geblieben sein.

Von den Bildern in einem handschriftlichen Pflanzenbuch, einem um 1500 entstandenen Herbarius in der Münchener Staatsbibliothek, vernehmen wir: »Das Zauber- und Dämonenwesen, das jene bei Cranach und Altdorfer dargestellten Pflanzen mit einem Zug des Geheimnisvollen umgab, hat hier in den seltsam verlebendigten Wurzelgeistern Gestalt angenommen. Sie sind bald tier-, bald menschenähnlich gebildet.«[48] In den Zauberhandschriften der Barockzeit, in denen noch ein Goethe nach Anregungen suchte, sehen wir »verschiedene Waldschratte, die mit Farnsamen und Heilkräutern zu tun haben«.[49] Hier hat sich, nach unserer Auffassung, nicht etwa die Kräuterkunde »mit volkstümlichem Aberglauben« umgeben, sondern die märchenhafte Bilderwelt entstand in jedem Jahrhundert durch die Selbstversuche jener Wurzelgräber, »Rosenkreuzer« und »Fahrenden Schüler« neu.

Die Erdgeister und ihre Verehrer

Wie schildert doch E. T. A. Hoffmann in seiner wenig bekannten Geschichte »Datura fastuosa« die Eindrücke seines Helden, der sich in einem magischen Garten einem Stechapfel nähert und dessen Duft spürt: »Da schwebten, wie von Abendlüften getragen, süße Akkorde eines unbekannten Instruments aus den fernen Zauberbüschen, und leuchtend stiegen die wunderbaren Himmelstöne einer weiblichen Stimme empor ... Aller süße namenlose Schmerz der innigsten Wehmut, alle Glut inbrünstiger Sehnsucht erfasste den Jüngling, er geriet in eine Trunkenheit der Sinne, die ihm ein unbekanntes fernes Zauberland voll Traum und Ahnung erschloss.«

Einen ganz hoffmannschen Kobold, Erdgeist, Alraun-Wurzelmann sah auch der französische Romantiker Théophile Gautier als Erscheinung seines Haschischrausches.[50] »Man muss Pflanzen als lebende Wesen erleben können«, versicherten mir im Jahr 1969 während der Waldeck-Tagung Angehörige einer amerikanischen Hippie-Kommune, »sonst eignet man sich nicht für ländliche Siedlungen unserer Art.«

Als große Meisterin all des Volkes der winzigen Zwerge, Elfen, Erdgeister erscheint etwa in Sagen wiederum jene rätselhafte Frauengestalt, die unter anderem unter den Namen Berchta, Holda, Baba Jaga und so weiter erscheint. Als ihre unermüdlichen Helfer erwärmen die Kobolde den Boden von unten oder führen unterirdische Gewässer zu den Wurzeln der Gewächse[51]: Große Göttinnen sind damit dem Volksbewusstsein nichts anderes, als ins Gewaltige gesteigerte Vorstellungs-Bilder, die aus der Erfahrung mit menschlichen »Weisen Frauen« entstanden, die in den Überlieferungen ebenfalls stets von »Elben«, Alraun-Erdmännlein und dergleichen umgeben sind. (Sogar die griechische Göttermutter Hera, die Gattin des Zeus, muss noch, wenn sie »fliegen« will, sich genau wie unsere Hexen »einsalben« ...[52]) Traurig erinnert sich die offenbar in Jahrhunderten schlimmster gesellschaftlicher Unterdrückung entstandene Volkssage jener Zeiten, da die Menschen die geheimen Kräfte der Pflanzen noch voll zu nutzen vermochten. Die Erdmännlein, heißt es etwa, »unterrichteten die Leute namentlich im Gebrauch heilkräftiger Kräuter und Wurzeln und wurden die größten Wohltäter der Kranken.« Und bekümmert wird beigefügt: »Solange die Erdmännle ›herrschten‹, sah es noch besser aus in der Welt als jetzt.«[53] Doch man hatte immerhin einen Trost: Im Gebirge sollten diese unterirdischen Geister »schlafen«. Meinte man damit wohl ihr »Ruhen« in den als so wirksam angesehenen Berg-Gewächsen, aus denen aber niemand mehr ihre Kräfte hervorzuholen, »zu erwecken« vermag? Einmal jedenfalls würden sie wieder erwachen, hervorkommen so hoffte man, »und die glückliche Zeit kehrt wieder«.[54]

Hilfreiche Geister-Tiere

Zu den Prüfungen des Märchenhelden, oft auf seinem Weg zur »Waldfrau«, zum Zauberer, gehört die Begegnung mit sprechenden, weisen Tieren. Er hilft ihnen, füttert sie etwa oder erlöst sie aus einer ihnen scheinbar drohenden Not. Dafür kann er sie auch rufen, wenn er »nicht mehr weiter« weiß. Sofort sind sie da und erlösen ihn meistens im Augenblick aus der ihn bedrängenden Gefahr.
Hübsch hat Wilhelm Busch, der sich bekanntlich ganz ernsthaft mit dem Sammeln von Volksdichtungen beschäftigte, eine solche Handlung in »Das brave Lenchen« gezeichnet und sie seinen »Sechs Geschichten für Neffen und Nichten« (1881) eingefügt. Zuerst bringt eine Schlange mit Krönlein dem gegen die Tiere freundlichen Mädchen »ein Blümlein wundersam«. Doch »wie es kommt bis übern Steg, / Tritt ihm

ein Räuber in den Weg. / Dem armen Lenchen stockt das Blut, / Lässt's Blümlein fallen in die Flut.« Doch der Hund verjagt den Bösewicht: »Und unser Fisch ist auch nicht faul; / Er trägt die Blume in dem Maul.« Mit der Zauberpflanze kann nun die Heldin daheim ihre Mutter retten – »Heilt auch noch sonst viel kranke Leut / Und ist aus aller Not befreit.«

Tiere aller Art, Wolf, Bär, Rabe und so weiter sind nun im Volksglauben die Hüter der Pflanzen: »Vom Berge herunter holt der Adler im Rigveda den Somastengel mit dem Saft der Unsterblichkeit (amrita) ...« Aus dieser indischen Vorstellung entstand wahrscheinlich die sehr alte Sage, dass sich die Adler in der Quelle eines heiligen Bergs erneuern könnten. »Kraft und Jugend kehrt zu ihnen zurück«. Man hat sogar vermutet, dass wir hier das Urbild des Mythos vom wunderbaren, stets wieder auf erstehenden Vogel Phönix besitzen![55]

Ungefähr das Gleiche vernehmen wir über die Kröte, die in

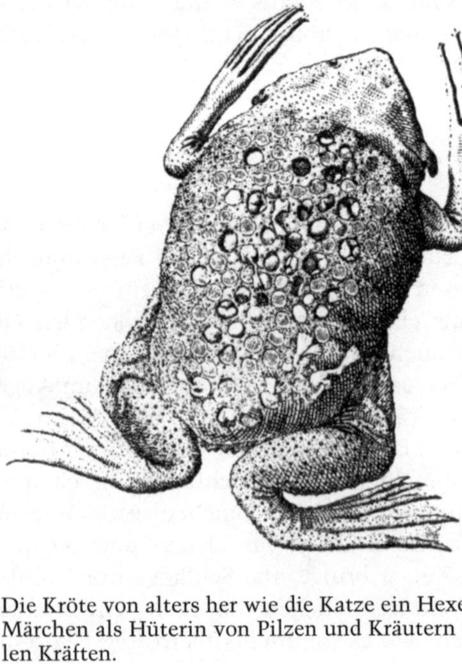

Die Kröte von alters her wie die Katze ein Hexentier, erscheint in Märchen als Hüterin von Pilzen und Kräutern mit geheimnisvollen Kräften.

Sagen und Märchen oft »ein verwunschenes Fräulein«, eine Hexe, Fee, ein »Unterirdischer« sein kann. Über ihr Schatzhüten, ihren Gebrauch für Hexenkochkünste, ihr Wirken als eine Art glücksbringender Hausgeist vernehmen wir so ziemlich die gleichen Dinge wie über den Alraun, und wir erfahren sogar: »Holt man nämlich im Emmental aus einem Rabennest eine ›gewisse‹ Wurzel, so verwandelt sich diese in eine Kröte, die, unter den Ofen gebracht, das Geld, das man unter sie legt, über Nacht verdoppelt.«[56] Wir vernehmen: »öfter ... stellt man sich die Alraune als Kröte vor ...«[57]

Die Dämonenfreunde des Wurzelsammlers

Kröte, Frosch – man denke auch an das Märchen vom Froschkönig – ist damit ein geheimnisvoller Geist, Dämon von jenen Kräutern und Pilzen, die man als Träger von geheimnisvollen Kräften schätzt und die man später in den Jahrhunderten der blutigen Hexenverfolgungen fürchtete: »Den Namen Teufelsbeeren oder Krötenbeeren führen fast alle Beeren, vor denen man warnen will.«[58] Die Tollkirsche zum Beispiel ist in berndeutscher Mundart auch eine »Krötenbeere«, »Krötenblume«.[59] »Durch das Essen sonderbarer Kräuter verlängert sie ihr Leben, behauptet von der Kröte, hier seine Naturwissenschaft und Nachrichten aus dem Hexenglauben seiner Zeit vermischend, Albertinus.[60]

Man hat, wiederum unvorstellbar oberflächlich, all die Geschichten über die dämonischen, nur ihre erklärten Freunde zu den wirksamen Gewächsen zulassenden Tiere als Zwecklügen der mittelalterlichen Medizinmänner erklärt: »Meistens waren es Landstreicher, Scharfrichter, Zigeuner, betrügerische alte Frauen und dergleichen, welche sich mit dem Sammeln der Arzneigewächse abgaben ...« Diese listige Zunft habe nun, um das alleinige Recht auf das Kräutersammeln zu bewahren, allerlei abschreckende Geschichten über die geheimnisvollen Hüter ihrer Schätze verbreitet: »Wieder andere Pflanzen standen, nach den Erzählungen jener Leute, unter dem Schutze der Schlangen, Bären usw.«[61]

In der alten italienischen Fassung des »Rapunzel«-Märchens, in der ein »Garten der Hexe« ebenfalls seine Schlüssel-Bedeutung besitzt, erzeugt das Mädchen die ihr helfenden, ihre Flucht deckenden Tiere mit der Hilfe eines von der Zauberin erlernten Pflanzen-Mittels. Aus den drei »Gall-Äpfeln« entstehen nacheinander: Hund, Löwe, Wolf.[62]

Das Sammeln ihrer Wunderdroge, des Peyote, verstehen die Indianer ebenfalls als eine »Jagd«, wobei freilich der tiergestaltige Geist des Gewächses ungefähr mit der gleichen Ehrfurcht behandelt wird, wie von unseren Hexen und Wurzelgräbern ihre Alraunen. Erscheinungen tiergestaltiger Geister erlebten bei ihren Einweihungen, bei denen Räucherungen, Kräutertränke fast immer ihre Rolle gespielt zu haben scheinen, auch die jungen Krieger der nordamerikanischen Jäger-Völker. Und ein weißer Forscher der Gegenwart, der von einem mexikanischen Zauberer in die Geheimnisse des Peyote, der Psilocybe-Pilze und des Stechapfels eingeführt wurde, sah in seinem ersten Rauscherlebnis einen merkwürdig sich benehmenden Hund: Er wurde dann vom Medizinmann verspottet, als er nachträglich glaubte, dies sei ein gewöhnlicher Vierbeiner gewesen und nicht eine Erscheinungsgestalt des mächtigen Drogen-Geistes Mescalito.[63]

Rosenkreuzer und Gnomen

Die »hilfreichen Tiere« unserer Märchen, über die sich verschiedene Volkskundler schon die Köpfe zerbrachen, entsprechen vollkommen den magischen »Wächtern«, den mit dem Menschen in gefährliche oder gute Beziehung tretenden »Geistern« der Zauberpflanzen: Es sind die Freunde und Helfer unserer volkstümlichen, in »den richtigen Stunden« Wälder und Gebirge durchstreifenden Kräutersucher.

»Niemand wurde in deren Gesellschaft aufgenommen und vernahm von ihnen die überlieferten Bräuche und die geheimsten Wirkungen aller Gewächse«, hörte ich von einem Emmentaler Bauern, der noch um 1900 für einen

»Wunderdoktor« Wurzeln zu sammeln pflegte, »der nicht als junger Mensch eine ganze Nacht im verrufenen Walde ausharrte. Schreckliche Tiere sollen ihm dabei erschienen sein, die sich freilich in Luft auflösten oder besänftigten und freundlich wurden, wenn man seine Angst überwand.«
Aus ziemlich genau übereinstimmenden Erlebnissen, die moderne Hippie-Abenteurer oder auch Drogen-Forscher mit pflanzlichen oder chemischen Mitteln nachvollzogen, haben wir überhaupt keinen Grund, an solchen Geschichten zu zweifeln: Hier sind keine »betrügerischen Sagen«, die eine auf ihr altes Wissen eifersüchtige Zunft verbreitete, um die »Uneingeweihten« von ihren bewährten Sammelplätzen abzuschrecken. Hier ist nichts als die dichterische Gestaltung von Gesichten, die für ihre Empfänger sehr wirkliche, für ihre ganze Arbeit wichtige Erfahrungen darstellten.
Bald mit Furcht und Abscheu, dann wieder mit Spott und sogar mit einer neu erwachenden Bewunderung wird uns im 18. Jahrhundert dauernd von den im Geheimen wirkenden Okkultisten bezeugt, wie sehr sie an Märchen von häufig in Tiergestalt erscheinenden »Gnomen«[64], den »Erdgeistern« ihr Vergnügen hatten: »Sie gesellen dir Bergmännlein zu und führen dich zum Anger, wo wider jedes Siechtum ein Genesungskräutlein wächst.«[65] Wir verwundern uns kaum mehr, dass diese »Alchimisten«, »Kabbalisten«, »Rosenkreuzer«, von denen die gebildetsten Menschen jener Zeit angeregt wurden, hier gar keine »kindischen Phantasien« erblickten, sondern Umschreibungen einer von ihnen bewahrten Naturwissenschaft.

5. Die Küche der Waldfrau

Im serbokroatischen Märchen, das der grimmschen Geschichte von »Hänsel und Gretel« bei der Hexe entspricht, ist es die Stiefmutter, die die Kinder offenbar verderben will, sie mit einem »vergifteten Kuchen« in den Wald sendet: »Es bestand also die Vorstellung, dass die Eltern die Kinder nicht aus Not aussetzten, vielmehr handelt es sich um ein Hexenattentat auf sie ...«[1] Man hat damit in den Märchen den Ausdruck eines unheimlichen Hasses zwischen den Eltern und ihren Kindern wiederzufinden versucht: »Der uns so fremdartig berührende Ruf des Vogels im ›Machandelboom‹ (Mein´ Mutter, die mich schlacht), ist nicht eine ausgefallene, grausige Erfindung, sondern offenbar ein uraltes und in frühesten Zeiten öfter wiederkehrendes Motiv, das auch etwa im ›Schneewittchen‹ anklingt, vielleicht auch im ›Aschenputtel‹ und anderswo.«[1]
Die letzten Märchenerzähler einer volkstümlichen mündlichen Kultur, nach deren Zeugnis man die Überreste der urtümlichen Bilderwelt niederzuschreiben versuchte, konnten zum guten Teil sicher auch selber nur wenig mit ihren Überlieferungen anfangen. Nicht viel weniger als die gebildeten Märchen-Forscher Kinder ihrer Zeit und ebenfalls geprägt von den herrschenden sittlichen Begriffen des 19. Jahrhunderts waren, gerieten sie rettungslos in von ihnen als peinlich empfundene Widersprüche: Entweder musste man diese merkwürdigen Väter und Mütter der Märchen als »gut« schildern, dann musste man ihnen aber doch die unglaubliche Selbstsucht zumuten, wegen zu wenig Nahrung ihre Kinder allen wilden Tieren und Hexen des Waldes vorzusetzen. Oder man verzichtete auf eine solche Schwäche und Gewissenlosigkeit – aber dann mussten ja die Eltern im vollen Wissen um die schrecklichen Gefahren ihre Kinder in das Reich der Schrecken hetzen. Also blieb eben nichts anderes übrig, als

die Schuld bei einer bösen Fremden zu suchen, also an Stelle der Mutter eine böse »Stiefmutter« einzuführen und den Vater in einen willenlosen Schlappschwanz zu verwandeln. Unverständlich für alle aus dem Volke stammenden oder auch grundgelehrten Mitarbeiter an der Entstehung der Märchenfassungen für unsere Kulturstufe steht nun offenbar dieser geheimnisvolle »Kuchen«; unabhängig davon, ob ihn die Mutter den Kindern mitgibt oder jene ihn im Zauberwalde finden: »In den portugiesischen Fassungen kommt so wenig wie in den italienischen ein Kuchenhäuschen vor, sondern die im Walde verirrten Geschwister stehlen der einäugigen Alten die warmen Kuchen aus der Pfanne und werden eingesperrt ...«[2]

In den slawischen Märchen ist es die ganz mythische Waldfrau, die häufig als die große Erdgottheit gedeutete Jaga-Baba, »die in einem Pfefferkuchenhäuschen wohnt«.[3] Hier eine »liebliche Phantasie für Kinder« zu erblicken, wie man es etwa zur Zeit des Biedermeier-Kitsches mit der entsprechenden Hütte von »Hänsel und Gretel« versuchte, scheint freilich ganz unmöglich. Von der unmittelbaren Umgebung ihres Kuchen-Paradieses vernehmen wir gleichzeitig: »Um ihr Haus steht ein Zaun aus Menschenknochen mit aufgespießten Menschenschädeln.«[3]

Die Kinder im Pfefferland

Pfefferkuchen bedeuteten nun »stark gewürzte Honigkuchen«. »Pfefferland«, also das Land der wunderbaren Gewürze, heißt noch heute in Redewendungen etwas wie ein bald lockendes, bald wieder eher abschreckend erscheinendes Jenseits. »Einen ins Pfefferland (ins Land, wo der Pfeffer wächst) schicken«, heißt eine bekannte Redewendung, und auch Heinrich Heine spricht gelegentlich vom »Pfefferkuchenland, wohin die folgsamen Kinder kommen«.[4]

»Gewürze« waren gar nach Höfler ursprünglich vor allem die wohl fast als die ersten menschlichen Genussmittel verwendeten Bestandteile der »Würzen«, Wurzeln.[5] Und gerade von den als Magier berühmten Wurzel-Sammlern des Altertums, den Rhizotomen, erzählt Theophrast, dass sie »mit allerlei Samen bereitete Honigkuchen« in ihren Bräuchen zu verwenden wussten.[6] Von der mittelalterlichen Medizin vernehmen wir: »Fast in allen Rezepten kommt Honig vor. Er dient oft als Corrigens im Sinne eines Sacharinums oder wird zu Konservierungszwecken beigegeben.«[7]

Wenn ein Hörer des »Hänsel und Gretel«-Märchens vergangener Jahrhunderte, für den schließlich im Walde wohnende, kräutersammelnde und backende Hexen zu seiner Wirklichkeit gehörten, von einem Kuchen-Haus hörte, so brauchte für ihn gar nicht das »Gift« im Kuchen hervorgehoben zu werden. Er fragte sich schon ohne weitere Andeutungen, was neben dem süßenden und (nach dem festen Glauben der Kräuterärzte) die wichtigen Wirkstoffe besonders gut bewahrenden Honig noch für wunderbare »Gewürze« in der Speise der weisen Alten stecken mochten.

Gegen alle Auswirkungen der Hexenbotanik retteten wahrscheinlich in der ursprünglichen Geschichte Mittel aus dem gleichen Wissenskreis. »Das aus einem Pilze entstandene Mädchen schläfert die Hexe ein und entrinnt«, erzählt etwa eine russische Fassung von »Hänsel und Gretel«.[8]

Die Geschichte der Abenteuer von Kindern im magischen Waldhaus ist in ihrem Kern kein Erzeugnis aus dem Geist der widerlichen Hexenfurcht, die Jahrhunderte der Geschichte Europas beschmutzte. Es ist auch kaum der Ausdruck irgendwelcher »Komplexe«, unterschwelliger Spannungen, des Elternhasses: Erklärungen in diesem Sinne sind wohl weniger wichtig für die Deutung der Märchen, als viel eher für die geistige Verfassung des verflossenen Jahrhunderts, das sie hervorbringen konnte.

Märchen wie »Hänsel und Gretel« sind die letzten Zeugnisse der einmal notwendigen Einführung von jungen Menschen in die angewandten Naturwissenschaften ihres Stammes und damit in einen Erfahrungskreis, der in den zahllosen Jahrtausenden der Vorgeschichte erst ein menschliches Überleben ermöglichte.

Traum und Wirklichkeit über die Hexenversammlung mögen in Sagen und den Aufzeichnungen der Gerichte noch so sehr durcheinandergehen, in ihrem Mittelpunkt steht immer als Ausgangspunkt aller Zauber-Gesichte: Der Hexen-Kessel.
Schon von den vorchristlichen Skandinaviern vernehmen wir: »Meist von einem Gefolge umgeben, im Lande herum wandernd, ist die weise Frau bei den Herbstgastereien ein willkommener Gast, der in der Nacht den Zauber siedet ...«[9] Von diesem Zauberkochen wird weiter berichtet: »Seine Wirkung war nach der Masse, die in den Kessel kam, verschieden.« »Die Sinnesart der Menschen« konnte dabei »verändert« werden; »Versetzung aus der Ferne in die Nähe« wurde möglich; »Verzauberung auf hohe, unzugängliche Orte« fand statt.[9] So fassten etwa die Germanisten des 19. Jahrhunderts die vieldeutigen alten Angaben über den Zustand der Beteiligten an solchen Kessel-Sitzungen zusammen. Der moderne Hippie würde sie einfach mit seinen Lieblingsworten »high« oder »trip« wiedergeben – mit »an sich für Außenstehende fast unübersetzbaren Ausdrücken, die man vielleicht noch am besten mit Höhenflug und Seelenreise umschreiben kann.«
Der Kessel war auch der Mittelpunkt der im Altertum Balkan-Europa und Vorderasien verbindenden Mysterien des Dionysos und verwandter Naturgötter: »Die Wichtigkeit des Kessels dabei bezeugt, dass in den Sabazien, jenen phrygischen Dionysien, der Kesselträger ein Ehrenamt war.«[10] Man hat dies zäh auf kultische Menschenfresserei, auf Menschenopfer zurückzuführen gesucht; aber kann es sich nicht einfach um die dunkle Aussage der Eingeweihten dieser Mysterien handeln, derzufolge der Mensch in denselben »starb«, um »erneuert« aufzuerstehen? Woran die Berichte über diese antiken wie über die mittelalterlichen »Kessel-Feste« ferner erinnern, ist vor allem, dass während deren ganzen Dauer berauschende Dämpfe (offenbar aus dem Riesengefäß im Mittelpunkt!) aufstiegen: Bei den dionysischen Kulten des Altertums sind die tanzenden Anwesenden

von »Räucherungen und Wohlgerüchen (daher Thyaden)« umhüllt, »und von den Hexen heißt es, sie hätten allezeit in einem Nebel getanzt«.[10]

Im Anfang des Mittelalters, in der Lex Salica des 5. Jahrhunderts, treffen wir das Wort »Kesselträger«, freilich als üble Beleidigung: »Aus dieser Stelle geht hervor, dass die Hexen an gewissen Orten sich versammelten, dass sie kochten, und dass es Leute gab, welche ... ihre Kessel dahin trugen.«[11] Hexenrichter und viele spätere Volkskundler erklärten diese »Kessel« aus der Vorstellung, dass die Hexen eben »Wetter kochten«: »Daher wurden die Tänze meist auf solche Jahreszeiten verlegt, die für das Wachstum der Feld- und Baumfrüchte wichtig sind.«[12] Aber wird letztere Angabe nicht restlos verständlich, wenn wir annehmen, dass diese Versammlungen keine »Ausgeburten des Aberglaubens« waren, sondern »kultische« Versammlungen der Unterschicht, die für ihr Gelingen »natürliche Grundlagen«, von Jahreszeiten abhängige Pflanzen benötigten?

Dann löst sich auch der alte Gelehrtenstreit, der das Hexenwesen unserer Sagen bald aus der Zigeuner-Heimat Indien, bald aus Griechenland, dann wieder von den Germanen abzuleiten versuchte: Die angewandte Magie war eben in ihrem Kern keine Sekte oder Ideologie, die von Land zu Land »weitergegeben wurde«. Zwangsläufig musste sie überall entstehen, bei Sumerern und Semiten, Indianern und Sibiriern, wo der Mensch Mensch wurde, das heilige Feuer gewann und damit für Nahrung und Genuss Pflanzen zuzurichten lernte und ihre Wirkungen zu erforschen begann.

Feenmutter Ceridwen

Die Frau, die in oder vor der Höhle für ihren jagenden, trotz aller Raubtiere Waldpflanzen sammelnden Mann kochte, sie wurde zur großen Ahne aller Alchimisten und Magier.
Dunkel weiß noch die schwedische Überlieferung, dass die alten vorgeschichtlichen Zauberinnen »mit ihrer Kräutermischung« eine weiße Schlange kochten, »um Zaubertränke und tiefe Weisheit zur Erkenntnis der geheimen Naturkräfte zu erlangen«.[13]
In einer deutschen Sage kommt ein Hirtenknabe in die Hütte einer »klugen Frau« und sieht dort einen mächtigen Kessel kochen. Er tunkt ein wenig mit dem Brot hinein und genießt etwas vom magischen Fett: »Als die Alte wieder heimkam, bemerkt sie sogleich, was vorgefallen. Da sie aber wusste, dass, wenn auch der Knabe nunmehr weiser als andere Menschen geworden war, er ihr weder Schaden zufügen werde, noch könne, so ließ sie ihn ungehindert fortgehen, und gab ihm, sogar ihn eine Strecke geleitend, um ihm den Weg zu zeigen, Anleitung, wie er die Wundergabe, in deren Besitz er sich jetzt befand, anzuwenden habe.«[14]
Dieser Genuss vom Gebräu im Zauberkessel »öffnet« nach Sage und Volksglauben dem mutigen Menschen »das innere Gesicht«: »Man lernte alle Kräfte der Kräuter, Erd- und Steinarten kennen, und lernte die Kunst, Wunden und Krankheiten zu heilen. Mit einem Worte: man ward jetzt klug.«[14] Viele Ausdrücke für Zauberer und Zauberfrau bedeuten aus diesem Grunde nichts anderes als »Kenner« – so russisch znachar, wedun (Hexe = wedma), estnisch tuusija, finnisch tietäjä.[15]
Nichts anderes als »Kenner«, »Wissender« bedeutet merkwürdigerweise auch der von Zeitungen oft totgebrauchte moderne Sammelbegriff »Hippie« ...

Am ausführlichsten behandelt diese urzeitliche »Bewusstseinserweiterung« durch das Kochen in den Dämpfen des Ur-Herdes der keltische Mythos von der Hexengöttin Ceridwen. Sie beschäftigte sich, heißt es wörtlich in der Wiedergabe der Sagen, »täglich mit Pflanzenforschung und sammelte Kräuter aller Arten, die irgend seltene Kräfte besaßen«.[18] Ein Jahr lang ließ sie ihre Wunderdrogen in ihrem Kessel brodeln, dann verwandelte sich das ganze Gemisch in unheilvolles Gift – bis auf drei köstliche Tropfen.

Diese drei Tropfen leckte nun der am Kessel wachende Zaubergehilfe ab und wird damit selber zum Träger der mächtigsten Kräfte. Er und die ihn nun verfolgende Ceridwen eilen durch zahlreiche magische Verwandlungen. Am Ende wird der Märchenheld als ein Korn von der Hexe geschluckt, nach 9 Monaten wiedergeboren und ersteht nun am 1. Mai – also dem alten Fest der warmen Jahreszeit und im Mittelalter Hauptversammlungstag der Hexen – zum »Taliesin«, der Strahlenstirne: Zum Mann, der alles weiß, »was gewesen ist und sein wird«.

Es ist schwer, hier nicht eine Prüfung vorgeschichtlicher Druidenbünde zu erkennen, bei der jeder Eingeweihte in für ihn bedeutungsvolle Träume, endlose Reihen mythischer Bilder versank und aus denen er dann als Wissender um alle heilsame und für den Außenstehenden gefährliche Kräuterweisheit seines Stammes auferstand.

Ursage und neuere mythische Dichtung verschmelzen, möglicherweise durch die übereinstimmenden Erlebnisse ihrer Dichter (oder von deren Anregern), zu einer erstaunlichen Einheit: »Man fühlt sich (von dem keltischen Ceridwen-Märchen) an die faustische Hexenküche erinnert; der Kessel siedet über dem Feuer, Mephistopheles verlangt einen Becher voll für seinen Freund ...«[17]

Die Gesichte Taliesins und der keltischen, seine Abenteuer bei ihren Einweihungen wiederholenden Druiden decken sich Wort um Wort mit den Erlebnissen neuerer Drogenforscher. Der von der zaristischen Verwaltung nach Sibirien verbannte General Kopec schilderte seine Schau nach dem Genuss eines ihm von den Eingeborenen angebotenen Fliegenpilzes: »Ich wage nicht alles zu sagen, was ich in meinen Träumen sah: Die ganze Vergangenheit und Zukunft enthüllten sich vor mir; ich sah alles, die Menschen, die Ereignisse, Tag für Tag, Jahr für Jahr.«[18]

Das Brauen der Feuerwolken

Im mitteleuropäischen Märchen wie in missverständlichen alten Ausdrücken scheint noch die Vorstellung der Hölle als eines gewaltigen, auf »ewigem«, stets von unterirdischen Mächten unterhaltenem Feuer stehenden Riesengefäßes nachzuwirken: »Der Hellhafen, wofür auch öfters Rollhafen gehört wird, bezeichnet den tiefsten Grund der Hölle; er wird als ein Kessel voll siedenden Wassers gedacht, in welchem die Verdammten ihre Qualen bestehen ... Er entspricht dem rauschenden Kessel Hwergelmir der nordischen Mythologie, jenem untersten Grund von Hels Wohnung.«[19]

Wenn wir auf alten Gemälden aus dem Kessel der Hexen schaurige Gestalten, Gesichte aufsteigen sehen, dann sind wir wahrscheinlich sehr nahe dem Ursprung der ganzen Vorstellung von der »von Rauch, Feuer und Schwefel-Gestank« erfüllten Unterwelt. Unser Märchenheld, der zum »Teufel« kommt, für ihn heizen muss und dafür mit Wundergaben belohnt wird, entspricht ganz dem Schüler der keltischen Göttin Ceridwen, der bei ihrem Kessel wacht und dadurch seine unmessbare Weisheit gewinnt.

Hinter beiden erkennen wir immer deutlicher den Schüler der Medizinmänner, den Jünger urzeitlicher Einweihungen, der in der Hexenküche seiner Meister Hilfsarbeiten zu verrichten hatte und dadurch den wichtigsten Teil seiner Prüfung bestand: In den rußigen Höhlen der großen Kenner der Kräuterkunde umbrandeten ihn aus dem Zauberrauch heraus grauenhafte Höllenbilder wie auch Gesichte voll von lockender Lust und lehrten ihn neben der angewandten Wissenschaft von den Wirkstoffen der Hexenpflanzen die Grundlagen der Erkenntnis seines eigenen Wesens.

Entstand die Vorstellung vom Brauen »der höllischen, alles

zerstörenden Gewitter«, (das Jahrhunderte der Hexengerichte ihren unglücklichen Opfern vorwarfen), aus so leicht missverständlichen Erzählungen von ungeheuerlichen Wachträumen über das Toben aller Elemente, die unvorsichtige Zauberlehrlinge und unerbetene Zeugen jener Kessel-Magie weitererzählten?
Die Naturkunde der keltischen, germanischen, slawischen Feen würde so zum Ursprung von düsterem Aberglauben, der das Dasein der unteren Volksschichten bis in die Gegenwart verseuchte: »Wie die Idisen

Gemeint sind offenbar die vorgeschichtlichen Priesterinnen. S. G.

das Opferblut (?) in einem Kessel kochten und rührten, so rühren auch die Hexen mit einem Löffel im Häfelein und murmeln dazu einen gewissen Spruch. Dadurch werden sie befähigt, durch den Schornstein in die Wolken zu fahren und Wetter zu machen. An den Kessel erinnert vielleicht der in Lusern bis in die jüngste Zeit bestandene Brauch, bei heftigen Gewittern Kessel ins Freie zu stellen, und zwar so, dass deren Öffnung nach unten gekehrt war.«[20]
Die Vorstellung, dass es für die Hexen ein Genuss sei, »in die Wolken« zu steigen und dort das Toben von Donner und Blitzen zu erleben, erinnert uns nur zu sehr an die Erlebnisse aus heutigen durch Drogen erzeugten Zuständen: Auch ohne die häufige Behauptung, dass sie zu einer solchen »Fahrt« den Rauch ihres Kessels (oder die in diesem erzeugten Salben, Elixiere) notwendig hatten, müssten wir vermuten, dass sie ihre magischen Bilder mit verwandten Mitteln wie ihre heutigen Nachkommen erzeugt haben.
Schon Höfler verwies auf die Tatsache, dass die alte Zauberei »zum Erzeugen von Regen« sehr häufig das Nachtschattengewächs Bilsen zu verwenden pflegte. Er erklärte dies aus der alten Erfahrung, dass als Nebenwirkung der Vergiftung mit diesem Kraut ein Rauschen das Ohr zu erfüllen scheint – was die menschliche Phantasie sehr leicht in das Bild vom Himmel stürzender Wasser umzusetzen vermochte.[21]

Doch dies ist sicher nur eine Stufe zur Erklärung der »Höllen und Himmel«, von jenem Feuer-Tanz der entfesselten Elemente, die einst die Hexen und ihre Schüler dank den aus den Kesseln steigenden Wolken erlebten: Wort um Wort lassen sich die Erinnerungen der Märchen und Sagen mit den Berichten über religiöse Ekstasen aus allen Zeiten und modernen Rauschmittel-Abenteuern vergleichen: »Plötzlich, ohne Vorankündigung, war ich in eine feuerfarbene Wolke gehüllt. Einen Augenblick lang dachte ich an Feuer ...«[22] »Ich kam mehrfach in einen Zustand solcher Entspannung, dass ich frei war für eine totale Flut, die über und um und durch meinen Körper strömte ... Alle Gegenstände tropften und strömten von einem weiß glühenden Licht oder von Elektrizität, die durch die Luft floss. Es war, als ob wir die Welt beobachteten, die gerade entstanden war ...«[23]

Hexen-Bier durch Jahrtausende

Die dem Helden der Sagen ihren »Trank« reichenden Feen, Waldfrauen und Hexen sind für uns, wenn wir darüber in alten Büchern nachlesen, nichts als ein hübsches Bild der Dichterphantasie; der Mensch der Vergangenheit dachte hier an die geheimnisvolle Wissenschaft von den Kräutern, die für sein Dasein ebenso eine Wirklichkeit war wie für uns Erdöl, Elektrizität oder Atomenergie.
Wenn wir von alten Gelagen und ihren seltsamen Folgen vernehmen, müssen wir uns überlegen, ob es sich unter den erwähnten Bieren, Weinen, Honiggetränken um die gleichen Dinge handelte, die wir darunter verstehen, oder um Mischungen mit ganz andern Wirkstoffen. Von den alten biertrinkenden Ägyptern vernehmen wir schon: »Den ältesten Zusatz lernen wir hier in der Dadafrucht kennen, die nichts anderes ist als die dudaim der Israeliten, die oben erwähnten Mandragorabeeren. Das ägyptische Bier besaß wohl in frühen Zeiten nur geringen Alkoholgehalt, so dass zur Wirkungsverstärkung die Alraunfrüchte zugesetzt wurden ... Wie in China durch Jahrhunderte hindurch der Brauch herrschte, dem Bier

Stechapfelsamen zuzusetzen, um es berauschender zu machen, so diente in Deutschland hierzu der Bilsenkrautsamen.«[24] Wir vernehmen dazu sogar: »Dass das Bilsenkraut früher in Mitteleuropa vielfach angebaut wurde, dafür sprechen heute noch Ortsnamen wie Bilsengarten, Bilsensee, Bilsendorf und andere in Deutschland, Bilsen in Holland, Pilsen in Böhmen, und entsprechende Namen in den Nachbarländern, und dass dieser verbreitete Anbau nur dem Zwecke der Bierverstärkung diente, daran kann kaum gezweifelt werden.«[24]

Dem Staat gelang es nur mit Hilfe seiner gestrengen Polizeiordnungen, dieses Bilsenbier nach und nach zum Verschwinden zu bringen: In Mittelfranken verbot man schon 1507 den Brauern Bilsensamen und andere »den Kopf tollmachende Stücke und Kräuter«. Nach der bayerischen Polizeiordnung von 1649 wurde gedroht: »Wer aber andere Kräuter und Samen, fürnehmlich Bilsen, in das Bier tut, der soll, wie auch der Verkäufer solcher Kräuter, nach Ungnaden gestraft werden.« Nach dem Pflanzenbuch des Tabernaemontanus sollten solche Bilsen-Brauer »als abgesagte Feind des menschlichen Geschlechts, als Dieb und Mörder an Leib und Leben« gestraft werden. Doch nach der »Toxikologie« von J. A. Bücher (Nürnberg 1827) scheint es noch im 19. Jahrhundert Bierbrauer gegeben zu haben, die allen Verboten trotzend Bilsen, Stechapfel und andere Kräuter ihren Erzeugnissen beimischten.[24]

Die Obrigkeit konnte bei ihren Verboten sicher mit Recht auf allerlei Schäden verweisen, die durch solche einst allgemein beliebte Getränke entstehen konnten. Es ging ihr aber offenbar vor allem gegen die Rausch-Wirkung, die auch eine Giftkunde des 18. Jahrhunderts den Bilsen zuschreibt: »Die Einbildung überlässt sich den Hexenträumen und der Idee der Wollüste ...«[25]

Noch in unserer Zeit gehört die Pfeife, damit also das Rauchen, zum wichtigsten Handwerkszeug des indianischen »Schamanen«, des Medizinmannes[26]: Es ist nun einmal eine Tatsache, dass die Rauch-Pfeife auch in unseren, sicherlich häufig genug missverstandenen und darum entsprechend wiedergegebenen Sagen eine wichtige Rolle in den Händen von allerlei Zaubervolk spielt.

»Haus- und Feldgeister rauchen wie die Menschen, und mitunter besteht die Begegnung zwischen irdischem und überirdischem Wesen darin, dass man sich zur Erlangung des Rauchgenusses gegenseitig mit Tabak und Zundfeuer aushilft.« Der Teufel selber, der nächtliche Meister der Zauberer und Hexen, »raucht Tabak«, sowie ganz besonders die kräuterkundigen Erdleutlein, die »Unterirdischen«: Bei den zu diesem Geschlechte gehörenden niederländischen Kabouterchen war dieses »Rauchen« nach alten Geschichten ein feierlicher Brauch, der uns ganz und gar an entsprechende Gammler- und Hippie-Gewohnheiten erinnert. »Eins hielt das kurze Pfeifchen fest, ein zweites zog am dicken Stiel und ein drittes hielt das Feuer daran.«[27]

Wenn in der Schweiz über verschiedenen Bergen feine Wölklein schweben, dann deutet das Volk diese Erscheinung als das »Rauchen des Berggeists« – genau wie sonst bei entsprechenden Naturerscheinungen, beim »Dampfen« von Gebirge und Wald, Aufsteigen der Nebel vom Kaffeekochen, Backen und Brauen der Erdleutlein, Holzweiblein, Hexen und dergleichen geredet wird.[27]

»Tabakpfeifen« der Feen kennt der englische Volksglaube[28] – und auf der anderen Seite Europas heißt eine seltsame Gestalt der litauischen Vorstellungen geradezu nach der Tabakpfeife, »Pypka«: Sie ist nicht nur eine Wald-Zauberin, sondern nach den im 19. Jahrhundert gesammelten Berichten etwas wie eine damals noch gefürchtete Göttin des Rauchens. »Unaufhörlich« lasse sie ihre Pfeife qualmen. »Hat sie keinen Tabak, so raucht sie Stroh oder Gras.«[29] Wir sehen also schon,

der »Stoff«, den sie zu verwenden pflegte, war eigentlich ein Geheimnis ...
Manchmal traf man sie um Mitternacht im Walde, verwechselte sie mit einem sterblichen Weibe, konnte dadurch ihre Prüfung schlecht bestehen und in Folge davon in üble Schwierigkeiten geraten: Wenn ihr jemand gar zu sagen pflegte, er rauche nicht gern, dann vermochte sie sich geradezu furchtbar zu rächen. Gegenüber treuen Verehrern ihrer Kunst erwies sie sich entsprechend großzügig und gab ihnen zum Lohn »Stroh«: Doch während sich in unseren Märchen die gleiche Gabe der Wald- und Bergmächte, der Feen, von Frau Holle in Gold verwandelt – Gold erschien nun einmal den europäischen Völkern der letzten Jahrhunderte als der einzige erstrebenswerte Besitz – scheint uns das Geschenk der »Pypka« viel wirklichkeitsnäher. Ihr »Stroh« erweist sich in den Händen des glücklichen neuen Besitzers als die beste, beglückendste der Rauchwaren.[29]
Statt nun dem Rätsel nachzugehen, um was für ein »Kraut« es sich bei diesem »Tabak« der Waldfrauen gehandelt haben mag, zogen die Mythologen des 19. Jahrhunderts vor, die volkstümlichen Berichte von jeder Spur des echten lebendigen Erlebnisses zu säubern: Die Pypka der Litauer sei, ganz ähnlich wie die verwandte Fika der Wenden, einfach eine »alte Personification des dampfenden Nebels auf Feld und Wiese, im Wald und Weiher«.[30]

Der Tabak im Märchen

Der Zusammenhang eines alten »Rauchens« mit der Vorstellung der »Riesen, Elfen, Feen und Erdmännchen«, der dem Volke bis in die Gegenwart hinein bewusst blieb, ist auch in den eigentlichen Märchen leicht nachzuweisen.
Neben Flaschen, Gläsern und Lampen, in die etwa der mächtige Geist gebannt ist, erscheinen gelegentlich auch – Tabakdosen. Der »Geist in der Flasche«, der dem Zauberer jedes irdische Glück verschafft, wird häufig genug als ein »Galgenmännlein«, ein Alraun geschildert[31]: Obwohl alle

diese Geschichten lange genug von Menschen ohne Ahnung vom Zusammenhang weitererzählt und niedergeschrieben wurden, scheint uns hier schon die Austauschbarkeit der »Tabakdose« und des Glases mit der Mandragorawurzel zu beweisen, um was es sich hier bei dem von den Geistern gebrachten »Glück« gehandelt haben muss.

Im Märchen der Brüder Grimm, welches man unter dem Namen »Das blaue Licht« kennt, erscheint jedesmal, wenn sich der Held seine Pfeife anzündet, das geheimnisvolle Zauberwesen, das ihm dann auf die gerade notwendige Art Hilfe verschafft. Wir dürfen wohl kaum zweifeln, dass wir auch in dieser Geschichte, zu der es selbstverständlich wiederum zahllose Fassungen gibt, eine Erinnerung an diese urtümlichen Pfeifen der Elfen oder Erdleutlein besitzen.

Es wurde hier schon mancherlei herumvermutet: »Eigentümlich ist, dass das schwarze Männlein erst erscheint, wenn der Soldat

der Held des Märchens, S. G.

seine Tabakspfeife angezündet hat; doch ist diese wohl kaum, wie W. Grimm meint, aus einer Flötenpfeife entstanden, welcher die Erdmänner ... gehorchen, sondern das Wesentliche ist das Anzünden des Lichtes oder Feuerzeugs.«[32]

Doch eben, die Liebe der Erdgeister zu Musik und Lichtkult hin oder her, das sonst unsichtbare Wesen aus der Unterwelt erscheint eben doch, wie auch hier ausdrücklich hervorgehoben wird, nicht im Augenblick, wenn das Licht aufflammt, sondern erst, wenn die Rauchware in der Pfeife angezündet ist.

Man kann damit ohne weiteres annehmen, dass für die ursprünglichen Schöpfer der Volksmärchen hier viel weniger mystische Gedankengänge vorlagen, als für die Sicht von deren großen Sammlern und geistreichen Deutern im 19. Jahrhundert. Genau gleich den wunderbaren Wirkungen der »Flaschengeister« (oder der durch die brennende Pfeife beschworenen Mächte) schildern uns ja auch die Werke vergangener Jahrhunderte die sozusagen naturwissenschaftlichen Möglichkeiten des »Augen-Verblendens«: »Und das kann durch natürliche Künste, durch Rauchwerk, und andere Mittel, ein Dunst gemacht werden, dass einer schwüre, alle die so bei einer Tafel sitzen, seien tote Leichname, oder sitzen da ohne Häupter, oder tragen Eselsköpfe, oder es erstrecke sich eine lange Weinrebe durch ein ganzes Gemach, da doch dieses alles ein eitler Wahn sei.«[33]

Alles, was uns Märchen und Sagen an Phantastischem bieten, waren für die Menschen der Vergangenheit nicht nur zur Belustigung oder als »Erinnerung an archaische Mythen« weitergegebene Geschichten: Es waren allgemein glaubhafte Berichte über eine Bilderwelt, die »durch Rauchwerk und andere Mittel« jederzeit zu einer gebieterischen Wirklichkeit zu werden vermochte.

Die Pfeifenfabrik der Elfen

In Shakespeares »Romeo und Julia« wird von der Frau Mab geschwärmt, die dem träumenden Menschen die Feenwelt eröffnet – sie »befährt das Hirn«: Wenn sie auf den Schlafenden einwirke, dann erlebe jener in bunten Gesichten die Bilderwelt seiner Vorstellungen. Die Verliebten sehen dann die Erfüllung ihrer leidenschaftlichen Wünsche und der Pfarrer eine noch fettere Pfründe. »Bald fährt sie über des Soldaten Nacken: / Der träumt sofort von Niedersäbeln, träumt / Von Breschen, Hinterhalten, Damaszenern, / Von manchem klaftertiefen Ehrentrunk ...«

Auf einen ganz andren Weg brachte dann die gleiche Gestalt den englischen Dichter Shelly in seinem nach ihr genannten Werk »Queen Mab«. Vor seinen inneren Augen erscheinen dank ihrer die Taten der Vorzeit und der Zukunft: Er erlebt, jeden Sinn für die Zeit verlierend, die ganze Entwicklung der Menschheit und ihrer Gesellschaft durch Jahrtausende, ihre Stellung im Weltall und gegenüber dem Göttlichen.

Die Übereinstimmung dieser kosmischen Traumfahrt des Romantikers mit den heutigen »Trips«, Seelenreisen der Gurus der psychedelischen »Bewusstseinserweiterung« ist eigentlich, vorsichtig ausgedrückt, auffallend – auch wenn man nicht wüsste, wie sehr der Kreis um Shelly und Byron dazu neigte, Anregungen aus magischen Überlieferungen des mittelalterlichen Europa wie des wiederentdeckten Orients zu übernehmen.

Wir verwundern uns eigentlich nicht mehr, wenn wir beim Versuch, uns über die im englischen Volke nachlebende Vorstellung über diese Feenkönigin zu unterrichten, auf folgende Notiz stoßen: »Häufig kommen Elfen-Pfeifen etwa im Sprengel Old Swinford in Worcestershire vor, und die Landleute haben dort die Sage, es sei ein Lieblingsaufenthalt der Königin Mab und ihres Hofes gewesen; es habe dort eine königliche Elfenpfeifen-Fabrik bestanden, wovon die betreffenden Pfeifen ein Überrest seien.«[34]

Solche Nachrichten, also etwa vom Pfeifen-Rauchen oder gar von »Pfeifen-Fabriken« der Götter und ihrer Diener, galten lange genug als nebensächliche »Spätentwicklungen«, nachträgliche Missverständnisse von alten Vorstellungen. Schließlich war ein allgemein angenommener Glaubenssatz, dass »die Pfeife« sich höchstens nach der Einführung des Tabaks im 16. Jahrhundert über Europa verbreitet haben konnte.

»Nichts steht aber so sehr mit der Wahrheit in Widerspruch als dies«, widersprach dem aber ein dann entsprechend verlachter Ketzer: »Das so ungemein häufige Vorkommen der Elfen(!)-pfeife im Gemäuer alter Gemäuer, die vor 1492

also dem Jahr der Entdeckung Amerikas! S. G.

errichtet wurden, haben die, welche über diese Pfeife schrieben, wie es scheint, absichtlich übergangen; denn ich kann nicht glauben, dass ihnen davon gar nichts zu Ohren oder zu Gesichte gekommen sei.« In Schottland redet man von diesen seltsamen Pfeiflein als von Fairy-(Feen!-)Pipes: Das Volk »schreibt sie den Geistern, Kobolden und andern Gebilden der Heidenzeit zu. Während man sie in einigen Gegenden von Irland aus Abscheu zerbricht, hält man sie in andern hoch und nimmt sie in Gebrauch.«[35]

Es sei hier nicht verhehlt, dass die Anhänger des vorgeschichtlichen Alters dieser Funde es ihren Gegnern nur zu leicht machten, indem sie auch die Einführung des Tabaks aus dem Amerika des 16. Jahrhunderts bestritten und an die ureuropäische Herkunft dieser Pflanze zu glauben begannen.[36] Also hat sich die amtliche Forschung »lange gesträubt, das Alter der schon seit 70 Jahren gefundenen Pfeifen anzuerkennen. Inzwischen hat sich aber die Zahl von Rauchpfeifen aus römischen Fundstellen derart gehäuft, dass ihre Benützung in den römischen Provinzen der Kaiserzeit sich kaum mehr abweisen lässt.« Gewisse Stücke wiesen auf noch viel ältere Zeiten, so eine bronzene Pfeife von La Tène, die Darstellung

eines Pfeifenrauchers auf einer keltischen Münze ...[37]
Es blieb hier nichts anderes übrig, als endlich anzunehmen, dass hier ein Jahrtausend und länger vor dem amerikanischen Tabak geraucht wurde – und man vermutete, dass »besonders Hanfsamen«[38] dazu dienten. In seinen »Limburger Sagen« vermerkte schon Weiters über die auch in diesem Gebiet vom Volke im Erdboden gefundenen »Feeënpijpjes«, die es den Bräuchen der »Reuzen, Alven, Feeën und Aardmannetjes« (also den Riesen, Elfen, Feen und Erdmännchen) zuordnete: »Ihr Ursprung wird den Rauchopfern der Heiden zugeschrieben, wobei sie gebraucht wurden, um sich zu betäuben und in den Zustand des Entzückens zu versetzen.«[39]

Da gab ihm das Mütterchen ein Pfeifchen und sagte: »Hebe es wohl auf, es wird dir nützen!«

Die Tatsache, wie sehr diese Pfeifen eine gegen den alten Feen- und Elfenglauben erzogene Bevölkerung noch im 19. Jahrhundert voll »Abscheu« zu zerstören suchte, zeigt uns, dass damals die Märchenwelt nicht als eine überwundene Vergangenheit, sondern nur als eine zurückgedrängte Lebensmacht galt: Die sofort wieder mit ihren prägenden Bildern nach den Menschen greifen könnte, wenn man ihre Bräuche wiederaufnehmen würde.

Lügen aus dem Meerschaumkopf

Der weitgereiste Baron Münchhausen soll im 18. Jahrhundert als ehrlicher und sachlicher Edelmann bekannt gewesen und doch immer wieder der offenbar ihm selber alles andere als erfreulichen Schwäche verfallen sein, alte Sagen und Schwänke wie selbsterlebte Tatsachenromane zu berichten.

H. A. Richard sah ihn 1767 beim Erzählen und bezeugt uns, dass er tödlich beleidigt war, wenn man seine Worte bezweifelte. Mochte er alles andere als dafür gewesen sein, dass fremde Menschen seine Geschichten zu drucken anfingen und er so in einer verständnislosen Zeit den Ruf eines gewaltigen »Lügners« erhielt – während er seinen staunenden Mitzechern über seine Türkenkriege oder Heldenjagden berichtete, glaubte er an »seine eigenen Märchen wie an ein Evangelium«.[40]

»Fast nur in dem vertrautesten Kreise«, weiß ein anderer Zeuge aus seiner Zeit, habe er sich dazu bringen lassen, in seinen Geschichten zu schwelgen: »Nachdem sein kolossaler Meerschaumkopf mit kurzem Rohr in Rauch gesetzt war« und dann »die Wolken aus seiner Pfeife immer dicker emporwirbelten«.

Dann habe, vor den Augen aller Anwesenden, mit dem sonst so einsamen und ganz standesgemäß langweiligen Manne eine Verwandlung stattgefunden: »Das Gesicht wird lebhafter und röter und der sonst wahrhafte Mann wusste dann bei seiner lebhaften Imagination alles so vorbildlich vorzumachen.«[41] Es ist aus diesen Schilderungen kaum zu bezweifeln, dass der während seiner Traumreisen glückliche Mann im Augenblick des Erzählens alle seine Taten tatsächlich sah und erlebte.

Wir sehen auch, dass für seine Umwelt seine entfesselte »Imagination«, Einbildungskraft irgendwie mit seinen Rauch-Gewohnheiten Zusammenhängen musste. Hatte er etwa auf echten, leiblich ausgeführten russischen oder türkischen Reisen wirklich einen »Tabak« gefunden, der so wenig ein Tabak in unserem Sinne war wie der, den die soeben erwähnten Feen, Zauberer und Märchenhelden in ihren Pfeifen verbrannten?

Wie alle Nachzügler und Vorläufer von Kulturen mag er es wirklich schwer gehabt haben: In gewissen früheren (oder auch späteren) Tafelrunden wäre er kaum beim Erzählen als »Lügner« unterbrochen worden, und auch seine Freunde

hätten kaum seine »Wahrhaftigkeit« verteidigen müssen. Die durch eingeprügelte »Ehrbegriffe« für den »Dienst« an ihren Herrschern und an ihrem eigenen »Stande« gleichgeschaltete Kaste der Offiziere und Grundbesitzer stand aber ratlos vor seinen gelegentlichen abendlichen Ausbrüchen aus ihrem gewaltsam so vereinfachten Vorstellungskreis.

Die „Qualmkräuter“ Europas

Wenn wir in alten Quellen überhaupt von »Tabak« lesen, so müssen wir uns nun einmal von Jahrhundert zu Jahrhundert und von Land zu Land vorzustellen versuchen, was das jeweils bedeuten könnte. Wenn wir etwa in den Indianergeschichten unserer Jugend über die edlen, »die Friedenspfeife schmauchenden« Rothäute lasen, dachten wir dabei eigentlich immer an den gleichen »Stoff«, den der Vater um die Ecke zu kaufen pflegte: In Berichten, wie dem von Horck (1877) über die berühmten Sioux lesen wir aber, dass sie »als Tabak« »mancherlei narkotische Kräuter nehmen«.[42]

Im 18. Jahrhundert vernehmen wir, wenn die Rede auf das Nachtschattengewächs Bilsenkraut kommt, von dessen Gebrauch in »Bädern ... vorzüglich in der berufenen Hexensalbe ... ferner das Rauchen der Blätter als Toback ...«[43] Im Volke nannte man die Bilsen (neben »Wilder Kaffee«) aus diesem Grunde geradezu »Wilder Tabak«; ähnliche Bezeichnungen gibt es auch im Englischen, Italienischen, Katalanischen, Finnischen.[44] Auch in Griechenland werden anscheinend noch immer Stengel von Bilsen »wie Tabak geraucht«.[45]

»Wilder Tabak« heißt auch in Kärnten die Tollkirsche, ebenfalls in Calabrien und Sizilien. »Die Blätter werden wohl als Tabakersatz geraucht.«[46] »Teufels-Tabak« nannte man ebenso die noch giftigere, gefährlichere Herbstzeitlose.[47] Man behauptete von ihr übrigens, dass aus den Spitzen ihrer Blätter die »Hexen (in der Walpurgisnacht) Gemüse kochen«.[47] Ist auch dies eine Erinnerung an den sicher sehr bedenklichen Gebrauch einer Zauber-Droge? Von ihr wurde ebenfalls noch im 18. Jahrhundert behauptet: »Linnäus bestimmt die Kräfte der Licht-Blum auf folgende Art: Sie seie betäubend, sie erwecke verkehrte Einbildungen, und mache die Leute unsinnig ... Vielleicht hat Herr Linnäus der Licht-Blum einen Teil dieser Kräfte darum zugeschrieben, weilen die Türken gleichsam außer sich selbst kommen, und räuschig werden sollen, wenn sie diese Blumen in ihren Getränken einweichen.«[48]

»Wilder Tabak« ist auch ein volkstümlicher Name für den

Wurmfarn, auch »Hexenkraut«, der häufig als Irr-Kraut galt, dem man also ebenfalls »verwirrende« Fähigkeiten zuschrieb: »Wer auf Farnkraut tritt oder wer daran riecht, verirrt sich im Wald.«[49]

Als Schnupf- und Rauchtabak wurde nach Limits »Flora suecica« (1755) von den Skandinaviern die Arnika verwendet in den Ostpyrenäen galt sie ebenfalls als »Berg-Tabak«, in den Vogesen als »Wilder Tabak«. Heute gilt sie mehr oder weniger als harmlos – für die heutige Hildegard war sie aber noch ein magisches Drogen-Kraut, ein mächtiges Mittel für Liebeszauber.[50]

Was rauchten die Romantiker?

Ist die Rolle, die dann »das Rauchen« am Anfang des 19. Jahrhunderts wieder bei den Künstlern bekommt, überhaupt durch die Wirkungen unseres »gewöhnlichen« Tabaks zu erklären? Der Romantiker und Revolutionär Friedrich Sallet schrieb ein merkwürdiges kleines Theaterstück »Die Welt außer Rang und Banden« (1832): Der Held des Stückes sieht aus dem Rauch seiner Tabakpfeife einen Magier erscheinen, und für kurze Zeit erlebt er eine Traumwelt, in der niemand heuchelt und alle sich so aufführen, wie sie es in Wirklichkeit tun möchten.

Später entstanden seine »Contraste und Paradoxen« (1838), wiederum beherrscht von der Gestalt eines sich mit dem Alltag auseinandersetzenden Magiers, des Onkels Holofernes. Auch er hext mit seiner langen Pfeife und seinem »ächt türkischen Tabak«, den er samt dem Rauch-»Apparat« »in einem Kramladen in Konstantinopel« gekauft hat. Wenn sein Stoff, den er im übrigen »Opferweihrauch« nennt, brennt, dann entsteht nach seinen Worten »ein schöner Hexentanz«: »Sie

die Wolken aus der türkischen Pfeife, S. G.

wölkten, ballten, jagten, zogen und bogen, streckten und reckten, zerrten und kräuselten sich, wogten und schwebten, stiegen und gaukelten – ein phantastisches Wechselspiel von halbkenntlichen, flüchtig angedeuteten, rasch zerfließenden Formen und Gestalten, eine stille, wilde Jagd von lieblichen seltsamen kleinen Spukgesichten.«

Seine Pfeife ist übrigens geradezu der Mittelpunkt seines magischen Kults, das Hauptgerät einer Werkstätte für Seelen-Alchimie: Seine Stube »war voll von Büchern, Instrumenten und Gemälden. Rings um die Wand zog sich eine eigene Zierde. Es war dies nämlich eine Reihe fest zusammengefügter, ächter Weichselrohre, in die seltsame Figuren gezogen, bald Sterne, bald Rad, bald Sonnenblume.

Diese Röhre, das Zimmer mit Wohlgeruch füllend, endete an der einen Wand in einem großen, ganz schwarzbraun angerauchten Meerschaumkopfe, in Gestalt eines Totenschädels, in dem ächt türkischer Tabak dampfte. An der entgegengesetzten Wand saß Holofernes, und von dem letzten Weichselrohre ging, von unten auf, ein langer, geschmeidiger Schlauch, in einer schönen Bernsteinspitze endend, zu seinem Munde ...«

Im »Rauch ihrer Pfeifen«, schrieb auch Eliphas Lévi von den Menschen um die deutschen Illuminaten, diese Geheimklubs, die im 18. Jahrhundert gesellschaftliche Umwandlung und eine neue Blüte der Philosophie und Kunst vorzubereiten suchten, sahen sie »tausend unsagbare Dinge, die sie in die Wunder des Jenseits einweihten«.[51] Im gleichen Abschnitt erwähnt er übrigens, dass diese »Erleuchteten« für ihre »Fantasmagorien« besondere Räume besaßen, in denen »der magische Kochofen oder der Altar für Wohlgerüche« eine Hauptrolle spielte![51]

Der von Lévi an der gleichen Stelle erwähnte, in jenen Kreisen sehr bekannte Carl von Eckartshausen, schilderte sogar in seinen »Aufschlüssen zur Magie« recht ausführlich, wie ihn ein magiekundiger »Reisender« sehr genau lehrte, »selbst Erscheinungen mit Rauchwerk zu machen«: Wiederum vernehmen wir von ziemlich genau der gleichen gefährlichen Drogen-Zusammensetzung wie im 16. Jahrhundert, zum Beispiel beim Magier Agrippa von Nettesheim – also von Bilsenkraut, Mandragora und schwarzen Mohnsamen.[52] Tabak aus Bilsenkraut vertrieben im 18. Jahrhundert sogar »gewissenlose Fabrikanten«.[53] Kann man sich verwundern, dass von Menschen jener Zeit die Anstöße für eine phantastische Kunst, für das Sammeln von Märchen und Sagen ausgehen konnten? Deren bunte Bilderwelt war ihnen in ihren verwegenen psychedelischen Sitzungen zu einem wiederentdeckten Erlebnis, zu einer neuen Dimension ihres ganzen Daseins geworden.

Geister des Herdes

Das »Traumhafte« ganzer Teile unserer Märchen war wahrscheinlich deren Erzählern nicht weniger bewusst als deren späteren Erforschern.

Die schwedische Waldfrau erscheint etwa nach den Sagen »den Jägern, wenn diese um Mitternacht sich ausruhen und ihr Waldfeuer angemacht haben«.[54] Ebenfalls in einem schwedischen Märchen gehen Erscheinungen im »echten« Traum und Wachtraum gründlich ineinander über: »Eines Nachts schien es dem Hirten im Schlafe, als stände der kleine Elfen-König vor seinem Bett und sage: ›Nach Norden! Nach Norden! Dort findest du deine Königin.‹ Da freute sich der Junge und sprang in die Höhe, und als er erwachte, da stand noch der Kleine da und winkte ...«[55] Entsprechend verschwindet etwa auch eine Märchen-Fee, wenn ihr der Held für ihre Hilfe danken will »wie ein Traumgesicht, wie Dunst, sprechend: ›Nebel vor mir, Nebel hinter mir, dass niemand mich erblicke.‹ «[56]

Ganz ähnlich stellten schon der Arzt Justinus Kerner und die sich auf ihn stützenden Okkultisten des 19. Jahrhunderts[57] fest, dass die Gerichts-Aussagen der gefangenen Hexen über ihre Feste »wie ein Traumleben« anmuten: »Ihre Redensarten zeugen davon. »Es ist eben ›Alles wie ein Nebel, es ist alles Blendwerk‹ sind die Ausdrücke.«

Es gab in diesem Sinne Versuche, die ganze Sagenwelt als Erzeugnis der Alpdrücke darzustellen! Tatsächlich ist ja die rauchende Feuerstätte im Walde oder in altertümlichen Hütten sehr häufig der Mittelpunkt aller Geistererscheinungen:

Der Zauberkreis des mittelalterlichen Magiers war als Mittel gedacht, um einen – wie man heute sagen würde – „Horror-Trip" zu vermeiden.

»Am Herd künden sich die Geister durch Klopfen und Knistern an, unter dem Herd befindet sich der Eingang ins unterirdische Zwergenreich, und schon bei Saxo kommt die unterirdische Frau unter dem Herd hervor.«[58] Dazu muss man etwa den Häuserbau nehmen, wie er noch im 19. Jahrhundert, im Herzen von Europa, bei Alpenstämmen bestand, und man wäre tatsächlich versucht, allen Geister- und Märchenglauben als ein Erzeugnis der durch schlechte Lüfte erzeugten Träume anzusehen: »Im Innern (solcher Behausungen) suchte sich der Rauch, weil Kamine fehlten, durch Ritzen und Spalten einen Ausweg, alles mit Ruß bedeckend.«[59]

Staunend sehen wir aber noch in den Zauberbüchern und magischen Sagen der Renaissance, wie man offenbar alles tat, solche »Alpdrücke« sozusagen nach wissenschaftlichen Versuchsanordnungen zu erzeugen. Vom Hexenmeister Wagner, angeblich dem besten Schüler des Doktor Faust, von dem im 16. Jahrhundert zahlreiche Berichte sich zu verbreiten begannen, werden seine Beschwörungen folgendermaßen geschil-

dert: »... ringsum Feuer und Rauch; in den Rauchwolken waren Raben, ein Drache schlängelte sich ..., eine Kröte, so groß wie ein Elefant, kroch dem Wagner über den Zauberkreis, und drückte ihn so, dass er für tot da lag ...« Später »fielen die Sterne vom Himmel, und liefen auf der Erde wie Feuerflammen. Etliche wurden zu scheußlichen Schlangen ... oder sie wurden zu Feuerdrachen, die in der Luft stritten und kämpften. Endlich öffnete sich die Erde, und feurige Kugeln, Schwerter, Vögel und Gewürm aller Art erfüllten die Luft. Bald löste sich Alles in Rauch auf, und Alles ward Stille.«[60]
Man sieht, solche Selbstversuche der räuchernden Zauberer erinnern ebenso an jene Schrecken, die den Märchenhelden »als Prüfung« bedrängen, wie an Gesichte während der Drogenräusche von Forschern und Künstlern der Neuzeit: »Feuernetze und Sturzbäche magnetischer Ausströmungen schwirrten und flirrten um mich in immer unlöslicher sich verflechtenden, sich immer enger zusammenziehenden Wirbeln«, das ist zum Vergleich ein Bild aus den Haschisch-Träumen des Franzosen Gautier.[61]

Der Elf aus dem Feuer

Folgerichtig warnt darum »Faust´s Kunst-, Mirakel- und Wunderbuch« nach einer zweifelhaften Anleitung zu magischem Rauchwerk die ungeschickten Zauberlehrlinge: »Wenn der Rauch aufgehet, so nimm dich in Acht, dass dich der Geist nicht drucket.«[62] Waren all die Zauberer, die nach ihren Räucherungen tot am Boden gefunden wurden und von denen man glaubte, »der Teufel habe im Gestank ihre Seele aus dem Leibe gerissen«, solche Opfer durch zu starke Drogen erzeugter Dämpfe?
Voll Furcht, nur in Andeutungen schrieben darum die Hexenrichter über die »Rauchzauberei«, die »mit Feuer und Rauch eines gewissen Samens« geübt wurde: Dies sei eine Kunst »viel teuflischer denn die andern«. Durch solchen Rauch werde »einem der Verstand und der Sinn verrücket«. Dadurch seien aber »viel Einfältige von den Zauberern betro-

gen und verführt worden ... Wie schwarz und rauchig sie (die Rauchzauberei) auch zuging, noch geben sie (ihre Anhänger) es für Albam oder ganz Weiße Magiam aus.«[63]
Wahrscheinlich werden wir auch den »Opferrauch«, und damit die »heiligen Feuer« von vorgeschichtlichen Völkern und von Untergrund-Sekten vergangener Jahrhunderte nicht länger als Bestandteile eines »Gottesdienstes« in unserem Sinne verstehen dürfen, sondern im Sinne von Techniken zur Erzeugung von Rauschzuständen: Schon Höfler wies bereits vor 1900 darauf hin, dass die dabei oft verwendeten »Qualmkräuter«, Hanf, Stechapfel (Rauchapfel), Bilsen, Tollkirsche, alle ihre »narkotischen Wirkungen« besitzen.[64]
Vom »Weihrauch« in modernen Außenseiter-Bräuchen wird unter anderem geschrieben: »In diesem Rauch entstehen Illusionen ... In der Dunkelheit scheint dieser Rauch seltsame Gestalten anzunehmen, und wir hören vielleicht das Schreien von Tieren. Je dichter der Rauch, desto dunkler wird das Universum ...«[65] Alrune, Albrune für Mandragora und als Name für Zauberfrauen hängt zweifellos mit diesem Alp, Alb, dem Elf zusammen[66], dieser magischen Kraft, auf die man die schweren und glücklichen Träume und Gesichte zurückführte. Durch »drückende«, schwere Erscheinungen glaubte man dann in die herrlichen Bilder der Feen-Paradiese Vordringen zu können: In Fromanns Werk »De Fascinatione« (1675) wird uns bezeugt, dass die Hexen, wenn sie auf ihre »Reise« gingen, den »Alff« beschworen: »Weiss (weise) mir deines Herrn Hoff«, also die prächtige Hofhaltung der Geister, die sie auf ihrer Traumfahrt zu erreichen hofften.[67]
Von diesen im Rauchqualm ihrer Kräuter sich kundgebenden »Alben«, Alfen, Elben, Elfen haben wir bekanntlich noch unser Wort albern, das den Zustand in der Macht dieser Mächte bedeutet – und eigentlich eine gute Kennzeichnung des äußeren Zustandes eines Menschen unter Drogeneinfluss darstellt: »Kindisch, närrisch, im Benehmen und Reden ... leicht berauscht, einem Betrunkenen ähnlich.«[68]

6. Schlüssel zum Märchen

Ausgangspunkt sehr vieler Märchen ist bekanntlich, dass die Tochter auf Befehl »der bösen Stiefmutter« zur Unzeit, da doch diese Früchte gar nicht wachsen können, im Walde nach Erd-, Heidel-, Himbeeren oder Äpfeln zu suchen hat. Stets gelingt es ihr, diese scheinbar unmögliche Aufgabe dadurch zu lösen, dass sie die Freundschaft von göttlichen Mächten, der zwölf Monate, der vier Jahreszeiten, von Feen, Heiligen oder dergleichen, zu gewinnen versteht.[1] Ihre Gegnerin, die böse ist, läuft bei der gleichen Probe ins Verderben. Entstammt die Vorstellung der »bösen Stiefmutter« einer Zeit, da man den Sinn dieses ewigen Beeren-, Pilze- oder Blumensuchens unserer Märchen nicht mehr verstand und noch weniger begreifen konnte, dass »richtige Eltern« ihr Kind den Gefahren des Waldes aussetzen konnten? Immerhin – ganz als besäße es noch die unmittelbare Erinnerung an urtümliche Einweihungsbräuche der Jugend, erzählt ein Schweizer Märchen, die Mutter habe – offenbar aus Sorge für ihr weiteres Lebensglück – Tochter und Sohn in diesen geheimnisvollen Märchenwald geschickt. Sie habe zu ihren Kindern (»es Meiteli und es Büebli«) dabei gesagt: »Suchet das Blümlein ... und das, wo es zuerst findet, das muss einmal König werden.«[2]

Je altertümlicher die Fassungen der Volksdichtungen wirken, desto mehr scheinen wir uns immer der gleichen phantastischen Wirklichkeit eines Kulturkreises zu nähern, in dessen einstigem Reiche offenbar die Sonne nie unterging. Zum Grimmschen Märchen »Das singende, springende Löweneckerchen« stellte man fest, als man es mit zahlreichen verwandten Fassungen der Volkserzählungen zusammenstellte: »Könnte das Wort nicht von einem früheren Erzähler missverstanden sein für Laub, da in den Braunschweiger Feenmärchen vom singenden und klingenden Bäumchen, bei Schambach-Müller vom singenden und klingenden Blatt, bei

Colshorn vom klinkesklanken Lowesblatt geredet wird?«[3] Das »Laub«-Märchen verflicht sich hier mit einem lange fortlebenden Brauch: Es ist uns noch das Mundartwort »Laubele« überliefert, wozu wir folgende Bedeutung nachlesen können: »Benennung von Mädchen, welche mit Blumen und frischem Laub geschmückt am 1. Mai auf den Kreuzwegen tanzen, singen und um Gaben bitten.«[4] Waren Blumen und Laub dieser Laub-Mädchen wirklich nur Schmuck oder, genau wie die Kräuter in den Händen der Hexen (die schließlich nach den Berichten ebenfalls in der Nacht auf den 1. Mai an Kreuzwegen getanzt haben sollen!), noch etwas ganz anderes?

In den Sagen geht es in diesem Sinne weiter, wobei sogar die Anspielungen an vorgeschichtliche Religions-Vorstellungen nicht fehlen. Nach sächsischer Überlieferung sei die Tochter des Wendengottes Tschernebog (Czerneboh) in ein WunderVeilchen verwandelt worden. Dieses blüht alle 100 Jahre, und wer es pflückt, gewinnt die schöne Jungfrau und die gewaltigen Reichtümer ihres Vaters.[5]

In zahllosen Erzählungen bricht der Hirt die richtige Blume, und plötzlich steht schon eine Jungfrau vor ihm – oder es erscheint ihm eine »weise Frau« und bietet ihm die Blume an. Oder sie führt ihn auch zu der Stelle, »wo die weiße Blume blüht, die sie ihn brechen heißt«. Mit ihr, sie »verwandelt« sich etwa in einen Schlüssel, dringt dann der Held in eine geheimnisvolle Unterwelt.[6]

Verdrängte Kräuterkunde

Meistens macht der Held jener Sagen, die wohl einmal ihre Hörer »zum Bessermachen« auffordern wollten, einen entscheidenden Fehler. »Vergiss das Beste nicht«, mahnt ihn eine geheimnisvolle Stimme: Er packt gierig nach den herumliegenden Reichtümern und verliert dabei die Blume, damit auch das »Beste«, den »Schlüssel« für weitere Reisen ins märchenhafte Land.

In diesen Sagen kann der Held mit dieser Wunderblume die

»verzauberte« Jungfrau »erlösen«. Von Homers »Odyssee«, in der die durch die Hexe Circe in Tiere verwandelten Griechen durch eine Götterpflanze wieder zu Menschen werden, bis zum Grimm-Märchen von »Jorinde und Joringel« wimmelt unsere ganze Überlieferung von diesen geheimnisvollen Blumen.

Man hat zum Beispiel versucht, die Tatsache, dass dieses Zauberkraut, »Schlüssel« zum Jenseits (»Totenberg«), »recht häufig« blau ist[7], als Blitz zu erklären, weil das Blitzfeuer in volkstümlichen Redewendungen häufig als »blau« geschildert wird. Sollte man nicht untersuchen, ob die »Blaue Blume« nicht einfach ein fester, in die Wirklichkeit führender Begriff der alten Kräuterdoktoren war?

Wir hörten soeben auch von einer »Weißen Blume«, die der Held im Auftrag der »Weißen Frau« zu pflücken hatte: Wir konnten aber dazu vernehmen, dass einst alte Maler von Bauernmöbeln »ihre schönste weiße Farbe gern mit der Farbe von Stechapfel-Blüten verglichen«.[8] Auch für indische Tantristen scheinen diese Blumen ein Sinnbild der göttlichen Erleuchtung gewesen zu sein[9]: Bedeutete also die märchenhafte »Weiße Blume« für die Kenner nicht irgendwelche Erfindung der Phantasie – sondern eben den vor allem wegen seiner »Weiße« offenbar in einem ganzen Kulturkreis sprichwörtlichen »Zauber-Apfel«?[10]

In russischen Märchen kommt immer das »Ssonnoje zelie«, also das »Traumkraut«, »Schlafkraut« vor[11] – ein Wort, das geradezu auch im Sinne von »Schlaf- oder Traumtrank« verwendet werden kann. Auch hier haben die Mythologen des 19. Jahrhunderts die seltsamsten Vermutungen angestellt, ob darunter das Wolkennass, das Blitzfeuer, Mond oder Sonne zu verstehen sei, während wir doch im guten Wörterbuch ostslawischer Mundarten genau diesen Ausdruck, eben »Ssonnoje Zelije«, als Bezeichnung für Atropa belladonna, Tollkirsche (auch son-trawa, also Schlaf- oder Traumgras) finden[12], wie auch wiederum für Mandragora, die Alraune.[13] Häufig genug werden sogar in den volkstümlichen Überlieferungen nicht nur dem einstigen Kenner verständliche Umschreibungen des Wesens der magischen Pflanzen verwendet, sondern geradezu die Namen jener Kräuter genannt, die jeden bösen Bann zu brechen vermögen: »Als solche kennt das Märchen das Natterkraut, den Nachtschatten, den Baldrian ...«[14] Zumindest von einigen dieser »Märchenpflanzen« wird heute kein Mensch ihre sehr wirkliche Wirksamkeit auf unser Wahrnehmungsvermögen abstreiten können.

Schon all diese Blumen, Blätter, Stengel und Wurzeln, »Schlüssel« zur Märchenwelt, zu Verwandlungen und Verzauberungen, scheinen uns zu beweisen, wie wirklichkeitsnäher jene alten Volksdichter waren als viele ihrer neueren Deuter: Statt dauernd in ihrem Denken um irgendwelche »für sie unverständliche Überreste von Mythen« oder »Sexualsymbole« zu kreisen, schufen sie aus umfassendem naturwissenschaftlichen Wissen.

Die Blume des Werwolfs

Viele Märchen beginnen damit, dass Held oder Heldin mit einer geheimnisvollen Pflanze in Beziehung kommt. Im gewaltigen Kreis der Dichtungen, in denen die Heldin dann in einem Walde oder Zaubergarten mit einem schrecklichen Ungetüm, dem »Tierbräutigam«, einem Werwolf, Abenteuer zu bestehen hat, wünscht sich das Mädchen eine Pflanze. Ihre beiden älteren Geschwister verlangen vom Vater Schmuck und schöne Kleider, sie aber nur ein äußerlich unscheinbares Gewächs.

Spätere Erzähler und Nachdichter haben dies als Hinweis auf die »Bescheidenheit« der Heldin missverstanden – die Menschen der alten Volkskultur fanden hier aber den Ausdruck für ihre Überzeugung, dass für den Kenner keine Schätze der Welt das Wissen um Kräuter aufzuwiegen vermögen. In der schweizerischen Sage lehrt noch ein Unterirdischer: »Bilse, Bilse, niemer willse: wüsstet-der, wie guet si wär, würd-se ke Brueder dem andere geben.«[15] Also, niemand schätze das Bilsenkraut – wenn man aber um dessen Kräfte wüsste, dann würden nicht einmal die Geschwister es einander gönnen ...

Immerhin ist noch in vielen Märchen deutlich, dass es sich um eine magische Blume handeln muss: Es ist etwa eine »redende Rose«, aus deren Gesträuch man reden und singen hört, oder ein Blatt, »welches klang und sang«.[16]
Man könnte sicher einen ganzen Band mit den Schilderungen der in den Märchen vorkommenden Zauberpflanzen füllen. Die Heldin pflückt etwa in einer Geschichte aus der Gascogne Blumen, – da hört sie auf magische Weise die Stimme ihres Bräutigams, ohne diesen selber sehen zu können.[17] Oder sie hört »in der Nacht« einen lockenden Gesang: »Ich bin das blaue Kraut (l'Herbe Bleue)[18], das Kraut, das singt ...«
Um für seine Tochter die gewünschte Zauberblume zu holen, kommt der Vater im russischen Märchen in den Garten des »Ungeheuers«: »Da lustwandelte und weidete er seine Sinne an all der Pracht ... Und der Kaufmann wandelte dahin und staunte. Seine Augen eilten über all das Seltsame, Wunderbare, und er wusste nicht, was betrachten, wem zuhören. So wandelte er dahin, wie lange, wie bald – wer weiß ...« Auf einem grünen Hügel findet er endlich die »scharlachrote Wunderblume« – »unfasslich, unbegreiflich schön, kein Märchen sagt's, keine Feder beschreibt's«.
Eine Flut von süßen Düften strömt das rote Wunder über den ganzen Garten aus. Wir vernehmen auch, dass der (zuerst wie ein Ungeheuer aussehende) Besitzer des Gartens diese Blume »die einzige Freude« seines Daseins nennt, die er »jeden Tag« zu genießen pflege.[19] Als der Kaufmann die Pflanze pflückt, »donnert es«, das Ungetüm erscheint, und der Mann sieht den Garten sich »in tausend teuflische, scheußliche Schreckgestalten« verwandeln.[19]
Diese redenden, singenden, berauschenden Duft verströmenden, ihren Pflücker durch ungeheuerliche Alpdrücke beängstigenden Märchenpflanzen besitzen nun, wie wir in diesem Buch noch dauernd wiederholen müssen, in jeder Beziehung die gleichen Eigenschaften, die das Volk Alraunen und anderen Nachtschattengewächsen verlieh. Wenn zum Beispiel die Zauber-Blume »in der Hand der weisen Frau anderseits zugleich als eine hellstrahlende Kerze bezeichnet«[20] wird, so soll ja auch der Alraun »bei Nacht wie eine Kerze«

leuchten.[21] In der Dichtung »La Fée aux Miettes« des französischen Romantikers Charles Nodier (1782–1844) ist die Mandragora die »singende« Pflanze, wofür der Verfasser ausdrücklich auf den Volksmund verweist. Man hat dies als seine eigene Phantasie angesehen, aber die Alraune stößt nun einmal in allen Sagen der Kräutersammler »wie ein lebendiges Wesen« Laute aus. Seltsamerweise behaupten auch die indianischen Sammler des nach ihrer Meinung göttlichen Peyotl-Kaktusses, dessen geheimnisvolles »Singen« zu hören[22]; ganz ohne Zweifel haben wir hier einen Hinweis auf eine das Gehör beeinflussende Wirkung der Drogenpflanzen.

Das heilige Grün

Hier erkennen wir einen grundsätzlichen Unterschied zwischen den Sagen und Märchen: Unsere Sagen sind in sehr vielen Fällen Schilderungen von wunderbaren, offenbar in der Regel mit pflanzlichen Hilfsmitteln unternommenen Seelen»Reisen«, von »Trips« – die aber sozusagen fast stets vom Standpunkt des Uneingeweihten, des Außenstehenden berichtet werden, des erstaunten, zweifelnden oder gläubigen, des entsetzten oder bewundernden Beobachters. Es sind also fast immer die dichterischen Gestaltungen des tiefen Eindrucks, den in allen Jahrhunderten das »merkwürdige« Treiben der Hexen, fahrenden Schüler, Wurzelgräber, kurz der »Eingeweihten«, im Volke erzeugte.

Das im zeitlosen Raum spielende Märchen ist das Bild der gleichen Vorgänge, jedoch auf alle Fälle in dessen ursprünglichem Kern, mit den Augen derjenigen Menschen gesehen, die selber auf diese rätselhaften »Reisen« gingen. Dinge, die den Sagenerzähler mit abergläubischem Schrecken zu erfüllen vermögen, also der Bund mit unsichtbaren Mächten, ein Flug durch die Lüfte, das Auftauchen von Traumschlössern, die Verwandlungen in Tiergestalten und dergleichen, werden vom Märchenerzähler seelenruhig als Möglichkeiten berichtet, die es in seiner Welt nun einmal gibt.

Der Sagen-Erzähler verharrt eigentlich immer auf dem Boden unserer Alltags-Wirklichkeit und umkreist nur als unwissender (oder sich unwissend gebender) Beobachter die geheimnisvollen Taten seiner Helden. Im Märchen ist es uns dagegen, als dürften wir mit den Augen dieser Menschen von gestern blicken; ihre Abenteuer im Kosmos ihrer »magischen« Wahrnehmungen können wir so miterleben, wie sie es einst taten.
Wenn in einigen der französischen Märchen von der Art wie »Die Schöne und das Scheusal« das Ungetüm die Heldin zu sich fordert, dann ist es ein mit ihren Eltern ausgehandeltes Spiel: In einem Märchen von Poitou hat zum Beispiel »der Froschkönig« dafür dem Vater ein »neues Dasein« (nouvelle existence) versprochen.[23] Im Märchen »Roi des Corbeaux« ist der Vater ganz deutlich selber einer aus dem Bunde der Mächte: »Er war grün wie Gras und hatte nur ein Auge in der Mitte der Stirn. Dieser Grüne Mann lebte am Rande eines großen Waldes in einem großen und alten Hause.«[23] Wir wissen nun aber dazu aus mittelalterlichen Überlieferungen und auch aus den Urkunden der blutigen Hexenverfolgungen: »Die grüne Farbe war im Hexenwesen beliebt, der Teufel, meist grün gekleidet, heißt in den Sagen Grünrock. Bei den Opferfesten sitzt er auf grünem Sessel, bei den Tänzen, ...

trugen die beim Hexensabbat Anwesenden, S. G.

grüne Masken, bei der Trauung ein grünes Messgewand.«[24] Grün ist nun einmal die heilige Farbe der Pflanzenkulte: Es bleibt uns also kaum etwas anderes übrig, als in diesem Vater des Märchens, der seine Tochter einem geheimnisvollen (maskierten?) Waldbewohner ausliefert, den Medizinmann zu sehen, der ein Mädchen in die Einweihungsbräuche einführt. Die indische Sage, die man schon mit unserem Märchen »Der Bärenhäuter« und anderen Geschichten von in Tierfelle gekleideten oder gar in Tiere verwandelten Helden vergleicht, kennt Weise, die große Zeiträume in heiliger Verzückung im Walde dahinleben. So lange harren sie an einem Orte aus, bis sie, mit Pflanzen bewachsen, von außen gar einem Baume

gleichen.[25] Es kann nun für Indien kaum bestritten werden, dass wir hier das dichterische Bild jener Entwicklungen besitzen, denen sich die Eingeweihten mit Hilfe ihrer Kräuterdrogen in der Einsamkeit hingaben. Aus ernsthaften Berichten über das indische Volksleben lernen wir: »Für den Hindu ist die Pflanze heilig. Ein Wächter lebt in jedem Bhang-(Hanf-)Blatt ... Es ist unvermeidlich, dass der erfrischende Geist des Bhang für einige Temperamente den Geist der Freiheit und des Wissens bedeutet. In der Ekstase des Rausches verwandelt der Funke des Ewigen im Menschen die Dunkelheit der Materie in Licht ... Mit Hilfe von Bhang können Asketen tagelang ohne Essen und Trinken auskommen.«[26]
Das richtige Benützen des magischen »Krauts« scheint nun ganz offensichtlich in einer Reihe von Märchen notwendig zu sein, um den Ungeheuern im Zauberreich die menschliche Gestalt wiederzugeben, sie zu »erlösen«. Besser gesagt: das erschreckende Blendwerk löst sich auf, jeder Spuk verschwindet – und Held oder Heldin sehen sich den ihnen lieben, oft altvertrauten Menschen gegenüber.

Im Kreis der Verwandlungen

Im russischen Märchen vom Mädchen im Zaubergarten des Ungeheuers »stirbt« der Tiermensch scheinbar, die Tatzen »um die Scharlachrote Blume geschlungen«. Die Heldin vermutet zuerst sehr bezeichnenderweise, er »schlafe jetzt«, ist dann aber entsetzt, als sie merkt, dass sich das Ungeheuer »nicht rühret«. Als nun die Heldin endlich ihre Furcht überwindet und dem Halbtier ihre Zuneigung gesteht, beginnt die uns schon gewohnte Märchen-Lichtschau: »Auf allen Seiten zuckten Blitze«, »ein Blitzstrahl« fuhr »in den farbenschimmernden Hügel« – das Mädchen »stürzt ohnmächtig zur Erde«. »Wie lange sie ohne Bewusstsein so dalag, weiß ich nicht.« »Als sie aber wieder zu sich kam«, hat alles seine wirkliche, herrliche Gestalt angenommen: Ein Palast steht da, der Tiermensch ist ein schöner Königssohn, und sogar alle ihre Verwandten stehen herum, sie zu beglückwünschen.[19]

Sterben, Schlafen, sich nicht rühren, Ohnmacht, ohne Bewusstsein, wieder zu sich kommen – kann man zweifeln, dass diese Häufung von entsprechenden Ausdrücken in wenigen Zeilen dazu da war, die besondere Art des Zustandes der Heldin und des sie in seine Geheimnisse einweihenden »Zauber-Tieres« zu umschreiben? Und diese Sippenangehörigen, die plötzlich da sind, um das Ende der »Verwandlungen« mitzuerleben und sich an der »Erlösung« ihrer Tochter zu freuen? Das Märchen wird hier eine wahrscheinlich getreue Schilderung der Eindrücke des jungen Eingeweihten im »Magischen Theater« der Urzeit.

Das Kraut, mit dem der Held von Hauffs »Zwerg Nase« seine zukünftige Braut aus ihrer Vogelgestalt befreit, gehört zu denen, die er in mühsamer jahrelanger Ausbildung bei einer Hexe kennenlernte. Auch dieser Zug ist volkstümlich. Ein junger Hirte (Geißbub) eines schweizerischen Alpenmärchens vernimmt von drei durch einen Hexenmeister in weiße Vögel verwandelten Mädchen, er könne sie mit drei Kräutern »erlösen«. Hier wird die Volkserzählung sogar botanisch genau und nennt deren Namen: »Natterkraut, Baldrian und Nachtschatten müssen es sein!« Er könne diese Mittel leicht beschaffen, antwortet der Hirte, »seine Mutter sei Kräutersammlerin«.[27]

Die Märchen mit ihrem Zauber und Gegenzauber, ihren Schlaftränken, Räucherungen, Blumen, Zauberflaschen und -büchsen sind damit gar nicht verständlich ohne die angewandte, durch Jahrtausende weitergereichte Naturwissenschaft der Urzeit.

Der mittelalterliche dänische Chronist Saxo schildert, ganz wie unsere Märchen (nur als geschichtliche Tatsache), die Begegnung eines Helden mit einem »Ungeheuer«, einer gewaltigen Riesin. Entsetzt ist auch er, als sie ihm ihre Liebe zusichert, doch sie beruhigt ihn mit fast modern klingenden Worten, die den ganzen Stolz jener Menschen einer Urkultur auf ihre Kenntnisse ausdrücken. Ihre erschreckende Größe? Dies sei nur eine von ihren »Erscheinungsgestalten«: »... ich nehme in verschiedener Gestaltung wechselnde Formen an, die ich nach eigener Willkür verändere. Jetzt kommt mein

Nacken den Sternen gleich und ragt bis in die Nähe des erhabenen Donnerers; dann wieder sinkt er gebeugt zu menschlicher Lebensform herunter und neigt das soeben dem Pol benachbarte Haupt zur Erde. So verwandle ich mich leicht in verschiedene Gestalten und lasse mich in mehrfachen Formen erblicken ...«[28]

Äpfel des Paradieses

So wichtig wie die rätselhaften »Blumen« oder »Beeren«, Ziel aller Abenteuer der Helden, bestes Mittel, alle gefährlichen Mächte zu verscheuchen und am Ende zur glücklichen Hochzeit zu kommen, sind dem Märchen auch – die »Äpfel«, die meist in der heiligen Dreizahl vorkommenden »Früchte«. »Ein Mädchen, von Unterirdischen zu Gevatter gebeten, folgt ihnen in ihre Tiefe, wo die Sonne fast noch schöner scheint als oben auf der Erde; eine Schürze voll herrlicher Äpfel darf sie sich pflücken – wie sie wieder hinaufkommt ans Tageslicht, da sind die Äpfel von lauterem Gold.« Die Erdleutlein, Bergleutlein, Waldfrauen, Feen sind die Hüter dieser wunderbaren Pflanzen: »Zwerge zeigen heilende Wunderblumen oder spenden heilende Äpfel.«[29]

Um die Tochter eines Königs zu gewinnen, muss der Held im griechischen Märchen »goldene Äpfel aus dem Garten des unsterblichen Vogels gewinnen«.[30] Der antike Mythos kennt die Äpfel der Hesperiden, und die germanische Edda die Äpfel der Göttin Iduna; Früchte, die sogar ewige Jugend, Unsterblichkeit, den Zustand der Göttlichkeit zu verleihen vermögen. Äpfel, die sogar »Tote zum Leben wecken«, müssen in den Mären von kühnen Helden unter unvorstellbaren Gefahren geholt werden: »Umgekehrt treffen wir auch Äpfel des Schlafes oder des Todes. Auch zur Vergiftung wird gern ein Apfel gewählt ... Im Dämonenkampf werfen sich die Streiter gegenseitig Giftäpfel an den Kopf ..., der Genuss des Apfels verwandelt die Esser in Ochsen, Pferde, Ziege, Hirsch. Durch den Genuss des Apfels wird sogar Irrsinn hervorgerufen.«[31] In zahlreichen Fassungen des Grimmschen Märchens vom Be-

such des Mädchens im unterirdischen Reich der Frau Holle scheint der hilfreiche Apfelbaum eine Hauptsache darzustellen: Die entsprechende kaukasische Volksdichtung kennt das Eindringen der Heldin »in das Loch neben dem Apfelbaum«.[32]

Apfel als Zaubermittel und als Ursache zu unglaublichen Verwandlungen, als Ursache des magischen Schlafes und des Todes, als Erzeuger des Wahnsinns und der leidenschaftlichen Liebe, als sprechendes, denkendes Wesen und als Wegweiser in das Märchenland – dies ist und bleibt uns höchstens so lange »ein reines Phantasiespiel für Kinder«, als wir beim Wort »Apfel« unausgesetzt nur an das Obst unserer Gärten denken!

Man hat bei all diesen Märchen-Früchten eigentlich im letzten und in unserem Jahrhundert selten genug darüber nachgedacht, was das Sprachgefühl der Vergangenheit darunter alles verstehen konnte. Grimms Wörterbuch gibt uns indessen Auskunft: »Apfel ist uns ... im allgemeinen auch andere rund und voll hängende Frucht, wie die Zusammensetzungen Eichapfel, Gallapfel, Fichtapfel, Tannapfel, Kienapfel, Schlafapfel, Erdapfel dartun. An der Blume nennt man Apfel den Samenbehälter ...«[33]

Nun ist aber auffallenderweise mit einer ganzen Reihe der uns beschäftigenden Nachtschattengewächse dieses Wort »Apfel« verknüpft, ganz abgesehen, dass auch die mit ihnen verwandte Kartoffel oft Erd-Apfel (Härdöpffel) und die Tomate Liebes-Apfel genannt wird: nämlich der Rauch-Apfel, der Stechapfel (Datura stramonium), Schlafapfel (Tollkirsche, Bilsenkraut); wiederum und von Alters her – Schlaf-Apfel, Liebes-Apfel usw. – die magische Alraune, die Mandragora-Pflanze.

Gerade ihr Genuss wurde bis in die Gegenwart für Liebeszauber verwendet, und die alten Kräuterbücher sahen häufig auch ihre Früchte als das beste (wenn auch als ein gefährliches) Schlafmittel an: »So man auch daran riecht (an den Mandragora-Äpfeln), bringen den Schlaff.«[34]

Biblische Hexenrezepte

In der holsteinischen Fassung des Grimmschen Rapunzel-Märchens holt der Mann für seine schwangere Frau einen Apfel »aus dem Garten der Fee«.[35] Aus dem Vergleich mit entsprechenden Volksdichtungen können wir ruhig annehmen, dass nach der Urgestalt dieser Erzählung der Apfel nicht bloß da war, um ein »Gelüsten«, eine Laune der Schwangeren zu stillen, sondern um sie überhaupt fruchtbar, also zur Schwangerschaft bereit werden zu lassen: In einem griechischen Märchen wandert ein Mönch, der in Wirklichkeit der alte heidnische Sonnengott Helios selber ist, über die Erde. Einem Weib, das bis dahin keine Kinder haben konnte, schenkt er einen Apfel, und dieser bewirkt, dass sie ein schönes Mädchen auf die Welt bringt. Ähnlich wie die Zauberin im Grimmschen »Rapunzel«, stellt auch er die Bedingung, dass ihm das durch seine Künste geborene Kind teilweise anzugehören habe – in der griechischen Fassung die Hälfte von jedem Jahr.[36]

Schon die Bibel kennt, nicht weniger als die Völker des Mittelmeeres und nach den Zeugnissen der Sage die Kelten, Germanen, Slawen, diese Wirkungen der Alraunen zum Erwecken der Liebe und auch der Fruchtbarkeit. Im Hohen Lied des Königs Salomo, der auch in späteren semitischen Überlieferungen als ein großer Pflanzenkenner erscheint, singt im Siebenten Kapitel die Auserwählte: »Es duften die Mandragoren. Über unserer Tür ist mannigfaltige Frucht, frische und auch alte, mein Geliebter, habe ich dir aufgespart.«[37]

Unglaublich ist überhaupt die Rolle, die solche Folgen des Genusses von magischen Gewächsen in der ganzen Stammessage der Juden spielen: »Kaum ist es zweifelhaft, dass unter den Dudaim, welche das erste Buch Moses (Kap. 30,14) erwähnt, unsere Pflanze (die Alraune) zu verstehen ist. Jakobs Sohn Ruben hatte einige Dudaim zur Zeit der Weizenernte – dann reifen die muskatnussartigen Früchte in Mesopotamien und Palästina – im Monat Mai im Felde gefunden und seiner Mutter Lea heimgebracht. Diese freute sich gar sehr, denn die Pflanzen waren hochgeschätzt. Und sie zeigte dieselben der unfruchtbaren Rachel, die ihrer begehrte, und die um die Früchte ihrer Nebenbuhlerin den Beischlaf ihres Mannes Jakob für jene Nacht überließ.

Dass Rachel große Hoffnung an den Besitz der Pflanze knüpfte, darf nicht Wunder nehmen, weiß doch ein samaritischer Mönch, den Maundrell befragte, dass diese Frucht die Empfängnis schon befördere, wenn sie unter das eheliche Lager zu liegen käme, und der arabische Arzt Rapel kannte sogar eine Frau, die von dem Genüsse allein schwanger geworden war.«[37]

Wenn also die Kirche vergangener Jahrhunderte die Hexen und Kräuterzauberer für ihren Märchen-Glauben an die wunderbaren Wirkungen ihrer Giftäpfel verfolgte, konnten sich diese wahrscheinlich nicht nur auf die Lehren ihrer verfemten magischen Bücher beziehen, sondern, mit kaum weniger Recht als ihre frommen Verfolger, auch auf biblische Vorbilder!

Von heiligen Früchten

In einem slowakischen Märchen sucht der Held den »Glasberg mit den drei Zitronen darauf«: »Auf dem Glasberg sieht man einen wunderbaren Baum, der seinesgleichen in der ganzen Welt nicht hat.« Dessen wunderbaren Duft spürt man in einem gewaltigen Umkreis. Man muss sich vor ihm »auf die Knie« senken und die Arme ausbreiten – »wenn die drei Früchte für dich sind, fallen sie von selber in deine Hände«.[38] Von diesem berauschenden Duft der Alraunen hören wir genug aus Volksglauben und Kräuterbüchern, und immer wieder wird angedeutet, dass man der Wunderpflanze nur mit heidnischen Ehrungen, Gebeten nahte ...

An die okkulten Bräuche, mythischen Opferungen, die nach vielen unheimlichen, wohl bewusst das Gruseln der Uneingeweihten hervorrufenden Sagen der »Geburt« der Mandragora vorangingen, erinnert uns noch das auch Goethe bekannte Märchen »Das Erdkühlein«: Das Mädchen wird von seiner Mutter in den Wald geführt und »säet Hanfsamen«, um wieder den Heimweg zu finden. Doch diese werden von den Vögeln weggepickt, und so kommt das Kind immer weiter in das Dickicht, »da ohne Zweifel nie kein Mensch gewesen«. Sie sieht »ein Räuchlin« und kommt also zu einer Hütte, die aussieht, wie »eines Hirten oder

Waldbruders Häuslin«; es wohnt aber ein merkwürdiges Wesen, eben das »Erd-Kühlein«, darin. Dieses verspricht ihm seine Milch und sogar »Sammet und Seiden zum tragen«, stellt aber die in den Märchen so häufige Bedingung, es »nimmermehr zu vermären«, also von ihm nichts, keine Mären zu erzählen, es selbst und seine Geheimnisse nicht zu verraten.
Als das Erdkühlein dann getötet und nach seiner eigenen genauen Anleitung begraben wird, darf man an diese Stelle drei Tage nicht hingehen, »und am dritten Tag wird ein Baum daraus wachsen«, der werde »die schönsten Äpfel tragen, die ein Mann je gesehen hat« – durch diese Früchte werde das Mädchen »zu einer großen mächtigen Frauen werden«.
Nach den Worten des Feenwesens geschieht es auch. Der Sohn eines »gewaltigen Herrn«, der ein mörderisches Fieber hat, bittet seinen Vater: »Lasset mir Äpfel bringen von diesem Baum, mir ist, ich würde gesund darvon werden.« Der Herr versucht es – doch nur dem in die Kunst des Pflückens eingeweihten Mädchen, welchem der Geist in der Pflanze gewogen ist, gelingt es; der Mann nimmt darauf an, sie sei »vielleicht eine heilige Frau«. Es bleibt ihm gar nichts anderes, als sie zu fragen, »ob sie mit ihm davon wollt, welchs die gut Tochter wohl zufrieden war«. Selbstverständlich vergisst das Märchen nicht am Schlusse zu erwähnen, dass sie zu dieser Reise in ihren neuen Wirkungskreis »ihren Baum ausgrub« und also als Ursache von all ihrem Glück und Erfolg mitnahm.[39]
Erinnert uns dies alte Märchen an die nur in dunklen Bildern weitererzählten Bräuche, mit denen man die Alraunen »ehrte«, so vernehmen wir in andern von deren seltsamsten Wirkungen: In einer weiteren Niederschrift aus der Arbeit der Brüder Grimm lesen wir von einem Knaben, der dank einem »Schwarzkünstler« durch eine Gebirgshöhle in einen wunderbaren Garten kommt. Er isst dort Äpfel, legt sich nieder und schläft ein: »Hier träumt ihm nun, es käme eine schöne Dame und rede mit ihm ...« Auf ihren Rat nimmt er eine »alte Lampe« mit – die sich im übrigen als sehr verwandt der Zauberlampe in orientalischen Märchen erweist.[40] Wiederum haben wir hier offenbar eine klare Erinnerung an jene Einweihungen, an jene von Spukgeschichten

umgebenen »Schulen« in abgelegenen Waldhütten, aus denen die Zauberlehrlinge mit im Volke bewundertem Wissen um Räucherungen und sehr wirksame »magische« Brennstoffe heimkehrten.
Der wahrsagende weise Traum nach dem Genuss der »Äpfel« verweist uns im übrigen auf die Anleitung in verschiedenen noch heute im Volke umgehenden Kräuterbüchern: »Nimm Nacht-Schatten oder Alraun-Kraut«, lautet etwa eine Anleitung, dies »macht schöne und liebliche Dinge zu Nacht im Schlaf sehen.«[41]

Liebesäpfel der Großen Mutter

Im alten italienischen Märchen, das wiederum dem Grimmschen »Rapunzel« ziemlich entspricht, flieht das Mädchen Petrosinella aus dem Turm der Hexe. Von dieser selber hat sie aber gelernt, dass sie zum Gelingen ihres Entkommens »drei Zauberäpfel« mitnehmen muss: Sie gewinnt die magischen Früchte, die übrigens schon durch die Bezeichnung »Galläpfel« ausdrücklich als sehr klein geschildert werden.[42]
Späte, verworrene Chronisten-Erinnerungen deuten genau wie die Märchen an, dass die Geheimnisse der »Goldenen Äpfel« zum Kern der Einweihungen einstiger Zauber-Mädchen gehörten. Von Göttin Krasopani (wörtlich »Schöne Herrin«, also Belladonna) wird uns etwa in solchen phantastischen, unzuverlässigen Nachrichten erzählt, sie habe bei den heidnischen Slawen in Brünn und Olmütz ihre Heiligtümer besessen; in jedem der beiden seien je 150 Mädchen »erzogen« worden: Dargestellt habe man sie mit Haaren bis an die Knie, »Purpurrosen« in den Haaren, in den Lippen ebenfalls eine Rosenknospe, »einen Feuerstrahl« aus einer Öffnung der linken Brust »schießend«. In der rechten Hand habe sie die Weltkugel gehalten, auf welcher Sonne, Mond und Sterne abgebildet gewesen seien, in der linken »drei goldene Äpfel«. Hinter ihr seien auch drei nackte, »verschlungene« Mädchen gestanden, von denen jede mit der Linken einer ihrer Schwestern einen goldenen Apfel weitergab.[43]

Auch in der Stadt Magdeburg, von der man schon dem Namen nach ebenfalls vermutete, »Mägde«, Mädchen seien dort in die Mysterien des vorchristlichen Götterdienstes eingeweiht worden, soll das Bild einer »Venus« zerstört worden sein: Auch sie hielt angeblich in der Rechten eine Welt-Kugel, »in der Linken drei güldene Äpfel«.[44] Mit »einem goldenen Apfel in der Hand« wurde nach ebenso zweifelhaften Berichten Schiwa, die große Lebensgöttin der Westslawen, verehrt; man stellte sie bald »fürchterlich«, von Schlangen umwunden, dann wieder lieblich, nackt, mit Haar bis zu den Füßen dar.[45]

Ganz ähnlich märchenhaft, als schönes nacktes Weib, mit Haaren bis zu den Knien herunter, sehen wir nun die »Mandragora alrun fraw« zum Beispiel im »Gart der Gesundheit« (Ausgabe Mainz 1485) abgebildet: Als eine Art Krone trägt sie, ebenfalls eher die Wiedergabe eines mythischen Gesichts als wirklichkeitsnahe Pflanzenschilderung, die drei Alraun-Äpfel auf ihrem Kopf.[46] Zwei Alraunen, Mann und Weib, stehen ebenfalls im Kräutergarten auf einer Darstellung des »Gart der Gesundheit« der Antwerpener Drucke (1533 und 1547) – haben wir hier etwa kleine Kunstwerke, Vorläufer unserer Gartenzwerge? Auf alle Fälle haben auch diese beiden Mandragoren jede drei Äpfel auf dem Haupte.[47] Der Zusammenhang der »ziemlich großen safranfarbenen (also gelben) Äpfel«[34] des Alrauns, über deren starken Geruch die alten Kräuterärzte viel Wunder zu berichten wussten, mit den »goldenen«, stark riechenden Äpfeln (oder wohl wegen der Farbe an ihre Stelle tretenden »drei Zitronen«) im Märchen ist wohl kaum abzustreiten.

Tiefe Beziehungen witterten im Mandragora-Volksglauben schon die Mythologen des 19. Jahrhunderts. F. L. W. Schwartz lehrte schon in seinen »Poetischen Naturanschauungen der Griechen« (Berlin 1864): »Vom Mai bis Juli reifen die gelben Beeren (der Alraunen) zu gelben Äpfelchen, Erdäpfel genannt. Seiner goldgelben Blüten wegen war aber der zendische Haoma für würdig befunden worden, beim Opfer zu dienen. Der gelben Äpfel wegen, die auch Liebesäpfel genannt werden, kann der Alraun auch in Beziehung gebracht werden zu den goldenen Äpfeln der Himmelskönigin Hera und zu den Äpfeln Idunens, welche nach nordischer Auffassung den Göttern Verjüngung bringen.«[48]

Die Laterne der Magier

Es brauchte eigentlich eine ziemlich entfremdete Beziehung zum Volksleben, wie sie zweifellos im 19. Jahrhundert einen Höhepunkt erreichte, um anzunehmen, unsere Kräutersammler hätten nur darum ihre Alraun-Äpfel so bewundert, weil in ihren Köpfen irgendwelche Überreste »von Mythen aus indogermanischer Urzeit« nachspukten. Unsere Hexen glaubten nicht darum an ihre Gewächse, weil vor Jahrtausenden verwandte Rauschpflanzen, Haoma bei den Iraniern, Soma bei den Sanskrit-Indern als Sinnbilder irgendwelcher Licht-Gottheiten galten: In Zauberern unserer jüngsten Vergangenheit und in den Sagendichtern verflossener Jahrtausende entstanden einfach zwangsläufig die gleichen Vorstellungen, die gleichen Märchenbilder, weil die Erfahrungen, die sie dazu führten, Schritt um Schritt miteinander übereinstimmten.

Bräuche, sogenannte »Aberglauben«, Erkenntnisse von Volksbotanik und Volksmedizin, Märchen scheinen stets in die gleiche Richtung zu weisen, auch wenn sich die Berichte über die verschiedenen magischen Pflanzen oft für uns unentwirrbar miteinander vermischen: »Auch die Sage vom Farn, der in der Christnacht

> eine Verwechslung oder Umdeutung verwandter Sagen über die für Kräutersammler vor allem wichtige Johannis- oder Mittsommernacht? S. G.

›blüht‹ und sogleich Früchte reift, scheint Beziehungen zu dem in der Christnacht blühenden Apfelbaum zu haben.« Unter dem »Apfelbaum« tanzen die Hexen, befindet sich im Volksglauben der Eingang in das Reich der Unterirdischen, und wer sich unter ihn in der Christnacht stellt, »sieht den Himmel offen«.[49]

Auch wenn man es gelegentlich bestritt, scheint es wiederum die Mandragora zu sein, die im Mittelpunkt des ganzen Kreises von Volksglauben über »strahlende«, gleichzeitig Lichtreiche öffnende Pflanzen steht. »Istereng = leuchtende Wurzel nannte man sie im Persischen, weil man – wie übrigens auch ums Mittelmeer – ein feuerrotes Licht und helle Strahlen abends von ihr ausgehend erlebte.«[50] Heiden, Juden und Christen behaupteten im Altertum, dass sie »nachts wie ein Stern leuchtet«: »Die Pflanze wirft abends rote Strahlen aus.«[51]

Suche nach dem Zauber-Licht

Sie verbreite einen Schein »wie eine Lampe«, auch diese Angabe einer mittelalterlichen angelsächsischen Handschrift könnte sich auf die Alraune beziehen. Die Araber, die sie auch »Toll-Apfel« nannten und ihre Wirkungen erforschten, kannten sie sogar unter der Bezeichnung »Dämons-Laterne« und schilderten sie als »einen kleinen Dämon, welcher bei Nacht wie eine Feuerflamme leuchtet«.[52] Wer denkt da nicht an die Zauber-Lampen Aladins und anderer Helden orientalischer und europäischer Märchen, aus denen »ein Geist erscheint« und seinem Besitzer »alle Wünsche« erfüllt?

Genau dementsprechend versicherte im frühen Mittelalter der arabische Wissenschaftler Ibn Baithar, der nicht etwa eine Sagensammlung, sondern eine gelehrte Abhandlung über »Die Kräfte der Heil- und Nahrungsmittel« verfasste, aus den Früchten der »Dämons-Laterne«, »einer Art von Atropa mandragora«, lasse sich ein Öl herstellen, mit dem man sich Stirne und Augen einreibe: »Worauf ihm dieses Öl ... alle seine Wünsche befriedigen, und er nur Liebliches sehen wird.«[52]

Ibn Baithar schrieb als berühmter, in allen Drogenkünsten erfahrener Arzt seiner Zeit, versicherte aber gleichzeitig, bei seinen Kenntnissen über Alraunen auch aus der Wissenschaft sagenhafter vorgeschichtlicher Magier, des Hermes Trismegistus und des Königs Salomo zu schöpfen.

Unsere späteuropäische Zivilisation verlor die Beziehung zu

solchen Überlieferungen: Wer weiß, ob uns darum nicht noch manches in den Märchen phantastisch-unglaubwürdig erscheint, was in Wirklichkeit durch Jahrtausende gesammelte, dann aber vergessene Naturbeobachtung darstellt? »Wie diese Blumen leben«, schildert ein Hippie seine Wahrnehmung der Umwelt im Rauschzustände, »farbige Kreise ausstrahlen, wie es um sie vibriert ...«[53] »Auf dem Trip«, also im Zustand der erhöhten Wahrnehmungsfähigkeit, berichteten mir Mitglieder einer amerikanischen Künstler-Kommune, »erleben wir die Drogen als strahlende, leuchtende

Mittelpunkte von kosmischen Energien.« Ist dieser ganz moderne, seltsam sich mit jenen Mandragora-Sagen verflechtende Glaube nur die Folge der Wirkung von »halluzinogenen«, also Halluzinationen erzeugenden Drogen? Handelt es sich hier nur um die Übernahme des »Aberglaubens« von mexikanischen Indianern – nach deren Angaben, wie mir die gleichen Amerikaner versicherten, »ihre magischen Pilze, Kaktusse und andern Pflanzen für den Zauberer im Dunkeln einen deutlichen Glanz verbreiten«?

Immerhin wurden über all diese Licht-Erscheinungen während der Trips auch schon Vermutungen in ganz anderer Richtung geäußert: »Der Wirklichkeitsgehalt dieser Erscheinungen ist ungeklärt«, schreibt z. B. Steckel, mit dem ich mehrfach auch mündlich moderne Berichte besprechen durfte, »es ist als wahrscheinlich anzunehmen, dass diesen Wahrnehmungen tatsächliche Vorgänge zugrunde liegen, wie zum Beispiel die Energieströmungen und die plasmatische Bewegung, die Reich im Zusammenhang mit der Orgonenergie experimentell nachgewiesen hat.«[54]

So viel der alten Angaben über die Wirkungen der Rauschmittel auf unsere Sinne scheinen in den »Psychedelischen Sechzigern« ihre Bestätigung gefunden zu haben, dass man vielleicht doch langsam beginnen sollte, mit Vor-Urteilen ein wenig vorsichtiger zu werden.

Die Narren-Bohne

Die Volksdichtung ist voll von seltsamen Angaben über geheimnisvolle »Bohnen«. In einer Fassung des Grimmschen Märchens »Der liebste Roland« (Nr. 56) steckt die mit dem Helden fliehende Hexentochter eine solche in den Kuchen ihrer Mutter, »der eben auf dem Herd liegt und backen soll«. Diese antwortet nun der Hexe an der Stelle des Mädchens, so dass das Zauberweib glauben muss, das Mädchen sei daheim und es sei alles in bester Ordnung. Der Zauber klappt, so lange der Kuchen noch backt: »Als er gar ist, schweigt sie (die Bohne) still, da ist ihre Kraft vorbei, und über das Still-

schweigen wird die Mutter aufmerksam ...«[55]
Dies erinnert uns an den »Königskuchen« alter Bräuche, der einst zum Festkreis des beginnenden Jahres gehörte. Wer jenes Stück des Gebäcks in den Mund bekam, in den man »eine Bohne« gesteckt hatte, der war der sogenannte Bohnen- oder Narrenkönig und führte sozusagen den übermütigen Reigen im Wirbel der Spiele, die eigentlich ursprünglich den Anfang der Fastnacht darstellten. Wie wild es dabei zuging, sehen wir am besten aus der Tatsache, dass noch heute der Ausdruck »es geht über das Bohnenlied« den Gipfel der Ausgelassenheit bezeichnet.
In den Sagen wird die geheimnisvolle »Bohne« sozusagen zu einem Schlüssel zu aller Magie: »Nach deutschem Volksglauben erhielten die Hexen am Walpurgistage vom Teufel eine Bohne, an welche ihr Leib- und Buhlteufel gebunden sein sollte.«[56] Wir erkennen, dass wir hier einen Zauber-Gegenstand vor uns haben müssen, der in der Vorstellung des Volkes keine geringere Wirksamkeit enthalten sollte als die vielgerühmte Alraun-Wurzel und die stärksten der Drogen-Kräuter.
Bedeutet nun die Bohne in all diesen beliebig vermehrbaren Zeugnissen aus der Vergangenheit wirklich unser Küchen-Gemüse? Wir können heute fast mit einer an Gewissheit grenzenden Sicherheit behaupten, dass im alten Hexenglauben und bei den Narrenfesten darunter etwas anderes verstanden worden sein muss. Als Bohne wird in Sprachen der Vergangenheit, aber auch in Mundarten der Gegenwart ausgerechnet wiederum das Bilsenkraut verstanden; diese Verwandte des Alrauns und durch Jahrtausende stets Liebling der Zauberer.

Die Bohnen des Apollo

Etwas phantasievoll versuchte man sogar im Sinne der Sagen von märchenhaften Verwandlungen den griechischen Namen des Bilsenkrauts, Hyoskyamos, also Schweins-Bohne zu deuten: »Die Gefährten des Odysseus wurden bekanntlich durch die Zauberin Kirke in Schweine verwandelt, und zwar geschah dies dadurch, dass ihnen nach Homer im vorgesetzten Mahle ›betäubende Säfte‹ beigebracht wurden. Sicherlich dachten die Alten hierbei an den Saft narkotischer Solanazeen (Nachtschattengewächse), bei dessen Anwendung sich die Menschen in Tiere verwandelt fühlen können ...«[57]

Die Verwendung solcher magischen Schweins-Bohnen bei den Bräuchen des Jahresanfangs ist um so weniger anzuzweifeln, als man sich früher kein Gewissen daraus machte, in Feststimmung gelegentlich auch sonst Speise und Trank ein wenig Bilsen oder verwandte Pflanzenstoffe zuzusetzen, um sich dann am vorübergehenden »Narrentreiben« des Opfers zu ergötzen. Man hat diesen etwas merkwürdigen Sinn für Scherz, der selbstverständlich ziemlich üble Folgen zeitigen konnte, für Kosaken, Sibirier, Perser usw. nachgewiesen. »Auch im mittleren Europa scheinen die Solanazeen früher diese Rolle als Volksbelustigungsmittel gespielt zu haben. So berichtet der schwedische Arzt Linder, dass in seiner Heimat Carlstad im Jahre 1682 ein Handwerker seinem Freunde ein Gericht Pastinakwurzeln schenkte, unter die er zum Scherz einige ebenso aussehende große Wurzeln des Bilsenkrautes gemischt hatte. Es wurde daraus ein Mahl bereitet, nach dessen Genuss bald die ganze Familie zu rasen begann und ›teils lächerliche, teils furchtbare Gebärden‹ machte, bis schließlich alle in Schlaf verfielen.«[57]

Schon im Altertum erschien aber der Ausdruck Schweins-Bohne jenen Kennern, die sich über solche magischen Kräfte Gedanken machten, als zu gering: »Nach Apuleius wird der Pflanzenname mit Dioscyamos gedeutet, das ist die Bohne der Götter, weil dieses Kraut dem Heilgott Apollo geweiht war, worauf auch der Name Apollinaris für Bilsenkraut hindeutet. Vielleicht trifft hier die Angabe zu, dass den Tempelpriesterinnen des Apollo das Kraut verabreicht wurde, um sie in den Trancezustand zu versetzen, der sie zur Abgabe von Orakelsprüchen befähigte.«[58]

Mag diese sprachliche Ableitung richtig sein oder nicht,

schon dass sie entstehen konnte, ist für uns ein wichtiger Fingerzeig: Sie findet immerhin bis heute ihre Anhänger, und man hat im gleichen Zusammenhänge vermerkt, dass auch der große deutsche Pflanzenkundler des 16. Jahrhunderts, Otto von Brunfels, für Bilsen die Bezeichnung »Jupiter-Bohne« führt.[59] Es gibt nun bekanntlich einen ganzen Kreis von Märchen, in denen der Held einen geheimnisvollen Samen – sehr häufig ist es wiederum eine »Bohne« – in die Erde steckt, woraus mit unglaublicher Geschwindigkeit eine Ranke oder ein wunderbarer Baum in den Himmel hinaufwächst. Diesen kann nun der Held als zuverlässige Treppe verwenden, um in die Höhe zu klettern, das Paradies zu besuchen und feenhaften Wesen zu begegnen.

Diese seltsame Geschichte »dient besonders häufig als Einleitungsformel« von unter sich sehr verschiedenen Märchen.[60] Die Erwähnung der Wirkung dieser »Bohne«, dank welcher der Held der Volksdichtung »ganz nach seinem Wunsche die himmlischen Wunder bestaunt«, bildete wohl auch für alle Zuhörer eine Brücke in die Welt des Traums, der Phantasie: Nach einer solchen Einführung erschien jedermann das im Alltag Unmögliche möglich.

Gleich den Blumen der Feen verwies wohl auch die Zauberbohne der Märchenerzähler, in der Zuhörer einstiger Zeiten wohl den Hinweis auf die Bohne der Hexen, die alte »Götter-Bohne« sahen, auf jene Wissenschaft von den pflanzlichen Wirkstoffen, die dem menschlichen Geist alle ihm sonst verschlossenen Wege zu eröffnen schien.

Der Zauberer auf dem Krautberg

Wohl der wichtigste Schauplatz der Abenteuer des Märchenhelden ist das Gebirge: »Das Kostbarste und Wunderbarste ist auf oder im Berg zu finden.«[61] Ausdrücklich wird gelegentlich in den Volkserzählungen dieser Art festgestellt, dass »Kräuter in jenem Gebirge gesammelt werden«, ja es wird etwa von einem »Kraut-Berg« geredet.[62]

Im Wirbel der Gefahren und Verwandlungen entreißt hier

etwa der mutige Held dem wachenden Kräuterdämon die für ihn über alles wichtige Pflanze: »Kalepin kroch allenthalben suchend umher; da gewahrte er wenige Schritte von sich eine große Ohreule, die etwas unter ihren Flügeln zu verbergen schien. Bei seiner Annäherung schnaubte sie ihm Feuer und Rauch entgegen ...
An seiner (des Unholds) Stelle saß ein schwarzgekleideter Zwerg in einer Zottelperücke, mit einem krummschnablichten Stückchen in der Hand. Kalepin hielt ihn für einen Arzt, und ersuchte höflich den Herrn Doktor, ihm die gelbe Heilpflanze anzuweisen ...
›Sie sei dir von dem Genius der Kräuterkunde, der immer dein Freund bleiben wird, übergehen worden.‹ Mit diesen Worten verlor sich der Zwerg unter den Pflanzen des Wunderberges.«[63]
Auf Bergen finden nun auch in geschichtlicher Zeit die Hexensabbate statt: Man versuchte bekanntlich im 19. Jahrhundert deren tatsächliches Stattfinden mit dem Einwand zu »widerlegen«, es sei doch unmöglich gewesen, all die in den Sagen und Gerichtsakten (!) bezeugten Festeinrichtungen für ein Fest von solchen Ausmaßen in die Einöde zu schleppen.[64]
Doch verschwinden nicht alle von den Hexen verwendeten Speisen und Getränke in allen volkstümlichen Überlieferungen »wie ein Traum«? Alle diese Köstlichkeiten werden von den Zauberern nicht anders erzeugt wie von den Helden der Märchen, wo sie neben »Tischleindeckdich« oder magischem Tischtuch häufig dank Flasche, Topf, Fässchen, Büchse[65] (also den klassischen Drogenbehältern) in einem Augenblick hervorgerufen werden. Kaum neigt das Fest seinem Ende zu, da verflüchtigt sich auch dessen ganze Wunderpracht: »Alles verschwindet ... Meist sind die Überreste am andern Tage wertlose Dinge wie Kohle, Rossäpfel, Knochen, Hufe.«[66]
Wirklich wirken in den Hexen-Sagen eigentlich nur die Frauen selber und ihre für ihre Salben, Räucherungen, Zaubermischungen verwendeten Pflanzen. Warnend erklärt der Volksglaube: »Den Hexentrank darf man nicht annehmen, er ist vergiftet und wirkt wie die Speise der Unterirdischen.«[67]

Und wir vernehmen als ein wichtiges Merkmal, woran man die Hexen erkennt: »Sie sammeln gern Kräuter ...«[68]
Die gesteigerte Wirkung der Gebirgspflanzen galt aber den früheren Jahrhunderten als eine allgemein anerkannte naturwissenschaftliche Tatsache. »Und dass das Kraut hat so viel Krafft, / der Lüfften Reinigkeit solchs schafft«[69], lehrte man über die Alpen – genau gleich wie über gewisse Berge (Tanzplätze der Wilen!) des Balkans, über Riesengebirge und Pyrenäen. Pater Clemens bezeugt für die Schweiz im 18. Jahrhundert, dass »ausländische Kräutler und Wurzelgräber« ihre Berge wegen deren »köstlichen Kräutern« besuchten[70], und man hat auf diese Tatsache auch heute, auf der Grundlage von urkundlichen Belegen, hingewiesen.[71]
Man versuchte, die Sage von den Märchen-Wanderungen und den Hexenfahrten nach den Zaubergewächsen von dem indischen Götterberg Meru mit der Götterpflanze Soma abzuleiten und hier wieder einmal »Reste eines indogermanischen Urmythos« zu entdecken. Die Kräuterbücher der Wurzelgräber belegen uns aber, dass wir hier überall eine wahrscheinlich auf echten, aus dem Dunkel der Jahrtausende stammenden Erfahrungen beruhende Überzeugung besitzen, nach der einige der für die Zwecke der alten Medizinmänner notwendigen Kräuter erst in gewissen Höhen ihren vollen Reichtum an Wirkstoffen zu erhalten vermögen.
Von einem steierischen Gemsjäger, Kräutersammler und Geschichtenerzähler des 19. Jahrhunderts wird uns noch berichtet, er habe seine Sagen als selbsterlebte »Begegnungen« mit den Geistermächten der Alpen dargestellt. »Die meisten Abenteuer sind ihm um die Mitternacht begegnet, denn da steigt er oft hinauf auf die Bergspitzen im fahlen Mondlicht. Denn zu selbiger Zeit, so meint er, schießt der Saft in die Tiefe der Wurzeln, wie der Mensch im Mitternachtsschlaf seine beste Kraft hat.«[72]
Und während wir noch über die Entstehung und Verbreitung der Märchen unsere Theorien aufstellen, gelten diese gleichen Märchen und Sagen auch heute (wahrscheinlich für nicht viel weniger Menschen als in verflossenen Jahrtausenden) als sehr sachliche Anleitungen für ihren Lebensstil:

Sie waren an einem ganz öden Orte: Mattetai stieg ab, band sein Pferd an und befahl Lameth, desgleichen zu tun. Dieser, von dem angestrengten Ritte ermüdet, streckte sich auf die Erde, um auszuruhen. Unterdessen hatte Mattetai ein Buch herausgezogen und las in demselben. Bald darauf drehte er seinen Ring um und murmelte dabei; in demselben Augenblicke standen die Luftgeister vor ihm, die nach seinem Befehle fragten.

»Da entdecken Hunderttausende die Wirkung bewusstseinserweiternder Drogen und beginnen plötzlich, die Überlieferungen von ›Hexenkräutern‹ und ›Hexensalben‹ ... ernst zu nehmen. Schweizer Hippies beginnen plötzlich zu ahnen, dass überall um uns Kräuter wachsen, die bewusstseinserweiternde Drogen enthalten und ... Menschen unserer Zeit phantastische Fahrten der Seele in andere Dimensionen ermöglichen.«[73] Was wir für »Reste archaischer Religionen«, für »Aberglauben« ansahen, erweist sich immer mehr als Erinnerungen an sehr genaues Wissen um »Techniken« zum Zweck innerer Erlebnisse.

Garten für Hexengemüse

Ausgangspunkt unserer Märchen sind aber oft gar keine geheimnisvollen »sieben Berge«, kein »Glasberg« und nicht einmal ein »dunkler Wald« – es ist ganz einfach ein »Garten«, der mitten unter den Wohnungen der Menschen liegt. Das »Rapunzel«-Märchen beginnt etwa in der Fassung der Brüder Grimm: »Die Leute hatten in ihrem Hinterhaus ein kleines Fenster, daraus konnte man in einen prächtigen Garten sehen, der voll der schönsten Blumen und Kräuter stand; er war aber von einer hohen Mauer umgeben, und niemand wagte hinein zu gehen, weil er einer Zauberin gehörte, die große Macht hatte ...«

Man hat darauf hingewiesen, dass im Sanskrit das Wort für Garten eigentlich einen erhöhten Platz bedeutet und zog daraus die Schlussfolgerung, diese Märchen- und Sagen-Gärten seien eigentlich nur Erinnerungen an den Mythos vom Götterberg, dem paradiesischen Himmelreich.[75] Einige Geschichten kann man sicher in diesem Sinn auslegen: Durch eine Berghöhle kommt im griechischen Märchen eine Frau in den Garten des Charos. Schauerlich liegen dort Knochen und Schädel herum, sie schneidet aber an der Quelle ein Kraut ab, isst es und bekommt das ersehnte Kind. Oder der Held des ungarischen Märchens kommt über die Glasberge zu einem Wundergarten – »dies war der Garten der Morgenröte, der Wohnsitz der Gerechten, der Lustort der Feen-Prinzen und -Prinzessinnen«. Aus der Wurzel eines goldene Äpfel tragenden Baums entspringt hier »der siebenfarbige Sonnenquell«; dank seinem Wasser wird der Held »strahlend schön« und stark wie drei Männer![76]

Mit solchen Bildern arbeiteten übrigens noch fast bis in die Gegenwart die europäischen Magier und Mystiker: »In der mittelalterlichen Alchimie ist der Rosengarten der Philosophen ein häufiges Symbol. Er ist der Ort der Wandlung, und dem Springbrunnen entquillt das Lebenswasser.«[77]

Nun haben wir aber aus zahllosen Zeugnissen die Gewissheit, dass »Zauber-Gärten«, zumindest in dem einigermaßen bescheidenen Rahmen der Schilderung im Rapunzel-Märchen, vor gar nicht so langer Zeit in Stadt und Land bestanden. Die Zaunrübe (Bryonia alba) wurde fast bis in die Gegenwart in deutschen Apotheken als »Alraune« verkauft und galt bis in unser Jahrhundert den Ruthenen für so heilig, dass sie die Bauern gar »nicht zu berühren wagten«.[78] Geradezu fanatisch wurde sie erst in einem jahrhundertelangen Vorgang aus den Gärten vertrieben: »Man muss diese Pflanze ausrotten«, wurde gelehrt, »da sie die Hecken erstickt, und zugleich einen unangenehmen Geruch von sich gibt, der betäubend ist.«[79] Wir vernehmen etwa auch: »Als ›Glückspflanze‹ wird die Tollkirsche in Siebenbürgen auch in Gärten gezogen; man will sie aber nicht da pflanzen, wo sie die Leute allgemein sehen.«[80]

Mochte auch der Stechapfel schon im ausgehenden Mittelalter als »Tollkraut« der Zigeuner verdächtig sein, man hat staunend festgestellt, dass er im 16. Jahrhundert sogar bei Hofdamen als geschätzte Gartenzier galt. Nur in abgelegenen Alpengebieten blieb man dieser Pflanze, die man erst nachträglich als »gefürchtetes Unkraut« anzusehen begann, treu und pflegte sie etwa im Oberwallis noch lange sehr sorgfältig auf Friedhöfen ...[81]

Vom »Schwarzen Nachtschatten« bezeugt Gesner: »Einst war der Nachtschat mit schwarzen Beeren ein Gartengewächs ... aber es wird nicht mehr angepflanzt.« Ein moderner Schriftsteller staunt zu solchen modischen Schwankungen bei der Bewertung dieses »Krauts«: »Welche Wandlung: einst Gartengemüse,

also als von großem Nutzen angesehen! S. G.

im 16. Jahrhundert ein Unkraut, heute eine Giftpflanze.«[82]

Die magische Gärtnerin und ihr Erbe

Die Gartenarbeit war nun bei Bauern und Bürgern unserer Vergangenheit, genau wie in der antiken Kultur[83], vorwiegend in den Händen der Frauen, die von Zauberkräutern ebenso wussten wie von Gemüse und schmückenden Blumen. Gehört die Verdrängung der Zauberkräuter aus den Gärten, genau wie die blutigen Hexenverfolgungen, zur unseligen Unkultur-Revolution, die in Europas Geschichte die Frau aus dem Mittelpunkt der Gesellschaft verdrängte?

Marquis de Sade ließ einen seiner »Helden« in seiner »Justine« verkünden, jede Rücksicht gegenüber Frauen sei nichts als ein rückschrittlicher Aberglaube, ein Vorurteil aus den Zeiten der keltischen Achtung gegenüber Druidinnen und der mittelalterlichen volkstümlichen Hexenverehrung: Erst wenn man sich endgültig von solchen Vorstellungen über die magischen Kenntnisse der Weiber befreit habe, dann beginne der echte Fortschritt – der in der ungestörten Ausbeutung, Ausnützung, Versklavung des Volkes und vor allem der Frauen bestehen werde ...

Dieser Gedankengang deckte sich tatsächlich mit der damaligen Abdrängung der »Weiber«, die einst alle gewisse Eigenschaften der Märchenhexen besessen zu haben scheinen, da ihnen einst die Kräuterkunde zukam. Ein Münchner Apotheker schimpfte zum Beispiel 1785 über die noch ihre Wissenschaft der Heilpflanzen betreibenden Klosterfrauen und lehrte gleichzeitig: »Unsere Töchter und Frauen sind unfähig, unter unserer Aufsicht auch nur die Stelle eines Gesellen zu ersetzen ...« Der Apotheker Alois Sterler lehrte gar 1818, wobei er sich auf eine entsprechende Verfügung einer Apothekerordnung von 1595 stützte: »Es ist unanständig und herabwürdigend für die Pharmacie, von Weibern ausgeführt zu werden ... Kochlöffel, Spinnrocken und Nadel sind die Attribute der Hausfrau, nicht aber Spatel, Schmelztiegel und Retorte.«[84]

Die Märchen über die Gärten mit magischen Pflanzen waren also, bevor diese in einer vom Volke als qualvoll empfundenen Entwicklung beseitigt wurden, keine »Abbilder des Himmels«, sondern sehr irdische Wirklichkeit. Es ist im übrigen durchaus möglich, dass der Mensch erst von seinen Zauberkräutern aus die kosmischen Kräfte über sich zu begreifen begann: Aus den Wunderwirkungen erzeugenden Blumen und Beeren bei seiner Hütte schloss er auf die Wunder-

wirkungen der Gestirne, dieser Sternen-Blumen auf den Wiesen des Götterbergs.
Nach dem Bilde der die Bedeutung der Kräuter kennenden »Weisen Frauen« seiner Umgebung erstand ihm die Vorstellung von den allmächtigen Feen, Wilen und Göttinnen der Paradieses-Gärten.
Es gibt eine keltische Dichtung, die wohl das Gefühl der Menschen der alten Märchenkultur wiedergibt – angesichts einer Zeit, die nur noch an Macht und Befriedigung äußerer Genüsse als Vorrecht für die Oberschicht glaubte und die Grundlagen der alten Volkskultur zu zerstören begann: »Die Fürsten und Häuptlinge suchen tausend Vorwände, um meinen einsamen Garten zu entweihen; so tun es auch die lügnerischen, naschhaften, bösen Mönche ... Alle werfen sich mit Gier über meine Äpfel her, und meinen, sie werden durch sie die Taten ihrer Könige Vorhersagen können.«[85]
Wo die Überlieferung der gegenüber der Urgemeinschaft ein starkes Verantwortungsgefühl empfindenden Druiden, Zauberärzte, Medizinmänner, Kräuterfrauen abstarb, gerieten ihre alten Mittel in eigennützige, selbstsüchtige, machtgierige Hände. So entstand schon in der fernen Vergangenheit das Verderben: Hier erkennen wir mittelalterliche Vorstufen heutiger Entwicklungen, »dank« denen industriell hergestellte Pflanzendrogen (vor allem aber deren chemische Nachahmungen!) als teure Suchtmittel rücksichtslos vertrieben oder gar von die Macht vergötzenden Staaten zur »Steuerung des Bewusstseins« ihrer wehrlosen Bürger verwendet werden.

7. Ausblick nach Nebelheim

Aus Rauch, aus magischen Nebeln erscheinen die Märchenwesen und -landschaften, in sie ziehen sie sich wieder zurück. Von den Offenbarungen der Boten Dschinnistans, also des Feenreiches, vernehmen wir aus orientalischen Berichten: »Plötzlich beginnen die Kerzen zu flimmern und knistern; ein Getöse, gleich dem dumpfen und majestätischen Donner des heraufziehenden Gewitters, lässt sich vernehmen ... Indessen verbreitet sich ein schwarzer Dunst in dem Gemache; er wächst allmählich, bis eine dicke Wolke den Raum vom Boden bis zur Decke ausfüllt. Endlich zerteilt sich der Dunst, eine unförmige Masse erscheint ...«[1]

Nach den gleichen Gesetzmäßigkeiten wie die erschreckenden Gesichte von Wesen aus der Feenwelt zeigen sich aber auch ihre lieblichen Entsprechungen: »Das Flackern der Lichter, über welche auf einmal ein starker Wind wehte, verkündete die Ankunft des Geistes ...« Dann: »Augenblicklich sprühet eine Feuerkugel Lichtstrahlen aus, welche das Auge blenden; allmählich mildert sich der Glanz, und an seiner Stelle erscheinen sieben Fräulein ...«[2]

Das Innere des Hörselberges, nach alten Sagen von Frau Venus oder Frau Holle (Holda) mit ihrem Feenvolke bewohnt, ist in einem alten Gedicht wegen »Nebel und Rauch« gar nicht richtig zu überblicken.[3] Aus einem Rauch redet zum Helden Gawain der große Zauberer und Freund der Feen, Merlin. In einem isländischen Märchen wird ein Mädchen »beim Kräutersammeln von einem Nebel eingehüllt und verschwindet«.[4]

Aus der Vorstellung, dass die magischen Wesen aus Rauch, Dunst oder Nebel auftauchen und darin sich wieder auflösen, ist offenbar auch der Glaube entstanden, dass sie »Tarn-Mützen« besitzen. Ein Rosenkreuzer-Vorstellungen verwertendes Werk des 17. Jahrhunderts lehrt uns zum Beispiel, dass sich das »Volk der Erdmänner« von Menschen »öfters« sehen lasse – doch würden sie aber jedesmal wieder unsichtbar, weil sie »sich können durch eine Nebel-Kappen unsichtbar machen«.[5]

Diese Zaubernebel sind nun in unseren Sagen eigentlich immer als ein Erzeugnis der Kochkünste des Hexenvolkes gedacht: »In Schweden heißt der Nebel noch geradezu ›Elfenrauch‹ ... im Elsass und im Badener Land wird aber direkt von den Hexen gesagt ›die Hexen sieden den Nebel‹ ...«[6] Hier versuchte man hundertfach »mythologische Bezüge« zu entdecken – aber die Angaben über das »Hexen-Kochen« lassen eigentlich keinen Zweifel zu, dass es sich um einen häufig beobachteten, nach dem Volksbewusstsein fast alltäglichen Vorgang handeln muss. Verschiedene Verfahren werden dazu genannt und, wie wir schon sahen, sehr genau geschildert: »Walpurgiskräuter und Blumen gebrauchen die Hexen, um verschiedene Getränke zu bereiten. Die Kräuter werden öfters mit Sand auf eine Pflugschar gelegt und über Feuer gestellt. Sobald das Gemenge anfängt, übel (?) zu riechen ...«[7] Erst dann beginnen sich die erwarteten magischen Wirkungen einzustellen.
Noch in einem so spät entstandenen Märchen wie »Zwerg Nase« von Wilhelm Hauff versinkt der Knabe, der bei einer Hexe jahrelang die für ihn glückbringende Kräuterwissenschaft erlernen muss, in eine Märchenwelt: Er isst von ihren zauberwirksamen Speisen und dazu zünden erst noch ihre koboldhaften Diener »arabischen Weihrauch an, der gleich in bläulichen Wolken durch das Zimmer zu schweben beginnt. Dichter und dichter ward der bläuliche Dunst, und dem Kleinen ward ganz benommen zumute, und endlich schlief er auf dem Sofa des alten Weibes ein. Sonderbare Träume kamen über ihn ...« Es ist verständlich, dass er, wie alle andern Märchenhelden, gar nicht genau zu wissen vermag, wie viel Zeit er wirklich bei der Kräuterhexe haust und was er bei ihr in Wirklichkeit sehen darf.
Ziemlich genau finden wir damit in zahllosen Märchen die gleichen Erfahrungen geschildert, wie wir sie in heutigen Drogenberichten hundertfach finden: »Die Luft wirkt neblig oder raucherfüllt«, lesen wir etwa über den Beginn der Haschisch-Wirkungen. »Das Licht wird strahlend, die Farben werden unbeschreiblich schön.«[8]
Man hat übrigens versucht, »Niflkraut«, eine zweifellos alte

Bezeichnung für Bilsen, als »ein Kraut, das nach Niflheim (in die Unterwelt) befördert«, zu erklären.[9] Kennzeichnete aber dieser Name nicht trefflich eine der Pflanzen, durch die für die veränderte Wahrnehmung der faustischen Zauberlehrlinge aus geheimnisvollem Nebeldunst die phantastische Wirklichkeit der Märchen erstand?

Ozean aus einem Tropfen

Tausendfach erhalten die Helden unserer Märchen und Sagen von den Erdmännlein, Feen, Hexen usw. Laub und ähnliche, für den Unwissenden scheinbar wertlose Dinge als Geschenk. Was als Belohnung nach bestandener Prüfung ausschaut, erweist sich in Wirklichkeit als letzte entscheidende Probe: Meistens wirft der, trotz aller Erlebnisse noch immer nicht weise gewordene Mensch die Gaben bis auf einen unbedeutenden Rest weg; von diesem Rest muss er daheim feststellen, dass er sich »unterdessen in Gold verwandelte«. Er eilt zurück, doch er findet selbstverständlich nirgends einen Rest des verschmähten Zauberlandes, und auch der Eingang zu den magischen Mächten ist für ihn von da an unauffindbar oder ewig verschlossen. Er bleibt in den Augen seiner Umwelt das, als was er sich erwies, ein der Begegnung mit den großen Geheimnissen unwürdiger Narr.
Tiefer als solche Sagen einer Spätzeit, für die Reichtum nur noch den Besitz von teurem Gold bedeuten konnte, führt uns noch das irische Märchen »Der Pfeifer der Puka«: Der »halbnärrische« Held kommt »halbtrunken«, also nach der einwandfreien Aussage dieser Volksdichtung im Rauschzustande, in einen Hügel zu alten Weibern. Er muss ihnen, die gleichzeitig an Feen und Hexen erinnern, zum Tanze aufspielen.
Zum Lohn gibt ihm jede der weisen Frauen ein Goldstück, das sich daheim nicht als Geld, sondern als »nichts als Laub von Kräutern« erweist. Doch siehe da – er, der vorher Musik liebte, aber in deren Ausübung sehr ungeschickt war, ist von da an »der beste Dudelsackpfeifer von Irland«.[10] Wie in vie-

len verwandten Geschichten, erweisen sich hier Kräuter als eine höhere Gabe als Gold, und die eigentliche Folge der Rausch-Erlebnisse im Kreise der Zauberinnen ist nicht äußerer, berechenbarer Reichtum, sondern die Erweckung und Entfaltung von herrlichen Geistesgaben.

In allen Märchen sind nun die Zauberer und Zauberinnen Beherrscher von jeder Art Blendwerk. Ein Wundermädchen gießt im russischen Märchen, um die Gäste beim Fest zu erfreuen, Wein in ihren linken Ärmel und versenkt die Knochen des verspeisten Schwans in ihren rechten Ärmel. Dann schüttelt sie zuerst den linken – und, oh Wunder, »ein lieblicher See entstand im Saale«. Dann schüttelt sie den rechten: »Da schwammen schneeweiße Schwäne auf dem hergezauberten See.«[11]

Märchenprinzessinnen und Zauberlehrlinge, von feindlichen Mächten verfolgt, verstehen es in zahllosen Geschichten, diese Fähigkeit einzusetzen, um genügend Vorsprung zu gewinnen. Das Mädchen wirft auf ihrer Flucht einen Kamm hinter sich, sofort erhebt sich vor dem verwirrten Verfolger »ein hoher Bergrücken«. Sie wirft einen Spiegel weg, im gleichen Augenblick glaubt der Feind »einen tiefen Strom« vor sich zu erblicken.[12]

Auch eine Bürste, ein Besen, Blatt, Dom, Ast, Scheit, Span und dergleichen genügt in den volkstümlichen Erzählungen, vor dem Gegner einen gewaltigen Wald erstehen zu lassen – ein Stein, ein Sandkorn für ein ganzes Gebirge, ein Wassertropfen für ein gefährlich aussehendes Meer.[13]

Wiederum entsprechen solche Märchen, in denen die Helden die von ihnen erworbenen Kenntnisse in der Magie beweisen, fast unglaublich genau den Berichten über die Wirkungen gewisser Rauschmittel. Wir vernehmen, wie der Sibirier nach dem Genuss von einem Glas Bier mit Bilsen in Angstzustände kommen kann, die vollkommen denen in den alten Geschichten entsprechen: »Wenn er geht, so bildet er sich ein, unübersteiglichen Hindernissen zu begegnen.«[14]

Der Russe Kraschininkow schildert 1764 Menschen, denen nach dem Genuss des Fliegenpilz-Trankes »ein kleines Loch wie ein schauerlicher Abgrund und ein Löffel voll Wasser wie ein See vorkommt.«[15] Bei meinen zahlreichen in den sechziger Jahren durchgeführten Märchenabenden hörte ich, wenn in den Geschichten sich eben ein Wassertropfen im Augenblick in eine schier endlose See verwandelte, mindestens zwanzigfach: »Das ist ja wie auf einem LSD-Trip.« Gleichermaßen konnten sicher auch die Menschen früherer Jahrhunderte in den Märchen ihrer Erzähler gar nichts anderes heraushören als die dichterische Wiedergabe der ihnen allen mehr oder weniger bekannten Erlebnisse mit ihren Kräuterdrogen.

Wunderbilder durch Ahnenschädel

Oft ungeheuerlich, fast wie ein lebendiges Wesen, erscheint vor Märchenheld und -heldin die Hütte der Waldfrau, der Hexe, der Ort, an dem sie ihre Prüfungen bestehen und dann dafür meistens durch wunderbare, »alle Wünsche erfüllende« Gegenstände belohnt werden.

Die schöne Wassilissa (Wassilissa prekrassnaja), das Mädchen im bekanntesten russischen Märchen[16], wird zur Baba-Jaga in das Dickicht geschickt, »um Feuer zu holen«. Ängstlich zieht die Heldin los und nimmt »in der Tasche« die Puppe (kukla) mit, die ihr die Mutter auf dem Totenbette mit folgenden Worten übergab: »Hüte sie immer bei dir und zeige sie niemandem. Wenn du in Not kommen solltest, dann gib ihr zu essen und frag sie um Rat. Wenn sie dann gegessen hat, dann sagt sie dir, wie man das Unglück abwenden kann.«

Es würde wahrscheinlich viel Phantasie brauchen, diese Kobold-Puppe nicht mit dem Volksglauben an die Alraun-Puppen in Zusammenhang zu bringen, die als »Hausgötter«, Glücksbringer und geheime Berater galten, Kleider und Speisen erhielten und als höchstes Gut von den Eltern auf die Kinder vererbt wurden ...

Als das schöne Mädchen mit ihrer Zauberpuppe der Hütte naht, jagen sich die unglaublichen Gesichte: Ein weißer Reiter in weißer Tracht und auf einem Schimmel sprengt heran – da wird es hell auf der Welt. Dann kommt ein roter

Mann auf einem roten Roß – die Sonne geht am Himmel auf. Endlich naht ein schwarzer Ritter auf einem Rappen, die Nacht senkt sich über das Land.

Nun steht aber das Mädchen unmittelbar vor der Hütte der Waldhexe, der Baba-Jaga: Der Zaun ist mit menschlichen Schädeln geschmückt, statt eines Schlosses besitzt die Behausung »ein Maul mit scharfen Zähnen«.

Wenn man davon ausgeht, die Märchen als Erinnerung an die Einweihungsbräuche anzusehen, kann man sich hier daran erinnern, dass die dazu bei den sogenannten »Naturvölkern« dienenden Behausungen oft entsprechende Verzierungen aufwiesen. Man kann ebenfalls darauf hinweisen, dass gerade auch Schädel, wahrscheinlich der verehrten Ahnen, bei den Aufnahmefeierlichkeiten eine Rolle spielten: Noch die tibetanischen Dugpas verwendeten für einen magischen Trank, dessen Hauptbestandteil anscheinend Hanf-Harz war, Becher, die aus Menschenschädeln hergestellt waren.[17]

In die gleiche Richtung weisen geheimnisvolle, darum entsprechend umstrittene Altertümer aus keltischem Gebiet: »In Bannockstown in Kildare (Irland) machte man im Jahre 1784 einen höchst interessanten Fund; man traf nämlich auf einen Menschenschädel, in dessen Gebiss eine kurze gebrauchte Tonpfeife von Gestalt einer gemeinen Elfen-Pfeife steckte. Diese Tatsache, die in der Anthologia hibernica (1, 352) mit Recht als Beweis des hohen Alters dieser Pfeife betrachtet wird, lehrt, dass die Elfen-Pfeife Jahrhunderte hindurch Mode war, dass sie schon damals in Gebrauch war, als man in Irland wie auch in Amerika, auf den Nicobaren und so weiter, die verbreitete Gewohnheit hatte, die Leichen nach Verwesung des Fleisches auszugraben oder, wenn man sie auf Gerüste aussetzte, die Knochen zu reinigen und dann ein Totenfest zu feiern, wobei dem Schädel (der in Amerika hier und da bei dieser Gelegenheit in einen aus Ochsen- oder Büffelschädeln gebildeten Kreis gestellt wird) eine Zigarre oder brennende Pfeife ins Gebiss gesteckt wurde ...

Heute noch besteht in Irland da, wo man am Alten festhält, die Sitte, bei der »Wake« (Totenwache) der Leiche eine brennende Pfeife in den Mund zu geben, wie mehrere Augenzeugen – Leute, denen ich das vollste Vertrauen schenke – mir bestätigten. Viele Iren, die dies wissen, streiten es trotzdem aus erklärlichen Gründen ab. Auch bei den Aleuten und anderen Stämmen Asiens fehlt die Pfeife bei der Leichenbestattung nicht.[18]«

Blendwerk für den Zauberlehrling

An solche urzeitlichen Bräuche, an Schädel, in denen Räucherungen brennen und wohl auf alle nahenden Menschen ihre berauschende Einwirkung ausüben, erinnern uns auch zahlreiche Märchen wie zum Beispiel jenes über die nächtlichen Abenteuer der schönen Wassilissa: »Die Dunkelheit (um die Hütte der Baba-Jaga) dauerte nicht lange: Die Augenhöhlen von allen Schädeln auf dem Zaun begannen zu leuchten, und auf der ganzen Waldlichtung wurde es so hell wie in der Mittagszeit des Tages.«

Während das gute Mädchen nun dank des Rates ihrer »Puppe«, ihres Alraun-Kobolds, alle Arbeiten der in ihrem Mörser herumreitenden Hexe bewältigt, erlauben wir uns einige Berichte über die Gesichte durchzulesen, die bei modernen wissenschaftlichen Versuchen nach der Aufnahme von Scopolamin, also dem in Nachtschattengewächsen nachgewiesenen Wirkstoff entstanden.

»Als ich (nach der Aufnahme des Alkaloids) auf die Straße hinunter kam, fuhr der Straßenbahnwagen eben weg, und ich beschloss, zu Fuß zu gehen. Vor mir gingen drei Frauen, die ich allmählich einholte. Da verschwanden sie plötzlich ...«[19]

Ich erinnere an die drei, irgendwie die Tageszeit verkörpernden Reiter in unserem soeben untersuchten Märchen: »Er sprengte bis zum Tor der Baba-Jaga«, heißt es da wörtlich vom schwarzen Ritter der Nacht, »und verschwand, wie wenn er durch den Erdboden gestürzt wäre.«

Und aus dem Halluzinationen-Bericht von anderen Scopolamin-Versuchen: »Versuchsperson sah beim Augenöffnen eine grässliche Frau in einer Ecke des Zimmers, mehr eine

grünliche Leiche, die beim Hinschauen sogleich verschwand.« Oder: »Ich sah beim Augenöffnen eine Fratze am Türschloss ... wirklich eine Fratze, ein Gesicht ähnlich einer Negerplastik.«[20]
Wir sehen, aus den modernen Erlebnissen mit den Wirkstoffen der Nachtschattengewächse könnten, wenn man die Bilder dichterisch miteinander verbinden würde, auch im 20. Jahrhundert fast wörtlich die gleichen Märchen entstehen, wie sie uns aus der fernen Vergangenheit überliefert sind.

Arbeit im Schlaf

Der Märchenheld oder die Märchenheldin haben auf Befehl »grausamer« Eltern oder von Märchenwesen, zu denen sie »im Walde« kommen, in kurzer Zeit für Menschen eigentlich unausführbare, oft endlos widerliche, schmutzige oder offenbar sinnlose Arbeiten zu bewältigen. Um nur an ein ziemlich bekanntes Beispiel zu erinnern: Aschenbrödel »wird in eine Rauchkammer gesperrt und ihr befohlen, einen Scheffel Mohnkörner, der unter einen Scheffel Asche gemischt ist, herauszulesen.
Weinend fängt sie ihr Geschäft an, aber ein Vogel von ungewöhnlicher Schönheit fliegt zu ihr ins Fenster, hilft ihr, und bringt das Werk in wenigen Augenblicken zustande. Der Vogel war eine Fee, die jetzt Aschenbrödel ihr künftiges Glück weissagt, sie mit sich nimmt, auf das Prächtigste kleidet und auf dem Ball erscheinen lässt ...«[21]
Diese Arbeiten entsprechen ziemlich genau den seltsamen Aufgaben, die die Anfänger bei den Rauschversammlungen der Zauberer zu bewältigen hatten, bis man sie endlich würdigte, beim großen beglückenden Tanz teilzunehmen: »Bekanntlich mussten die angehenden Hexen auf dem Sabbat allerlei niedere Dienste verrichten, Kröten hüten usw.«[22]
Fromann erzählt sehr sachlich in seinem 1675 in Nürnberg herausgekommenen Buch »De Fascinatione« von zwei Mädchen, die zu seiner Zeit in Schlesien in entsprechende Zaubergesichte hineingerieten: »Dabei lagen sie wie in epilepti-

scher Ekstase ohne Bewegung und Empfindung in ihren Betten ... Nachdem sie wieder zu sich gekommen waren, erzählten sie, dass sie auf einer schönen Wiese bei einem Galgen an einem großen See in Gesellschaft vieler Hexen gewesen seien ... Darauf hätten die Hexen allerlei Possen getrieben, unter großer Fröhlichkeit geschmaust und gezecht und nach dem Schall von Pfeifen und Flöten getanzt.«[22]
Die Mädchen aber seien nach ihrer eigenen Schilderung genau so behandelt worden, wie alle die Aschenbrödel unserer Märchen: »Ihnen selbst aber hätten die Hexen allerlei schwere Arbeit aufgelegt, als Spinnen, Stoßen, Waschen, Scheuern ...«[22] Fromann bezeugt, dass diese (genau wie ihre märchenhaften Entsprechungen!) an der Schwelle zum neuen Lebensalter, zur Geschlechtsreife stehenden Kinder (sie waren 16- und 18jährig) ihre Prüfungen als echte Erlebnisse empfanden: »... und wirklich hatten die Mädchen während ihres ekstatischen Schlafes zur größten Verwunderung der anwesenden Personen die zu diesen Verrichtungen nötigen Gebärden gemacht.«[22]
An die oft übermenschliche Kräfte verlangenden Arbeiten, die männliche Märchenhelden im Verlauf ihrer Prüfungen zu bewältigen haben, erinnert uns unter anderem der offenbar zuverlässige Bericht über die Abenteuer eines Mönchs, der »aus Versehen« etwas Bilsenwurzel aß: Er »glaubte sich ein Herkules und bemühte sich, einen Stubenofen statt eines Baumes aus der Erde heraus zu reißen«.[23]

Die Rätsel des Horror-Trip

Auf seinen Wanderungen durch »jenseitige« Reiche, Märchenlandschaften, begegnet der Held überhaupt fortlaufend schrecklichen Ungetümen, Geschöpfen von scheußlicher Missgestalt: Häufig werden solche Begegnungen als »Prüfungen« aufgefasst, die er nun einmal, um der Freundschaft von guten Mächten würdig zu sein, zu bestehen hat, und manchmal vernehmen wir sogar, dass es die an sich göttlich

schönen Feenwesen selber sind, die er zuerst in ihrer schrecklichsten Erscheinungsgestalt antrifft.
Von den orientalischen Geistern, den Dschinnen, die im Zeitalter vor Adam und Eva aus Eiern (!) entstanden, vernehmen wir, »dass ihre Gestalten an Sonderbarkeit und Abenteuerlichkeit die wildeste Einbildungskraft weit zurücklassen. Vielköpfig, vielarmig, vielfüßig, vielleibig, mit Löwenrachen und Drachenschwänzen, Pferdehufen und Bocksfüßen«.[24]
Doch sofort zeigt in allen Märchen des Orients das Reich der Dschinne auch seine andere, glänzende Seite: »Ob auch die Peris, die zarten, schönen, lieblichen Geschöpfe, die Feen und Grazien des Dschinnistans, und die Takwins, die wahrsagenden, Schicksal verkündenden Schwestern ... den Eiern der Dschinnenmutter entschlüpften, oder nicht vielmehr besonders von Gott aus Duft, wie der Dschinnenvater aus Feuer und die Engel aus Licht, erschaffen worden seien, ist ungewiss ... Denn aus Duft gebildet, zarter, durchsichtiger Gestalt, leben die Peris nur von Wohlgerüchen und schweben wie unsere ihnen nahverwandten Elfen in luftigem Reigen über Blumen dahin.«[24]
Bezeichnend genug werden alle diese Geschlechter in den orientalischen Märchen und Sagen mit dem König Salomo in Verbindung gebracht, der sie mit der Hilfe seines berühmten Siegelringes beherrscht und erforscht habe — ein Stück Mandragorawurzel habe sich in diesem befunden und erst diesem seine Wirksamkeit verliehen; überhaupt habe dieser Magier der Urzeit die Alraune über alles geschätzt und in seinen Gärten gezüchtet ...[25]
Bevor Frau Holle, in den Sagen oft als die Herrin des Hexensabbats der in bestimmten Zeiten durch die Wälder tobenden »Wilden Jagd« aufgefasst, in den Grimmschen Märchen als die gütige Beschenkerin der Heldin erscheint, toben ihre Ungetüme des Alpdrucks: »Dergleichen Sylvanen, Satyrsgebilde, Halbgötter, Berstukn der Wenden haben die sonderbarsten Bildungen; menschliche Leiber mit Hundsköpfen, spitzigen Schnauzen, Hauern und Eberzähnen, Rüsseln und dergleichen, so wie man die Gestalten des sogenannten wilden Heeres angibt, welches nach dem alten

Aberglauben der Deutschen in den sogenannten zwölf Nächten, unter ihrer Anführerin, Frau Holla, durchtoben sollte ...«[26]

Schrecklich sei der Lärm dieser Scharen gewesen, »hinterdrein, auf ihrem stets sich bäumenden, schwarzen Rosse, Frau Holla, die wilde Jagdkönigin ... nach dem Volksliede: ›Trarrah, trarrah, trarrah, / Frau Holda Waldina ist da; / Bald führt sie dich mit sich; / trarrah!‹ Von jeher wussten die ohnehin ganz abergläubischen Wenden nichts als solche Wundermären, dieselben gehört von Vater und Mutter ...«[26]

Die hier in zahllosen Gestalten die Bilderfolge eröffnenden dahertobenden »Berstuken« haben wir übrigens bereits als fingergroße (also pilz-, kräutergroße!) Kobolde der Wenden, alten Preußen, Litauer kennengelernt – als Wesen, von denen ausdrücklich erzählt wurde, dass sie mit ihren »Salben« den Menschen in die Götterwelten zu bringen vermögen.[27]

Aber auch von den Feen der späten romanischen Märchen, so sehr sie schon verfeinerte Geschöpfe von Büchern sind, deren Verfasser kaum mehr von durch Hexenbotanik erzeugten Gesichtem wussten, vernehmen wir ihre Verwandlungsfähigkeit als ihr Hauptmerkmal: Verschieden seien ihre Erscheinungsgestalt und sogar ihre durch die Luft segelnden Wagen gewesen, wenn sie den Sterblichen erschienen. Wollten sie diese strafen, dann war ihr Gefährt von grauenhaften Drachen gezogen, wollten sie belohnen und erfreuen, dann benützten sie ein Blumenschiff, von Schmetterlingen und Vögeln umgeben.[28]

Die Kunst der guten Fahrt

Cardanus, Wier und andere Kenner der magischen Künste lehrten schon über die von ihnen untersuchte, aus Nachtschatten, Wolfswurz und andern Kräutern zusammengesetzte »Salbe« der Hexenbünde, dass sie ihre Hersteller nicht nur in herrliche Bilder entführte. Sie sähen zwar »grüne Lustpietz, herrliche Mahlzeiten ..., hübsche Kleider, schöne Jünglinge, Könige, Oberherren«. Freilich, es gebe in dieser Mär-

chenpracht auch erschreckende Schattenseiten: »Sie sehen neben dem auch Teufel, Raben, Kerker, Einöden ... «[29]
Noch in Kräuterbüchern des 18. Jahrhunderts werden teils gefährliche, teils harmlose Mischungen angegeben, mit der Hilfe von Pflanzen »gleichsam die ganze Welt im Frühling« zu träumen, oder »schreckliche Gespenster und grausame Gesichter« erscheinen zu lassen. »Dass man sich einbildet, man fahre durch die Luft ..., man tue einen Fall, sterbe, es sei ein groß Ungewitter und Regen, es sei trübe Wetter oder Winter.«[30] Mehr oder weniger offen wird zugegeben (obwohl dies damals noch einen Forscher in Gefahr bringen konnte ...), solches Wissen stamme teilweise aus den Hexen-Geheimbünden, in deren Mitteln »auch viel natürliche Kraft dabei ist«.
Es war zu allen Zeiten eine Hauptaufgabe der Einweihung in die Kräuterwissenschaften, den Menschen zu lehren, alle vor ihm aufsteigenden Schrecken als »unwesentlich«, als »nichtigen Schein« zu durchschauen. »Einen Menschen ohne einen guten Guru, einen erfahrenen Road-Chief (Herr des Weges) auf seine erste ›Reise‹ zu senden«, erklären heute die echten Hippie-Gruppen, »ist fast ein schlimmeres Verbrechen, als ein Kind erstmals in einen Rennwagen zu setzen und gleich losfahren zu lassen.«
Teilweise werden wieder die gleichen Vorbereitungsmittel für die erste »Fahrt« (»die über alle weiteren Erfahrungen entscheidet«) benützt, wie sie in der Urzeit bestanden, und wie Dichter und Forscher Europas sie noch im 18. und 19. Jahrhundert außerhalb ihrer Zivilisation kennenlernten: »Die Haschischesser entfernen«, schilderte etwa Czerski, »wenn sie sich dem Rausche ergeben wollen, alles, was ihrer Aufregung eine melancholische Richtung geben, oder ein anderes Gefühl als das des angenehmsten Genusses erregen könnte. Sie benutzen dabei alle jene Mittel, die ihnen die freien Sitten des Orients zur Verfügung stellen ...«[31] Tänzerinnen, Musikantinnen spielen dabei eine wichtige Rolle und lassen den Berauschten in die Welt von Peris, Feen, »in Dschinnistan« eintreten.
Es ist teilweise sicher auch die Unmöglichkeit, im Rahmen unserer auf Gefühlsunterdrückung aufgebauten Zivilisation

eine Umwelt der Liebe, der natürlichen Sinnlichkeit zu erzeugen, die eine Unzahl von modernen unbeaufsichtigten Drogenversuchen mit gefährlichen Zusammenbrüchen enden lässt. Schon Czerski erkannte: »Ein wenig anders

also als auf Menschen seelisch unverkrampfter Kulturen, S.G.

wirkt Haschisch auf das europäische Gehirn, dem das bei den Orientalen hervortretende erotische Moment fehlt.«[31] »Schuld an den Höllentrips«

also den erschreckenden »Reiseerlebnissen« mit ihren Rauschmitteln, S.G.

lehren heute mit den Worten des schweizerischen Orientalisten Rudolf Gelpke alle ernsthaften Gruppen des »New People«, des modernen Kultur-Untergrundes[32], »sind nicht Überdosen von Drogen. Schuld daran ist der Umstand, dass wir alle die Hölle in uns tragen ...«

Rotkäppchens Höllenwanderung

Schon ihrem Namen nach hätten wir unser liebes Rotkäppchen, das da wie zahllose Märchenheldinnen von der Mutter in den Wald geschickt wird, eigentlich in den Abschnitt über die Pilzkobolde einschieben müssen, die gern ähnlich heißen: »Die Wetterzwerge heißen Rotmützchen, in Thüringen Rote Jungen, französisch Chaperon rouge ... Im Kanton Freiburg ist unter der Sennenbevölkerung vom Hausgeiste Rotkäppchen, Le bonnet rouge, noch häufig die Rede.«[33]
Rotkäppchen irrt vom Wege ab und verliert offenbar wichtige Zeit – es ist nun einmal die Neigung der Märchenkinder, sich mit dem Sammeln von Blumen, Beeren oder Pilzen zu versäumen, und dieser Zug erinnert uns schon damit an eins der verbreitetsten europäischen Kinderspiele. »Wir gehen in den grünen Wald / und suchen rote Beeren«, also heißt es da etwa.[34] Aber schon erscheint »der böse Bär« oder »der Wolf«

und versucht sich ein Opfer »zu fangen«. Dieser Verfolger trägt in gewissen Fassungen des Spiels noch ganz eindeutig dämonische Züge und heißt in Holland sogar noch »Werwolf«, ist also ein Mensch, der sich durch Zauberkünste in ein wildes Tier verwandelte.[34]

Ein solcher magischer Wolf ist schließlich der listige und redende Wolf des Rotkäppchen-Märchens, den die bedauernswerte Heldin sogar lange genug mit ihrer Großmutter verwechselt – oder war der Wolf in ursprünglichen Volkserzählungen gar die verwandelte Großmutter selber? Auch die so nett und harmlos dahinziehende Grimmsche Geschichte »Der Wolf und die sieben jungen Geißlein« wurde häufig genug als das Abenteuer menschlicher Kinder berichtet, die ein schrecklicher »Werwolf« bedrohte ...[35]

Der große Erotiker des französischen 18. Jahrhunderts, Restif de la Bretonne, erzählte auch von Spielen seines Dorfes, die er scharfsinnig auf vorgeschichtliche, vorchristliche Zeiten zurückführte. Burschen stellten in einem dieser Spiele den »Wolf« dar und verfolgten die Mädchen, wobei es selbstverständlich zu allerlei lustigen, sinnlichen, eigentlich aber sehr naiven Balgereien kam. Der Schriftsteller erkannte hier die Weisheit des Volkes, die auf diese Weise die heranwachsende Jugend in den Umgang der Geschlechter einweihte, und er beobachtete auch, dass das Verbot eines solchen angeblich lasterhaften Treibens durch den Geistlichen erst die öffentliche Heuchelei und versteckte Verderbnis erzeugte.[36]

An einem Säulenkapitell aus dem 11. Jahrhundert (Venosa, Apulien) sehen wir eine geheimnisvolle Frauengestalt – sie wird zusammen mit einem Mann von einem Ungetüm ausgespien und greift mit der Linken »nach einem Blattornament« – dem Zauberkraut. (Man hat sie aus dem letzteren Grunde auch schon als »Urmutter Eva mit dem Lebensbaum« zu deuten versucht.[37])

Eine damit vergleichbare romanische Plastik aus Maria Laach zeigt einerseits den Wolf einen Menschen verschlingen und dann wiederum den (wohl gleichen) Wolf den Menschen wieder hervorspeien: »Wir stehen demnach vor einer Szene des Verschlingens und einer andern des Herauswür-

gens, richtiger des ›Wiedergeborenwerdens‹, wobei die Stellung des Menschen kopfabwärts der natürlichen, nämlich der Geburt entspricht. Genau dasselbe fanden wir ja auch bei der peruanischen Szene aus Chavin ...«[37]
Das »Verschlungenwerden« und das Hervorkommen aus dem »Höllen-Rachen« eines sehr häufig als Wolf dargestellten Ungetüms war damit ein weltweites Sinnbild der »Wiedergeburt«, der »Neugeburt« – Ausdrücke, mit denen alte und neue Naturkulte sehr gern entscheidende Stufen ihrer Einweihungen bezeichneten.
Beim mittelalterlichen Romandichter Gottfried von Monmouth erzählt noch der Zauberer Merlin von solchen erschreckenden Verwandlungen: »Da lagen zwischen den zarten Gräsern zerstreut, duftige Äpfel. Ich teilte sie an die Gefährten aus, die sie schnell verzehrten; alsogleich kamen sie von Sinnen; sie zitterten, sie schäumten, sie wälzten sich wütend auf dem Boden, und endlich flohen sie nach verschiedenen Seiten auseinander, wie Wölfe, und füllten die Lüfte mit traurigem Geheule.«[38]
Noch am Anfang des 19. Jahrhunderts wird uns etwa aus Skandinavien bezeugt, dass es »Wolfsmütter« gab, die man als Erbinnen der Zauberweisheit aus der Riesenzeit ansah, und denen man zumutete, Menschen in Werwölfe verwandeln zu können: »Ebenso kommt es heut zu Tage noch vor, dass man alte Weiber, die in einsamen Waldhütten wohnen, beschuldigt ...«[39]
»Rotkäppchen« ist für uns, die wir so wenig den in Europa jetzt fast ausgerotteten Wolf kennen wie die einst tatsächlich im »Zauberwalde« hausenden geheimnisvollen Frauen, ein »poetisches Spiel der Phantasie«: Das Märchen enthält aber eigentlich keinen einzigen Bestandteil, der nicht bis in das letzte Jahrhundert hinein zur Wirklichkeit des Großteils unserer Vorfahren gehörte.

Wolf aus Wolfskräutern

Es ist nun ebenfalls eine sehr wichtige Tatsache, dass viele der gefährlichen, einst aber sehr häufig zum Erzeugen von Rauscherlebnissen verwendeten Zauberkräuter nach diesem magischen »Wolf« ihren Namen bekamen. Wir sahen es bereits unter anderem bei der Blauen Blume, dem Eisenhut. Wolfsbeere heißt etwa die Tollkirsche; Wolfskraut das Bilsenkraut; kleinrussisch wowtschy jahody, also wiederum Wolfs-Beeren.[40] Konnte der Schock über die Erschütterung des ganzen Körper- und Seelengefüges durch die eingenommene Droge im Zauberlehrling, dem Anfänger der Kräuterwissenschaften das erzeugen, was die heutigen Rauschmittelforscher als HorrorTrip, als den großen Schrecken bezeichnen? »Wobei alle Ängste, die man in sich trägt, auf einmal Wirklichkeit zu gewinnen scheinen«: für den Menschen der Vergangenheit waren dies nun einmal die noch seine Umwelt bevölkernden wilden Waldtiere. Immerhin, in 39 ausführlichen Gesprächen über LSD-Erfahrungen vernahm ich 11 Berichte »man habe sich auch in einen Wolfsmenschen verwandelt gefühlt«. Haben wir hier das Nachleben des urtümlichen Bildes im Menschen der modernen Stadtzivilisation oder eine Folge der entsprechenden Gruselfilme?
Man hat die Vorstellung, dass Hexen sich eine »Tierhaut« anziehen könnten, auch schon als Umsetzung, als sagenhafte Deutung einer rein leiblichen Vergiftungserscheinung zu deuten versucht. Die Salben, die sich die Hexen zu diesem Zwecke auf den nackten Körper rieben, enthielten in gewissen Fällen das gefährliche pflanzliche Akonit: »Gerade durch diesen Zusatz, mit seinen die sensiblen Nervenenden der Haut erst erregenden, dann lähmenden Alkaloiden, konnte die Autosuggestion der Tierverwandlung, des aus dem Körper emporwachsenden Haar- oder Federkleides, entstehen, wie wir heute ähnliche, von der Haut ausgehende Sinnestäuschungen bei den Kokainisten beobachten.«[41]
Was man unter der »Tötung des Wolfes« am Ende der Märchen zu verstehen hat, die häufig als »Verbrühen« dargestellt wird, zeigt die schwedische Volksdichtung »Der Werwolf«:

In diesem Märchen, das man wahrscheinlich mit Berechtigung als eine frühe Fassung des Grimmschen »Rotkäppchen« hinstellte[42], kocht das Mädchen »Pech« im Kessel – dabei wird sie von einem alten, offenbar in den Geheimwissenschaften der Urzeit erfahrenen Mann unterstützt: Auch eine »weiße Blume« wird in dieses Gebräu geworfen.
Durch das Bad in dieser kochenden Zauberflüssigkeit wird der »Wolf« wieder zum wohlgebildeten Menschen.

Das Märchen vom Alraun-Fischlein

Am gewaltigsten spielen die magischen Mächte mit Sein und Schein, äußerer und innerer Wirklichkeit in jenen Märchen, von denen die Grimmsche Geschichte »Vom Fischer und seiner Frau« wohl das bekannteste Beispiel sein mag.
Das magische »Fischlein« erfüllt im Augenblick jeden Wunsch eines ehrgeizigen Weibes: Immer prächtiger, wunderschöner wird deren Umwelt, bis deren entfesselte Gier nach immer neuen Eindrücken überhaupt kein Maß mehr kennt und sie eigentliche Allmacht verlangt. Auf eine solche Verhaltensweise hin zieht das magische Wesen seine Kräfte von seinen unwürdigen Schützlingen ab: Im gleichen Augenblick verschwindet aus deren Umkreis aller Glanz, der Zauberpalast verschwindet, und das närrische Weib, das soeben noch forderte, Herrin der Elemente zu werden, sitzt ohne Hoffnung in seiner armseligen Hütte.
In vielen Fassungen des Märchens kommen wir zwangsläufig auch hier in den Umkreis der Mythen über die Wirkungen der Zauberpflanzen: Nach flandrischen, französischen, italienischen Volksdichtungen pflanzen die Eheleute eine Bohne, aus der eine Ranke bis zum Himmel wächst. An ihr klettert der Mann mehrfach vor das Paradiesestor und trägt dort die jedesmal immer unbescheideneren Wünsche seines Weibes vor.[43]
Gegenstände, die ihrem Besitzer alle seine Wünsche erfüllen, sind sonst in den Märchen etwa Büchse, Feuerzeug, Kerze, Lampe oder »wunderbares Tabakpfeifchen«. In einer Appenzeller Sage findet der große Magier Paracelsus einen

Geist in einer Tanne eingeschlossen – er fordert und erhält von ihm seine Wunderarznei und das Mittel, »alles in Gold zu verwandeln«.[44]

Im orientalischen Märchen zieht wiederum etwa ein armer »Fischer« ein kupfernes Gefäß, das einst dem großen Zaubermann Salomo gehörte, aus dem Meer: schwarzer Rauch steigt aus diesem auf, worauf ein Geist erscheint. Er will den Helden zuerst ermorden, erfüllt ihm dann aber alle Wünsche. Auch die berühmte »Zauber-Lampe«, die Aladin in der magischen Höhle findet, gehört in den gleichen Zusammenhang.[45]

Die Helden eines nahestehenden Märchenkreises schlafen im Walde, wobei einer Wache zu stehen hat. Ein »kleines Männlein im roten Kleide« erscheint diesem und schenkt ihm einen alten Mantel: »Wenn er den umhänge, was er dann wünschte, das war alles wahr; er soll es aber seinen Kameraden nicht sagen, bis es Tag werde.« Eine Prinzessin nimmt dann dem etwas unvorsichtigen Manne das Wunschding mit der Hilfe eines »Schlaftrunks« ab. Doch siehe da! Schon bald muss sie es ihm zurückgeben, weil er ihr ein »Pulver von Äpfeln« (auch etwa ›roten Beeren‹, ›schwarzen Beeren‹ usw.) geben kann, das ihre Nase unheimlich wachsen lässt – oder ihr gar nach andern Fassungen Hörner, Schweif, ein Tierfell, Verwandlung in eine Ziege (in Ungarn sogar »Irrsinn durch Äpfel«) beschert. Erst als der Held seinen Besitz zurückerhält, wird auch die nun langsam liebenswürdige (und damit auch für ihn heiratsfähige) Königstochter von ihm durch ein Gegenpulver aus ihren Verwandlungen, ihrem Wahn geheilt.[46]

Auch wenn der Gegenstand, »der alle Wünsche wahr werden lässt«, uns nicht häufig genug an alle die alten Räucher-Gefäße und Drogen-Büchsen erinnern müsste, befinden wir uns in solchen Geschichten eigentlich dauernd in einer Welt, in der die Kenntnis der magischen Zauberpflanzen ein Allgemeingut darstellt. Sogar »das Fischlein« in unserem Märchen bildet hier eigentlich keine Ausnahme, wenn wir etwa den Volksglauben vernehmen, dass »die Alraune«, die ihrem Besitzer die Wünsche erfüllte, »oft etwas von der Gestalt eines Fisches an sich hatte«.[47]

Wir können hier nur nochmals wiederholen: Für den Vorfahr, der noch vollständig im Kreis der natürlichen Umwelt daheim war, gab es wahrscheinlich kein Überleben ohne das Wagnis einer vertieften Erkenntnis der Kräfte um ihn und in sich selber. Die Abenteuer des Urmenschen in dieser Richtung nahmen aber offensichtlich meistens ein »gutes Ende«, weil er einen Daseins-Hintergrund besaß, der den verzweifelten Ausbrechern aus den Gesetzen unserer Zivilisation, den modernen Zauberlehrlingen (Drop-outs, Freaks) meistens zwangsläufig fehlt! Ich meine den festen Rahmen einer nie abgerissenen Überlieferung, der zuverlässigen Erfahrung vieler Geschlechter: Dazu auch die Stütze seiner Sippe, die voll Sorge und Liebe bereit war, die Wege ihres jungen Mitglieds abzusichern.

Das Leben ein Traum?

Wie im Traume verwandelt sich auf alle Fälle dem Besitzer des »Wunschdings« seine Umwelt. Eine Hütte wächst auseinander und ist in Augenblicken ein alle Wunder der Welt enthaltender Palast. Pracht, die zuerst mit dem Reichtum von Königsschlössern verglichen wird, ist hier eigentlich immer übertroffen, und das gewaltige Bild weitet sich im Märchen zu einer kosmischen Schau: In einer schweizerischen Geschichte kommen die Helden in eine Höhle, in der ein Geist »das ewige Feuer« hütet und an der Decke goldene Rosen zu sehen sind. Am Ende der Handlung verwandelt sich der unterirdische Zaubersaal – die Wände fliehen »nach allen vier Weltgegenden«. Immer »höher und höher« steigt die Wölbung und ist auf einmal der Himmel. Statt der Goldrosen sind es nun die echten Sterne, die von oben erglänzen.[48]

Ebenso rasch löst sich aber auch edler Glanz vor dem Unwürdigen auf. Eine Fee verwandelt einem Mädchen der Berner Sage den Wald beim Glasbrunnen (noch für den Volksglauben des 19. Jahrhunderts der Ort magischer Beschwörungen und des »Alraun-Suchens«) »in einem Augenblick«

zum Paradiesgarten. Als der Schützling aber übermütig wird, ist ebenfalls »im Augenblick der schöne Garten verschwunden, und das alte Urwaldgestrüpp wucherte wieder fort«.[49]

Auf das Genaueste entsprechen hier wiederum unsere Mären sogar den sachlichsten, nüchternsten wissenschaftlichen Berichten der neueren Zeit über die Drogen-Erlebnisse. »öfters sah ich auch das Innere reich geschmückter Festsäle«, schildert zum Beispiel der Pharmakologe Heffter seine Peyotl-Versuche, »deren Friese, Wände und Kronleuchter mit farbigen Edelsteinen, Opalen und Perlen geschmückt waren.«[50] In der Zusammenfassung der Erlebnisse des amerikanischen Drogen-Fachmannes R. G. Wasson, die ihm 1955 eine indianische Zauberin mit ihren heiligen Pilzen vermittelte, lesen wir: »Wasson und sein Begleiter ... gerieten ganz in den Bann der mystischen Atmosphäre, die sich in der dunklen Hütte ausbreitete ... Zuerst erschienen geometrische, farbige Muster, die dann architekturartigen Charakter annahmen. Dann folgten Visionen von wundervollen Säulenhallen, edelsteingeschmückten Palästen von überirdischer Harmonie und Pracht, Triumphwagen, gezogen von Fabelwesen, wie sie nur die Mythologie kennt, Landschaften in märchenhaftem Glanz.«[51]

Vielleicht waren Märchen in der Art vom Fischer und seiner Frau, die in der russischen Fassung gar fordert, Herrin (Zarin) der Elemente zu werden[52], die Warnung für die Menschen einer urzeitlichen, fast bis in die Gegenwart nachwirkenden Drogen-Kultur! Die Warnung vor der Möglichkeit, immer mehr der »überirdischen«, »über-sinnlichen« Gewalt und Schönheit der Zauberkräuter zu verfallen: Immer mehr in deren magischen Welt zu leben, sich damit selber für ein göttliches Wesen zu halten, bis man dann beim zufälligen Verlust der pflanzlichen Mittel wieder verzweifelt und machtlos im erbärmlichen Alltag erwachen muss.

Das Verschlungenwerden durch das Ungetüm und die Verwandlung in das Ungetüm erscheinen im Rotkäppchen und in verwandten Märchenfassungen als Stufen, durch die der Jünger jener Wissenschaften der Medizinmänner zu gehen hatte: Als Zusammenstoß mit Gefahren, die in den Auswirkungen der angewandten Mittel lagen. Gleichzeitig – zum glücklichen Ende – als eine Erlösung aus diesen Gefahren durch das Erlernen, Ausnützen aller Möglichkeiten in den gleichen magischen Pflanzenstoffen.
Mützen, Schmuck, Kleider, Rufnamen, die an Kräuter, Wurzeln, Blumen erinnern, sind bei den Helden unserer Märchen und Sagen so häufig wie unter den in den Gerichtsaufzeichnungen erwähnten Hexen oder in gewissen Hippie-Gruppen der ausgehenden sechziger Jahre. So heißt es zum Beispiel von einem Jüngling, der trotz aller Warnungen mit den in Bäumen hausenden Wilen tanzen geht: Am andern Tage sei er am Saume des Urwaldes gesessen, »und gedachte des Wunderbaren, das er in nächtlicher Weile geschaut; ein grüner Tannenreis zierte seinen Hut. Doch sagte er zu niemandem, was er gesehen, denn die Duhvilen,

also die Baumfeen oder Baumhexen, S. G.

wenn auch furchtbar im Zorne, so doch wieder so reizend und lieblich, hatten es ihm verboten, den Menschen zu sagen, was sie ihm erlaubt zu schauen.«[53] Oder ein bekanntes irisches Märchen weiß von einem Korbflechter, der im Verlauf der Handlung die Freundschaft des Elfenvolkes gewinnt: »Man erzählte sich, er besitze große Kenntnis der Kräuter und Zaubermittel ... Fingerhütchen war sein Spottname, weil er allzeit auf seinem kleinen Hut einen Zweig von dem roten Fingerhut oder dem Elfenkäppchen trug.«[54]
Die Hexen und die als ihre geheimnisvollen Lehrmeister erscheinenden »Dämonen« tragen nach den Aufzeichnungen der Hexenprozesse ebenfalls Rufnamen verwandter Art: »Manche sind von heilkräftigen Kräutern und Blumen ent-

nommen und sicher aus einer schuldlosen, keiner teuflischen Phantasie hervorgegangen.« In Deutschland heißen sie etwa Gräsle, Blümchenblau, Grünlaub, Grünewald, Grünwedel, Rosenkranz, Allerleiwollust; in Frankreich Verdelet, Verdjoli, Jolibois; in Italien Fiorino[55] – also ungefähr wörtlich »Blumenkind«: Wiederum müssen wir damit also in den geschichtlichen, mit allen Mitteln verfolgten Ketzern jener Zeiten Wesensverwandte der Helden unserer Märchen, der Dornröschen, Rotkäppchen, Rosenrot, Rapunzel und so weiter, erkennen.

Der Blumenschmuck, die Anspielungen auf Kräuter, Beeren, Pilze in der Volkskunst mögen damit für die Eingeweihten, die »Hippies« aller Zeiten stets das gleiche bedeutet haben: Ein Zeichen der Bewährung auf jenem Wege, der nach Auffassung der magischen Kulturen zur Erkenntnis des Wesens der Welt führte.

Großmutter aller Hippiemädchen

Vom Christentum, Buddhismus, Brahmanismus, Islam und allerlei okkulten Schrullen herkommende Sektierer versuchten die ausbrechende Jugend von heute in den Dienst ihrer Ideologien einzuspannen – doch deren erste und eigentlich bis heute wichtigste »Heilige Schrift« wurde bezeichnenderweise ein Märchenbuch: Die Abenteuer des Mädchens Alice, geschrieben von dem seltsamen Lewis Carroll.

Alice kommt da zum Beispiel zu einem Riesenpilz, auf dem eine blaue Raupe (als Vorstufe zum Schmetterling schon in alten Mysterienkulten Sinnbild der Verwandlung, der Entwicklung zu einer höheren Stufe), ruhig ihre Wasserpfeife raucht. Als erstes fragt sie das Mädchen, wer es eigentlich sei? »Ich wusste wer ich bin, als ich am Morgen erwachte«, antwortet Alice, »doch seither habe ich mich mehrfach verwandelt ...«

Leary, der vom anerkannten Wissenschaftler durch den Genuss von indianischen Zauberpilzen zum verfemten »Guru« der psychedelischen Hippies wurde, hat vermutet, Carroll sei

einer der Engländer des 19. Jahrhunderts gewesen, der sich im Geheimen den aus dem »eroberten« Indien einströmenden Rauschmitteln ergab.
Man lese nur gewisse Stellen beim Amerikaner Fitzhugh Ludlow (1836-1870), einem Freund von Mark Twain, der einige Jahre vor Carroll seine Haschisch-Erlebnisse veröffenlichte, der in solchen Gesichten den Schlüssel zu den orientalichen Märchen wie »1001 Nacht« und zu den Gesichten der Weltharmonie bei Pythagoras erblickte: Wie Alice, übrigens immer nach dem Genuss von Pilzstücken oder von anderen geheimnisvollen Stoffen, ihre Größe verändert, riesig oder winzig wird, so schilderte Ludlow, wie sich ihm ein einfaches Zimmer in einen endlosen Raum verwandelte, zu einer gewaltigen Halle wurde: »Decke und Wände wuchsen ständig nach oben ...«
In einem seiner Haschisch-Gesichte sieht Ludlow eine »alte Vettel« »mit unvorstellbarer Geschwindigkeit« stricken. Zu seinem unendlichen Staunen muss er erkennen, dass das wunderbare Geschöpf, genau wie ihre »hexenähnlichen« Gefährtinnen im Hintergrund, »aus Wolle gestrickt« ist! »Mich packte der unwiderstehliche Wunsch, ihnen zu helfen; schon war ich halb entschlossen, ein Nadelquartett zu ergreifen und mich dem Konvent anzuschließen.« Doch schon kommt eine Verwandlung der Märchenlandschaft: Der Amerikaner findet sich darauf auf einem klaren See, »in einem kleinen Boot aus göttlich geformtem Perlmutt«. Ludlow erkennt als ein Grundgesetz der Haschisch-Träume, »dass, nachdem eine beliebige Wahnvorstellung zu Ende gegangen ist, sich das Geschehen fast ohne Ausnahme vor einem völlig anderen Hintergrunde abspielt. Bei diesem Übergang bleibt die Grundstimmung unverändert. Man kann im Paradies glücklich sein und glücklich an den Quellen des Nil, aber selten wird man zweimal hintereinander ins Paradies oder an den Nil gelangen.«[56]
In Carrolls Geschichten über die Reise des Mädchens Alice durch den Spiegel kommt die Heldin in einen Raum, darin ein altes Schaf – also wiederum ein Geschöpf aus Wolle – mit unheimlichem Geschick strickt; es verwendet gleichzeitig vierzehn Paar Stricknadeln. Zwei davon gibt es Alice in die Hände:

Schon sind diese in Ruder verwandelt und das Mädchen sitzt in einem kleinen Boot und gleitet auf Wasser dahin, zwischen steilen Ufern, die voll von prächtigen Rosen sind. Märchen aus Altertum und Mittelalter, ihr Nachwirken bei allen Ketzern und Hexen, ihre Neuentdeckungen und Neugestaltungen vor über einem Jahrhundert durch die Ludlow und Carroll und die Gesichte der Hippies von heute – ihre Bilderreihen entsprechen sich darum fast wörtlich, weil sie vollkommen übereinstimmenden Grunderlebnissen ihre Entstehung verdanken.

Trotz – wahrscheinlich gerade wegen! – ihrer Begegnungen und Erfahrungen mit den letzten Medizinmännern der alten Volkskulturen aller Erdteile, kann man (sehr im Gegensatz zu gewissen tausendfach wiederholten Verallgemeinerungen ...) aber feststellen, dass die aus den »Hippies« der ausgehenden Sechziger hervorgegangenen »Landkommunen« und städtischen Wohngemeinschaften – heute wahrscheinlich die durchschnittlich »drogenunsüchtigsten« Menschengruppen unserer Zivilisation hervorbringen! Nicht nur finden sich in ihnen keine Benützer von verderblichen Stoffen wie Morphium, Heroin usw., sondern keine Spur jener heute gesetzlich erlaubten Mittel, der in den USA und ähnlich industrialisierten Staaten sonst alltäglichen Beruhigungs- und Aufpeitschungs-Chemikalien. Sogar Alkohol und Nikotin werden vielfach vollständig gemieden: Menschen, die daran sind, einen befriedigenden sinnvollen Lebensstil wiederzufinden, die dabei das Wunder, das Märchen des Daseins neu entdecken, suchen nicht mehr nach Pillen oder Tränken der Flucht und des Vergessens.

8. Das Auge der Erleuchtung

In das Reich der modernen »Subkulturen« von Nordamerika und Europa stießen bekanntlich, bald als volkstümlich-naive Götterbilder von Gammlern aus Asien eingeführt, bald zu Postern »modernisiert«, die Darstellungen von tibetanischen und indischen Göttern vor und eroberten ihren Ehrenplatz in den Wohnungen. Es ist nachgewiesenermaßen falsch, in diesem Geschmack nichts als den Einbruch einer »Mode«, eines »Protests gegen den Wohnstil der Väter« erblicken zu wollen.

»Hier wird einfach unser neues religiöses Gefühl besser ausgedrückt, als es mit der kitschigen Religionskunst des eigentlich nur an Geld und Macht gläubigen 19. und 20. Jahrhunderts möglich war«, wurde uns fast regelmäßig versichert, als wir im Umkreis von Diskussionskellern, »Gegen-Universitäten«, »Kritischen Untergrund-Schulen« oder »Anti-Kultur-Laboratorien« Tatsachen über eine solche »Geschmacksänderung« zu sammeln versuchten[1]: »Man merkt einfach bei diesen Darstellungen aus Nepal oder so, unabhängig, wie oberflächlich oder billig sie sein mögen, dass sie aus Kulturen stammen, für die das Göttliche noch das Erlebnis einer breiten Menschenschicht ist. In der amtlichen religiösen Kunst des Abendlandes merkt man einfach, dass deren Schöpfer kaum Menschen gekannt haben können, die unmittelbare religiöse Erfahrungen besaßen.«

Unabhängig davon, dass solche Auffassungen sicher einseitig sind, ist uns wichtig, wie in 18 uns bekanntgewordenen Wohnungen, in denen indische Götter-, Heiligen- und Heldenbilder an den Wänden hingen und meistens auch mit Räucherstäblein oder auf ähnliche Weise geehrt wurden, dieses »tiefere und darum gleichzeitig modernere Wesen« dieser südasiatischen Kunst begründet wurde: Nicht weniger als siebenmal vernahm ich mit Bewunderung, »wie wichtig für uns alle schon das in der Kunst der Brahmanisten und Buddhisten so häufige dritte Auge, das Stirnauge ist.« Ungefähr in Übereinstimmung mit den Angaben der Religions-

geschichte wurde uns, jedesmal ähnlich, versichert: »Dieses überzählige Auge auf der Stirn bedeutet hier bei Göttern und erleuchteten Menschen die Gabe der Über-Sinne, der Hellsicht, der höheren Wahrnehmung der kosmischen und damit auch zwischenmenschlichen Zusammenhänge.
Es ist eben eine Freude, wenn man bei einem Vorstoß in Neuland noch unsicher ist, Urkunden von Kulturen um sich zu haben, die sich seit Jahrtausenden mit solchen Möglichkeiten der menschlichen Entwicklung auseinandersetzten.«

Mythisches Sinnesleben

Wir wollen hier nur kurz einschieben, dass diese Vorstellung des »magischen« Auges etwas ist, das auch nahegelegene Kulturkreise einst sehr gut kannten. Wenn man will, kann man damit sogar das meist missverstandene und von Sagenforschern umstrittene »Einauge« Odins in Zusammenhang bringen, welches nach dunklen isländischen Überlieferungen mit seinen Abenteuern im Zusammenhang steht, die ihn zum Gewinn seiner göttlichen Weisheit führten. Immerhin bevölkerten noch die alten Slowaken ihre Berge mit »dreiäugigen« Magiern[2], und sogar Kasperle, der unbesiegbare Held der Puppenspiele, besaß gelegentlich in Süddeutschland »auf der Stirne zwischen den Augen ein Mal«: Es ist uns in diesem Fall selbstverständlich völlig nebensächlich, ob diese, längst als Erinnerung an das »dritte Auge« gedeutete »Warze«[3], auf einheimische Vorstellungen zurückgeht – oder auf die der schließlich wiederum aus Indien eingewanderten Rom-Zigeuner, dieser Meister aller Jahrmarkts-Künste.
Das zusätzliche Auge ist bei modernen Hippies wie in vorgeschichtlicher Magie ein Sinnbild des Hip-Zustandes, also der Erleuchtung, des psychedelischen Erlebnisses. Auch bei den Einweihungen der Jugend bei den sogenannten Naturvölkern redete man geradezu vom Vorgang des »Öffnens der Augen«, oder man sprach, wie in Melanesien von den »Uneingeweihten« als von denen, »deren Augen geschlossen sind«.
Moderne Versuche mit Drogen scheinen uns zu beweisen, wie

wenig dieses »Auge der Götter und Magier« ein ausgeklügeltes »Symbol« sein kann, sondern wahrscheinlich der Versuch ist, innere Gesichte der »Eingeweihten«, jener Zauberlehrlinge der Vergangenheit irgendwie sichtbar zu gestalten. Auch ein Amerikaner der Gegenwart überschreibt in seiner 1966 zuerst erschienenen »LSD-Story« nachfolgenden Bericht über die Eindrücke eines wissenschaftlichen Drogen-Versuchs mit den Worten »Das dritte Auge«.

»... Ich stülpte mich nach innen, kroch wie ein Wurm durch mein eigenes Fleisch. Ich drehte und krümmte mich, rollte mich zusammen, versuchte, nicht laut aufzuschreien vor Entzücken und Entsetzen. Dann erschien das Auge, ein großes leuchtendes Auge, das im All schwebte. Es pulsierte und schoss Strahlen brennenden süßtönenden Lichtes durch meinen Körper. Aber es war gar nicht mein Körper. Plötzlich war ich das große Auge, und ich schaute bis auf den Grund der Dinge. Es war Ekstase, und es war schrecklich, und ich sah alles und verstand alles ...«[4]

Am Ufer von Dschinnistan

Es sei ihre Schönheit und die ihrer Umwelt »mit keinem Wort zu schildern, mit keiner Feder zu beschreiben« (ne slowom skazat, ne perom opissat), erzählt der ostslawische Märchenerzähler über seine Königstöchter, Schwanenjungfrauen, Feen: »Er forderte damit seine Zuhörer auf, vor den eigenen inneren Augen ein Bild dieser Herrlichkeiten entstehen zu lassen, jede mündliche Schilderung sei gegenüber diesen lichtglänzenden Herrlichkeiten machtlos.«[5] Als Narbutt noch am Anfang des 19. Jahrhunderts über die Feen des litauischen Glaubens schreiben wollte, unterbrach er sich mit der Bemerkung, von Dingen, die jedermann kenne, brauche man doch gar nicht zu reden. Diese Gestalten der Volksdichtung waren folglich, nach einer Bemerkung ihres Kenners, des litauisch-polnischen Dichters Mickiewicz, in seiner Heimat noch so bekannt, »wie den Franzosen die politischen Tagesereignisse«.[6]

Wir vernehmen aus abendländischen Romanen und Sagen, wie sehr der mittelalterliche Ritter, wenn er auf seine abenteuerlichen Fahrten auszog, sich an der Vorstellung der hilfreichen, allgegenwärtigen Feen begeisterte. Von hier bezog er die Anregung für seine Taten und jene Kraft, die ihn oft schier übermenschliche körperliche Anstrengungen bestehen ließ: Was im Volke stets von neuem den Glauben festigte, »es gehe hier nicht mit rechten Dingen zu« – die Ritter seien tatsächlich mit unsichtbaren Mächten im Bunde.[7]
Man müsste blind sein, hier nicht die freundliche Urgestalt der in der schmutzigen, entarteten Phantasie der Inquisitoren wuchernden Geschichten über den »Teufelsbund« zu erkennen, nach denen bestimmte Menschen ihr »übernatürliches« Glück ihrem »Pakt«, ihrer Verbrüderung mit den Geistern »der dunklen Unterwelt« verdankten: Noch die ihr Land rettende Jungfrau von Orleans wurde als »Hexe« angeklagt und verbrannt, weil sie mit den »Feen« Umgang pflege – ihre magischen Fähigkeiten, glaubten ihre Richter, verdanke sie dem Nachtschattengewächs Alraune.[8]
Die wunderbare keltisch-irische Dichtung von der Reise Brans nach dem Lande der Seligen, des ewigen Friedens, »der schönen Frauen« und ihrer Musik, die in ihrem Kern auf das 8. Jahrhundert zurückgeht, beginnt entsprechend: Eine Frau aus dem Elfengeschlechte erscheint dem Helden und bringt ihm als Einladung zur Reise einen Zweig vom wunderbaren Apfelbaume. Dann singt sie ihm eine Aufforderung zum unermüdlichen Suchen nach diesem Reich aller Freuden, dessen Schönheit »durch alle Weltalter leuchtet«, in dem »Farben mannigfacher Art schillern«: »Vielgestaltiges Emhain am Meeresstrand, / Keiner weiß, ob du nah oder fern!« Und das altüberlieferte Feenlied endet mit der Aufforderung: »Sinke nicht auf das Lager der Trägheit, / Lasse dich nicht von der Trunkenheit übermannen! / Mache dich auf die Reise über das weite Meer, / Um in das Land der Frauen zu gelangen!«[9]
Ähnlich geheimnisvoll schildert auch das orientalische Märchen die Wirklichkeit seiner Welt der Dschinne, also der Feenwesen: »Dschinnistan ist ein weit von uns entferntes Reich; gleichwohl umgibt es uns und berührt uns von allen

Seiten; es besteht aus so weiten Räumen, dass sie mit dem kleinen Raum, welchen wir

also die Menschen, S. G.

einnehmen, nicht zu vergleichen sind.«[10]
Wir verstehen jetzt wieder aus der hundertfachen Zusammenstellung solcher Gesichte, in deren Flut jene Märchenhelden nach »schweren Prüfungen« durch ihre Wunderäpfel oder Zauberblumen gerieten, warum sie so häufig alle Züge echter berauschender Erlebnisse in sich tragen. Wir verstehen auch, warum all diese so überzeugenden Berichte als gewisse »Reise-Techniken« in Vergessenheit gerieten, in großen Teilen unserer Kultur so rasch verblassen konnten und innerhalb weniger Geschlechter zu »harmlosen Kindermärchen« niedersanken. Wir verstehen endlich, warum im Augenblick, als in den stürmischen sechziger Jahren die psychedelischen Drogen auf der Lebensbühne Europas und Nordamerikas ihre Rolle zu spielen begannen, Schilderungen der Seelenabenteuer aufzutauchen begannen, die sich Wort um Wort als aus dem gleichen Gusse erwiesen wie jene orientalischen Erzählungen von Dschinnistan oder jene Gesichte der keltischen Helden.

Märchen und Jenseits

Die seltsame Landschaft, durch die der Märchenheld auf seiner »Reise«, auf seiner Wanderung kommt, stellte einst für die Menschen, die davon hörten, eine Art »jenseitige« Wirklichkeit dar: Man hat schon mehrfach darauf hingewiesen, dass die Gegenden, durch die nach den russischen »Totenklagen« der Verstorbene zu ziehen hat, völlig mit den Schilderungen der Märchenreiche übereinstimmen. Er muss etwa einen riesigen Strom überwinden, einen Glasberg ersteigen[11] und so weiter.
Dass die slawischen Totenfeste fast bis in die Gegenwart hinein einen stark »ekstatischen Charakter« aufwiesen, wird

uns häufig genug bezeugt; berauschende Tränke scheinen eine bedeutende Rolle gespielt zu haben. Auch der Verstorbene wird in den dabei gesungenen, dichterisch sehr starken »Totenklagen« eingeladen: »Ein Glas schäumenden Bieres, / Einen Becher grünen Weines« zu trinken.[12]

Verständlicherweise verglich man solche Bräuche mit den Bestattungen der alten Skythen, die im Altertum das Gebiet der Ukraine bewohnten und unter denen man auch schon die Vorfahren der späteren slawischen Völker zu erkennen versuchte: Wenn sie nach Herodots Bericht um einen Angehörigen oder einen Freund trauerten, dann versammelten sie sich in einem Zelt und warfen Hanfkörner auf die heißen Steine des Herdes. Betäubt vom berauschenden Dampf stießen sie dann wirre Schreie aus und waren überzeugt, mit dem Toten und mit ihrer Götterwelt in Verbindung zu stehen.[13]

Das »Bier« und der »gewürzte« grüne Wein mögen damals kaum wesentlich andere Wirkungen erzeugt haben. Ausdrücklich wird uns von den damaligen Russen berichtet, dass sie »Bier auf die ganze Pflanze (Stechapfel!) gießen, um sich zu berauschen, und dergleichen schädliche Missbräuche mehr«.[14]

Aus dieser Tatsache und dem Brauch der Skythen verstehen wir nun die enge Beziehung zum Jenseits, die noch bis in die Gegenwart im russischen Norden bestand: Beim Totengedenkfest wurde »ein Angehöriger in früher Morgenstunde zum Friedhof gesandt, um den Verstorbenen zum Ehrenmal einzuladen«. Er spielte dann bei den weiteren Bräuchen des Tages den Toten selber, begrüßte in seinem Namen alle Anwesenden, saß während dem Mahl auf dem Ehrenplatz, gab bereitwillig jedermann Auskunft über seine Abenteuer im geheimnisvollen Zustand, zu dem das Grab eine Pforte ist.[15]

Moderne Psychedeliker kamen zu dem erstaunlichen Schluss, dass die Zustände, die der Verstorbene nach dem »Totenbuch« der tibetanischen Buddhisten durchwandert, ziemlich genau denen auf dem »Trip«, der »Reise« mit heutigen Drogen entsprechen.[16] Eine Art »Totenbuch« in diesem Sinne zu sein war offenbar auch eine der Bedeutungen unserer alten Märchen: Sie waren in ihrem Kern »Reise-Berichte« ihrer Erzähler, der Hexen, Kräutersammler, Medi-

zinmänner, Berichte von Reisen, die bei den Einweihungsbräuchen vom Volke nachvollzogen wurden und nach deren Bilde man sich auch die Fahrt der Seele nach der Zerstörung des Leibes vorstellte.
Von hier aus verstehen wir, warum »Märchenerzähler« eine solche Bedeutung bei Beerdigungsbräuchen besaßen[17] und warum sich die wegen ihres Machtanspruches eifersüchtige Staatskirche gegen ihren Einfluss mit strengen Verboten wandte.

Im Schloss aller Rätsel

Im Berner Oberland kommen zwei Burschen, die sich mit »Hexen-Salbe« eingestrichen hatten, auf die Seefeld-Alp. Dort, wo sonst die Kühe weiden, steht ein »Hexen-Palast« und ist Mittelpunkt eines prächtigen Festes.[18] Ebenso spielend verwandelt sich im Grimm-Märchen (Nr. 169) die Waldhütte, in die unsere Heldin kommt und in der sie ihre Prüfungen zu bestehen hat: »Es schlief ruhig bis Mitternacht, da ward es so unruhig in dem Hause, dass das Mädchen erwachte.« Es vernimmt ein Dröhnen und Krachen – die ganze Hütte verwandelt sich wunderbar. Am Morgen sieht es sich, ohne sich von der Stelle bewegt zu haben, in einem Märchenschloss: »Es lag in einem großen Saal, und ringsumher glänzte alles in königlicher Pracht: an den Wänden wuchsen auf grünseidenem Grund goldene Blumen in die Höhe ... Das Mädchen glaubte, es wäre ein Traum ...«
Ein Traum dieser Art ist sozusagen die ganze »Jüngere Edda«, die Riesensammlung der isländischen Götter- und Heldensagen. Der schwedische König Gylfi, selber als Kenner der Zauberei berühmt, zieht zu den Asen, den mächtigen, für sich lebenden Magiern. Verkleidet wandert er zu ihnen, doch diese »durchschauen« ihn und lassen durch ihr Blendwerk geschehen, dass er ebenfalls einen Palast »zu sehen glaubte«. Dort umgeben ihn Wunderbilder, und er erhält von drei Gestalten Belehrungen in uralten Welt- und Göttergeschichten. Am Ende des Unterrichts, dank dessen uns eine Fülle von

Berichten über eine uralte Kultur erhalten ist, erschallt wie am Ende vieler Hexen-Sagen ein »großes Getöse«: Gylfi erlebte »sich allein stehend auf einer weiten Ebene und er sah weder Halle noch Burg mehr. Da ging er seines Weges fort und kam zurück in sein Reich und erzählte die Zeitungen, die er gehört und gesehen hatte, und nach ihm erzählte einer dem andern diese Geschichten.«[19]

Der Däne Saxo Grammaticus berichtet ebenfalls noch im Mittelalter ähnliche »Geschichten«, und auch aus seiner Darstellung geht eindeutig hervor, dass all diese »Reisen« zu den Göttern, ins Jenseits und diese Erlebnisse von Mythen über die Weltentstehung nicht mehr oder weniger waren, als die bei den Einweihungen in die Kräuter-Wissenschaften geschauten Gesichte: Der Held Hadingus sieht »eine Frau, welche Schierling trug, in der Nähe der Kohlenpfanne ihr Haupt aus dem Boden erheben«. Sie hüllt den Mann »in ihren Mantel« (wohl damit er mehr ihrer Zauberdämpfe einatme?) und führt »ihn mit sich unter die Erde hinab«: »Zuerst nun kamen sie durch eine feuchtfinstere Nebelwolke.« Dann gelangen sie »auf sonnige Gefilde, wo die von der Frau gebrachten Kräuter wuchsen«. Hier schaut nun der Held allerlei mythische Schauspiele.[20]

In der Mitte des 18. Jahrhunderts behauptete Mailet, in der erwähnten Rahmenerzählung der isländischen Edda einen Haupt-Schlüssel für die vorgeschichtliche Kultur der europäischen Völker gefunden zu haben. Dem Sinne nach sicher richtig, übersetzte er, der von den Zauberern eingeweihte Gylfi habe »ihren Erfolg auf ihre naturwissenschaftlichen Kenntnisse«[21] zurückgeführt. Es ist schade, dass jene Zeit der Aufklärung offenbar zu wenig aufgeklärt war, hier beim Beginn ihrer urgeschichtlichen Forschungen anzusetzen. Wie viele ideologische Missgeburten wären dann Europa erspart geblieben ...

Der aus dem französischen Mittelalter stammende Roman über den Helden »Lancelot du Lac« weiß nicht weniger sachlich: »Alle Frauen, welche der Zauberei kundig sind und sich auf Zaubersprüche verstehen, die magischen Kräfte gewisser Steine und Kräuter kennen, sind Feen.«[22] Feen-Märchen (englisch Fairy-tale, französisch Conte des Fées) wären demnach

Berichte über Abenteuer, die aus solchen Kenntnissen zu entstehen pflegen.
Genau die gleichen Bilder wie sie vor den Freunden der Feen jener Urzeit entstanden, da sich Höhlen oder verrauchte Waldhütten spielend in glänzende Götterburgen wandelten, erblicken auch die modernen Erforscher der Drogen. Eine gewöhnliche Lampe kann schließlich, wie schon ein französischer Arzt und Okkultist des letzten Jahrhunderts beobachtete, zu »einem märchenhaften Palast« werden, »von zehntausend Lichtern erhellt und überfüllt von Edelsteinen«[23], »ein enges Gemach wird zum endlos verlängerten Bogengang«.[24]

Säfte des Sonnenkönigs

So oder so steht am Ende der »Reise« des Märchenhelden ein geheimnisvolles, unendlich mächtiges und weises Wesen. Wir vernehmen etwa: »Sie (die Heldin der Märe) zog über hohe, felsige und ausgehöhlte Berge, sprang von Felsblock zu Felsblock und von Spitze zu Spitze. Als sie auf eine Gebirgsebene gelangte – schien ihr, als könne sie Gott mit Händen greifen ...
Über Sümpfe, Bergspitzen ging sie ... die ihr so die Füße, Knie und Ellbogen zerrissen, dass alles blutete; denn die Berge muss ich euch sagen, waren so hoch, dass sie über die Wolken hinausreichten! Und wo war ein Abhang, über den sie nicht springen musste, oft konnte sie nicht anders vorwärts kommen, als auf allen Vieren und indem sie mit dem Stab nachhalf. Schließlich gelangte sie, fast gebrochen von Müdigkeit, an einen Palast. In dem wohnte der heilige Sonnengott ...«[25]
Der Held fragt etwa das Gestirn, warum es »vormittags immer höher und höher steigt und immer mehr wärmt, nachmittags aber, wieder niedersinkend, immer schwächer und schwächer wird?« Er sei wie der Mensch, antwortet der Sonnen-Herr, »der nach der Geburt immer mehr wächst an Leib und Kraft«, im Alter aber »zur Erde neigt und schwächer wird«: »Auch mit mir ist's so. Meine Mutter gebiert mich

jeden Morgen neu als einen schönen Knaben, und jeden Abend begräbt sie mich als Greis.«[26]

Ein wunderbares Paradies der Unsterblichkeit und der Erneuerung ist deshalb dieser nach den Mären so schwer zugängliche »Garten der Sonnenmutter«. Keine Nacht ist dort bekannt. Himmelsvögel fliegen herum, goldene Blumen wachsen, »die unsichtbare Geister mit goldenen Gießkannen aus dem Feuerquell begießen«.[27] Es ist verständlich, dass die düsteren Mächte des Todes gerade gegen die »Sonnenmutter« ihre Anschläge schmieden. Listig planen sie: »Schläft er (der Sonnenherr) nicht im Schoße seiner Mutter, so bleibt er ein Greis, der keine Kraft hat und kann dann nicht in die Welt hinausfliegen.«[28]

Von den heidnischen Litauern wird der Glaube bezeugt, dass die Göttin Perkunatele, die Mutter des Donnergottes, jeden Tag die müde Sonne in ihr »Bad« aufnehme, damit sie sich bis zum neuen Tage verjünge und so wieder die Welt belebe.[29] Auch das russische Volk meinte – »noch heut zu Tage« meinte Woycicki im Jahre 1837 – dass Sonne und Mond täglich »in unterirdischen Räumen voll ... Wassers sich reinigen, damit sie immer mit hellem Licht glänzten«.[30] Mokosch, heißt es in einem Versuch der Nachdichtung slawischer Sagen, »vermochte in allerlei Gestalt zu erscheinen: als Vogel, als Schlange, als Altmütterchen oder als Jungfrau ... Mokosch kannte scharfe Kräuter und kräftige Sprüche und wiegte und koste das schwache Sonnensternlein, bis es sich um die Winterwende verjüngte und neu zu strahlen begann.«[31]

Das Bad der Göttermutter

Hier muss man sich erinnern, dass sich die Märchen und Göttermythen ganz eng mit dem Alltag der sie erzählenden Völker berühren: Jedermann nahm noch im Mittelalter am Morgen des Jahres, im Frühling sein erneuerndes Bad. »Alle bad seind gutt, besonders kreuter bad«, lehrt von den Maibädern eine Gesundheitsanweisung von 1556. »Bad ist gut und besunder wurtz beder«, steht in einer Zürcher Handschrift von 1467.[32]

Wir wissen aus dem Altertum, welche Rolle bei den Skythen ihre Bäder besaßen, bei denen man Hanfsamen auf den Herd warf – kultische Volksbräuche, die nach Höfler noch sehr lange bei den Germanen fortlebten.[33] Gleichermaßen warf man im deutschen Mittelalter, bei den Letten und Russen noch im 19. Jahrhundert, »Bilsensamen« auf die Öfen ihrer Badestuben. Wir wissen auch, dass von allerlei Zauberbräuchen und Spuk-Sagen umgebene Bade-Bräuche gerade noch in Osteuropa mit der Hochzeit, diesem Eintritt in ein neues Lebensalter, verbunden waren[34]: Haben wir in den durch Glut erzeugten Rausch-Dämpfen der urtümlichen Badestuben das Urbild all der »Wasser- und Feuerproben« der Einweihungen mystischer Gesellschaften?

Im Wirbel der Gesichte, durch die ihn seine Kräuterfrauen und Medizinmänner führten, glaubte der Urmensch zahllose Verwandlungen zu erleben, übermenschlichen Mächten zu begegnen und damit sich selber zu erkennen: Was wir in den »märchenhaften« Volksdichtungen vorfinden, ist damit meistens nichts anderes als die abgeschwächte, gelegentlich entstellte Wiedergabe von echten Erlebnissen der Urzeit.

Wie sehr sich die Wirklichkeit um den urzeitlichen Menschen durch seine Drogendämpfe, Hexentränke und Wurzelbäder zu einem titanischen Mythengemälde steigern konnte, kann auch ein Forscher von heute erleben. Durch die Pflanzenkunde einer indianischen Zauberfrau in Rauschzustände versenkt, schaute etwa ein moderner Gelehrter das Kräuterweib nicht viel anders als ein Märchenheld seine Waldhexe, Frau Holle, Baba-Jaga oder die Sonnen-Mutter: »Maria Sabina

> die eingeborene magische »Botanikerin« und Leiterin der Sitzung, S. G.

erschien ihm jetzt als Ikone, tiefschwarz ›wie alles, was es vor der Entstehung des Lichtes gab‹. Er erkannte die ›Mutter der Menschen ...‹[35]

Alle Teilnehmer an gelungenen »psychedelischen Reisen« erscheinen auch modernen Nordamerikanern oder Westeuropäern als Götter oder Priester uralter Weisheiten: »...gleichzeitig vertraut, als wenn ich sie seit Jahrhunderten gekannt hätte ..., als wenn ich sie wiedererkennen würde als verlorene Freunde, die ich zu Anfang der Zeiten besaß, in einem Land, das vor allen Welten bestand.«[36]

Dasein ohne Zeit

Es gibt eine fast unendliche Reihe von Sagen, die vom berühmten »Hexenschlaf«, dem Zustand im magischen Traum, berichten, diesem aber eine phantastische Länge zuschreiben. Eine Gebirgler-Familie, die schlechte Ernte gehabt hat, wird von einem kräuterkundigen Zwerg im Spätherbst mit Hilfe einer Zauberwurzel in den Zustand der tiefsten Bewusstlosigkeit versetzt. Als sie wieder erwachen, grünen bereits alle Wiesen, und der Schnee hat sich in die hohen Berge zurückgezogen.[37] Ähnlich geht es auch einem Jäger[38] oder einem Älpler, der von einem bei den Murmeltieren beliebten Kräutlein isst.[39] Entsprechende Abenteuer wurden von Schäfern aus Böhmen und Ungarn berichtet.[40]

Überall kennen die Volkserzählungen »in Höhlen«, »im Berg« durch lange Jahrhunderte »schlafende« Helden der Vorzeit, die wie Dornröschen in ihrem Traumschlosse niemals altern. Einmal sollen sie hervorkommen und ihren Völkern Rettung bringen! Solche Hoffnungen waren tatsächlich in vielen Ländern durch Jahrhunderte der schlimmsten Unterdrückung der einzige Trost der Menschen der ausgebeuteten Schichten. In Russland erwartete man zum Beispiel das Wiedererscheinen von Ilja von Murom und seiner Bogatyre, in der Schweiz der »drei Tellen«, bei den Südslawen des Recken Marko. »In Mähren erwartet man das Wiedererscheinen des verlorenen Fürstenkindes Jecminek, in Böhmen die St. Wenzels und der Schläfer im Berge Blanik[41] usw. Wie für die »Siebenschläfer« der orientalischen Märchen besteht für all diese alten Häuptlinge und Volkshelden keine Zeit; in ihren Zustand, dem gegenüber Alter und Tod ohnmächtig sind, geraten auch jene Menschen, die sie gelegentlich besuchen dürfen. Ein Brautpaar ging etwa nach einer Sage

in den Kyffhäuser-Berg und wurde reich beschenkt; als es zurückkam waren unterdessen 200 Jahre vergangen. Ein Hirte trinkt nur ganz kurz mit den Rittern des schlafenden Kaisers – und sind unterdessen 20 Jahre verflossen.[42]
Ein Wanderer folgt nach einer elsässischen Erzählung einem Toten in dessen Schloss. Überall brennen in den Sälen kleine magische Lichter, es seien Lebenslichter, wird uns ausdrücklich von der Sage erklärt. Der Gast glaubt einen einzigen Tag mit dem Betrachten solcher Wunder zu verlieren, es sind aber drei Jahrhunderte.[42]
Eine Geschichte aus den italienischen Alpen weiß von einem Herzogssohn, der zu einer am Bergabhange gelegenen Kirche ritt und dort betete. Er lernte dort einen Greis kennen und wurde von ihm herzlich eingeladen, ihm durch rauhe Gebirgspfade in liebliche Gefilde zu folgen – in die Wohnung der Seligen. Drei Stunden dauert nach der Vorstellung des Jünglings sein Aufenthalt im geheimnisvollen Reich, unterdessen sind aber bei den Menschen ebenfalls 300 Jahre vergangen.[43]
Ähnlich erzählte noch der Amerikaner Washington Irving eine Geschichte von »Rip van Winkle«, wobei es umstritten zu sein scheint, ob er die erste Anregung dazu aus deutschen oder ureinheimisch-indianischen Sagen empfing: Der Held wandert in den Catskill-Bergen am Hudson, zecht mit Geistern und merkt nachträglich, dass er ganze 20 Jahre verträumt hat.[44]
In der keltisch-irischen Geschichte von Osschin (Ossian) verfolgt der Held ein schönes weißes Füllen und versinkt mit diesem unter der Erde. Das Tier verwandelt sich in eine schöne Jungfrau und heißt ihren Gast im Lande der ewigen Jugend willkommen. Auch dieser glaubt, es vergehe für ihn nur eine kurze selige Zeitspanne – aber es sind wiederum ganze 300 Jahre![45]
Es gibt nun einmal, wie man es hundertfach belegen kann, keine Zeit im »Fairyland«, im Feenreich, in der von den alten Geschichtenerzählern als Wirklichkeit angenommenen Märchen-Welt.[46] Augenblicke dort sind ganze Jahrhunderte »bei uns«; man glaubt, im magischen Zustande die Abenteuer von ganzen Leben zu durchlaufen, und es sind nur, wenn man »erwacht«, »zurückkommt, »wenige Augenblicke« verflossen.

Das Wunderland der Elfen, in dem alles »viel prächtiger und glänzender« ist als bei uns, heißt auch »Land der Jugend« (Tierna na oge): »Diese Unterwelt heißt das Land der Jugend, weil die Zeit dort keine Macht hat, niemand altert, und wer viele Jahre da unten gewesen ist, den hat es nur ein Augenblick gedäucht.«[47]
Dazu wiederum einige Berichte über Drogenerlebnisse der Neuzeit: »In der Haschischvergiftung bestanden starke Zeitsinnstörungen im Sinne einer ›Verkürzung‹ des Zeiterlebens, Stunden kamen ihm

dem russischen Gelehrten, der an sich den Versuch unternahm, S. G.

wie Minuten vor.«[48] Wie im Märchen wird auch das Gegenteil davon berichtet: »Eine Stunde scheint ein Dezennium zu dauern ...« (Bibra).[49]
Zusammenfassend weiß man heute über das Gefühlsleben von modernen Menschen unter Haschisch, Mescalin, kurz den »psychedelischen« Drogen: »Erlebnisse von Zeitlosigkeit, Zcitstillstand, Ewigkeit, des Grenzlosen, Aufhebung des Bewusstseins von Vergangenheit und Zukunft und Störung der Zeiteinschätzung sind überaus häufig.«[50] Wiederum haben wir hier in der sachlichen Sprache der Wissenschaft offenbar nichts anderes als die Wiedergabe der gleichen Empfindungen, wie sie einst die Bilderfolgen unserer Märchen hervorgebracht haben müssen.

Die Schwelle zur Ewigkeit

Endlos großzügiger als die Wissenschaft jener Jahrhunderte, die sie aufschrieb, spielen die Märchen und Sagen mit verstandesmäßig unerfassbaren Zeitbegriffen.
Mit Jahrmilliarden maßen bekanntlich die Inder ihre Weltalter. Aber auch in einem bayerischen Grimm-Märchen (Nr. 152) berichtet ein Hirt über einen gewaltigen »Demantberg«: Alle hundert Jahre – alle tausend Jahre heißt es sogar in einer

andern Fassung[52] – wetzt ein Vögelein seinen Schnabel daran. Wenn der überharte Fels dadurch abgetragen ist, »dann ist eine Stunde der Ewigkeit vorbei«.
Oder man denke an die herrliche Sage der Walliser Bergler, die von einem Mann erzählt, der sehr alt wurde und ein Jahrhundert lang in der gleichen Hütte hauste. Nach seinem Sterben sah man ihn mit dem Zuge der Toten an seiner einstigen Wohnstätte vorbeiziehen. »Da war ich auch einmal über Nacht!« habe er zu seinem Begleiter gesagt; wie in indischen Mythen erscheint hier ein menschliches Dasein von einem Jahrhundert als nicht mehr als eine verschlafene Nacht im Leben der Unsterblichen ...[53]
Unglaublich sind die Bilder, die Salomo erblickte, einer Unzahl orientalischer Märchen zufolge bekanntlich dank seines Wunderringes, in dem ein Stück Alraun-Wurzel steckte: Er war der Beherrscher aller Dschinne, also der Feenwesen: »Hierauf ließ sich Salomo mit Schahruch, dem König der Dschinnen, ins Gespräch ein und ließ sich von dessen Reisen erzählen ... Schahruch erzählte ... von dem das ganze Universum umfassenden alten Welt-Drachen, der die großen Revolutionen der Natur bewirkt.
Er hat sieben hohle Zähne, und diese sieben Zahnhöhlen sind die sieben Höllen. 700 000 Flügel aus biegsamen Edelsteinen streckt er ins Unendliche; auf der Feder eines jeden Flügels steht ein Engel mit feuriger Lanze, die alle zusammen Gott loben und preisen. Alle 700 000 Jahre sagt der Drache: ›Gott ist groß, und Lob sei Gott‹; dies sind die Jubeljahre der Welt. Wenn er ausatmet, speit er die sieben Höllen aus und bringt jene großen physischen und politischen Revolutionen hervor, welche die Oberfläche des Erdballs umkehren. Wenn er einatmet, wird Ruhe und Ordnung wieder hergestellt.
Die Sterne sind die Schuppen seiner Haut, und sein Schweif ist das Chaos. Alles, was da ist, umschlingt er in sich selbst verschlungen, ein Bild der Unendlichkeit, oder die Unendlichkeit selbst ...
Schwer ist's zwar, dem Bild des Weltendrachen Haltung zu geben in der Einbildungskraft, aber bei der Unmöglichkeit, die unendliche Ausdehnung des Weltsystems, oder jenseits

desselben das Nichts zu begreifen, ist nicht weniger schwer, als ohne Einbildungskraft die Wahrheit durch die bloße Vernunft auffinden zu wollen.«[54] Nach den Lehren der Drusen, dieser geheimnisvollen vorderasiatischen Bergsekte, haben die Menschen bereits 70 Zeitalter durchlebt. Jedes davon zerfalle wiederum in 70 Abschnitte, deren jeder 70 000 Jahre dauerte. Und vor allen diesen Menschen-Altern seien die Dschinn, die Binn, die Rimm, die Timm die alleinigen Herren dieser Welt gewesen ...[55]

Flug auf den Götterberg

Es heißt, der wunderschöne Vogel Simurg, der zuoberst auf dem Kaukasus oder auf dem Berg Elbrus hausen soll, habe Salomo von den siebzig Weltherrschern, »Salomonen«, erzählt, die er alle erlebte.[56] Die Freundschaft mit dem Wundervogel, der in zahllosen Sagen als das Reittier der großen Helden erscheint, ist dem orientalischen Märchen eine Voraussetzung aller echten Weisheit: »Der Plafond des Thronsaales (des großen Salomo) war von den zwei Flügeln Simurgs überschattet, welche gleichsam die Decke desselben formierten. Eine Nachahmung dieser Flügeldecken sind die großen Pfauenwedel in Schwingengestalt, mit welchen noch heute die Sklaven das geheiligte Haupt ihrer Gebieter

> also noch der orientalischen Herrscher des 19. Jahrhunderts, S. G.

überschatten, und in dieser Stellung erscheinen sie auch auf den Monumenten der Vorzeit abgebildet. Es sind die Schwingen über den Eingängen ägyptischer Tempel und auf den Wänden von Persepolis ... Von hier nahm die Dichtersprache die ›Schwingen des Ruhms‹ und den ›Fittich unsterblicher Glorie‹.«

Der Simurg ist eine Lichterscheinung, besitzt »glänzende, silberne Federn«.[57] »Nicht zu schildern« ist auch in neueren

Märchen seine Schönheit; Feuer sprüht, wenn er an den Menschen vorbeifliegt, aus den Bergen; er sei das Glück selber![58]
Wie wir schon sahen, hat man versucht, alle diese Feuer-Vögel, den durch Ewigkeiten lebenden, stets neu auferstehenden Phönix, mit jenem sagenhaften Götter-Adler in Zusammenhang zu bringen, der in den Mythen der Urzeit den Ort kannte, an dem das Rauschkraut Soma wuchs: Dass aus dem magischen Wächter der Drogenpflanze die Vorstellung eines Sinnbildes für Weisheit, Erleuchtung, Göttlichkeit, Seligkeit durch Schönheit entstehen konnte, ist für die schöpferische Phantasie jener Urkultur verständlich.
»Die Lichteffekte multiplizieren sich in gespenstischen Strahlen, alle Farben gleißen und leuchten, das Gefühl der Schwerelosigkeit ›befähigt‹ zum Fliegen und Schweben ...«.[59] Auch dies ist eine die Entstehung magischer Mythen gut veranschaulichende neuere Schilderung von Hanfwirkungen.
Ludlow, einer der Erforscher der Gesetzmäßigkeiten des Haschischrausches im 19. Jahrhundert, kommt – genau wie der Held uralter Sagen zu den Nornen – zu geheimnisvollen strickenden »hexenähnlichen Wesen«. Dann fährt er auf einem Zauberboot durch die klaren Wasser einer Felsenhöhle: Doch die »Fahrt« steigert sich in einen Zustand der reinen kosmischen Seligkeit. »Die Vision spannte ihre Flügel zu einem ekstatischen Flug aus, für den keine irdischen Gesetze mehr galten, und mit jedem Augenblick steigerte sich die Verzückung und gewährte immer köstlichere Blicke auf eine Vollkommenheit, die wie Weihrauch von der Oberfläche jenes ewigen Meeres aufstieg.«
Wie den Helden der urältesten Sagen ersteht dann vor diesem Rauschmittel-Verehrer der neueren Zeit der ewige Götterberg, das Ziel aller Wanderer auf den Wegen der Feen: »Ekstatisch sog die ganze Seele Offenbarungen aus allen Richtungen ein und brach schließlich in den Ruf aus: ›Welch schreckliche Schönheit!‹
Dann wurde ich aus meinem Boot in das pralle Licht inmitten des Firmaments emporgetragen; bald saß ich auf dem schwankenden Gipfel eines Wolkenberges, dessen gähnende Schluchten tief unten die Minen gespeicherter Blitze bloß-

legten; dann wieder badeten mich auf meiner ätherischen Reise die Ströme des Regenbogens, die Seite an Seite durch die Himmelstäler eilten; bald verweilte ich im Glanze ungebrochenen Sonnenlichtes, das ich wie der Adler mit ungeblendeten Augen zu ertragen vermochte; dann wieder war ich mit einem Reif aus prismengleichen Tautropfen gekrönt. Welche Gegend und welchen Zustand ich auch immer erlebte, eines blieb doch für diese Schau stets kennzeichnend: Friede – überall göttlicher Friede, die Erfüllung aller nur erdenklichen Wünsche.«[60]

Der Magier im Lichtreich

Ein Rätsel aus Mecklenburg weiß noch: »Ich weiß mal eins einen Glaseberg, / darinnen eine gelbe Blume war, / und wer die gelbe Blume will haben, / Der muss den ganzen Berg durchgraben.« Es wurde etwa behauptet, dass die letzte Zeile »der Beschreibung des Wegs zum Schlaraffenland entnommen ist«[61]: Aber eigentlich dreht sich die ganze Märchenwelt, all ihre Reisen und Abenteuer-Fahrten, das ewige Besteigen der Zauberberge und das Suchen nach magischen Blumen stets nur um das eine, — den Versuch des Eindringens in dieses Schlaraffenland, Pfefferland, das Reich Frau Holles, den Feen-Garten. In der aztekischen Sage ist der Berg des Ursprungs, wohin noch die Zauberer im Fluge zu gelangen vermögen, »weiß und das ganze glückliche. Land heißt Aztlan, das Weiße. Dies erinnert an das weiße Schneereich der Frau Holle und an das weißlich silberne Licht des Mondreichs in (dem chinesischen Märchen) ›Die Mondfee‹. Das zeitlich und räumlich ferne Land ist in jenes seltsam verklärte unwirkliche Licht getaucht ...«.[62] Die nordamerikanischen Indianer wissen noch vom »Baum Onodscha, dessen Blüten das Licht ausstrahlen, das auf der Erde scheint und das auch die Ongwe (die Urwesen) dort oben beleuchtet«.[63]

Immer wunderbarer wird in unzähligen Märchen die Welt, durch die der Held seine Reise unternimmt. Er kommt etwa nacheinander durch einen Kupfer-, Silber- und Goldgarten;

mal bei Wanderungen durch unterirdische Höhlen, dann wieder auf seinem Weg durch den Himmel.[64] Aus Kupfer, Silber und Gold sind auch nacheinander die Stufen des geheimnisvollen Glasbergs oder die drei Berge, die hintereinander (oder übereinander?) liegen. Vielleicht wird auch, wie in einer Siebenbürger Geschichte erzählt, der Held sei über den »Wunderbaum« zu drei Schlössern und Quellen (wiederum aus Kupfer, Silber und Gold) gekommen. Drei Stufen hat der indische Götterberg Meru, den die Götter besteigen. Genau gleich ist auf der Felswand über dem Grab des iranischen Königs Dareios dargestellt, wie der tote Held den dreistufigen Weltenberg hinaufsteigt, wo die Gottheit des Lichtes (Ahura Mazda) auf ihn wartet![64]

Neben diesen drei Stufen kommen auch die Stufen in Siebenzahl vor: Sieben Glasberge kennt das schwedische Volkslied, an sieben Wächtern muss der Held im Balkanmärchen vorbeiklettern, die nach den sieben Wochentagen heißen. Hinter den sieben Bergen, bei den sieben Zwergen muss Schneewittchen seine Abenteuer erleben.[64]

Diese Wanderung durch die Naturreiche wird häufig mit einem Traum verglichen und ist dann wieder wirklicher als die Wirklichkeit, die den Menschen im Alltag umgibt. Der Held des Zigeunermärchens ruft dabei etwa aus: »Ihr Geländer (der Silberbrücke) war so, dass ich es nicht nachzeichnen, dass ich es nicht beschreiben, nein, nicht einmal im Traum etwas Ähnliches schauen kann.«[65]

Kupfer, Silber, Gold bezeichneten nun den alten Kulturen Venus, Mond und Sonne, die drei Hauptgestirne des Himmels – auf die Siebenzahl kamen sie mit ihren sieben Planeten, nach denen wir noch unsere Wochentage besitzen: Die drei oder sieben Stufen in den Mysterien bedeuteten die Entwicklung, Entfaltung der menschlichen Seele zur Erkenntnis des Kosmischen. Es sind dies »die sogenannten Planetensphären, die in den alten Religionen wie auch weiterhin in der Mystik und in allen Geheimlehren eine entscheidende Rolle spielten«.[66]

Wie etwa unser Märchenheld, muss nach der Lehre der Mandäer die Seele über ein gewaltiges Edelstein-Gebirge (es ist aus Türkis, und von dessen Widerschein soll die Bläue unseres Himmels stammen) an den sieben Behausungen, Wachposten der Planeten, vorbeigelangen: Nur so kommt sie in das ewige Lichtreich.[67]

Durch sieben Erkenntnisstufen

Deutlich sehen wir noch – oder wieder – die Märchen als Mittel zur Erfassung von sich und der Welt im persischen 12. Jahrhundert, im dichterischen Werk von Nizami. Der junge König besitzt ein Schloss mit sieben Kuppeln – jede besitzt die Farbe eines andern Planeten, und er hat sieben feenhafte Geliebte, die aus den sieben Völkern stammen, die diesen Planeten in der Astrologie entsprechen. Jeden der sieben Wochentage besucht er eine andere von diesen Frauen, und vor dem Einnachten erzählt ihm jede Märchen von tiefer Bedeutung.[68]
Die russische Königstochter, die in der roten Marskuppel haust, erzählt die durch Gozzi, Schiller, Puccini in Europa berühmt gewordene Geschichte von der klugen Königstochter Turandot, die nur den Mann nehmen will, der alle Gefahren überwindet und ihre Rätsel löst. Hunderte von Freiern versagen – bis sie endlich ein kühner und weiser Prinz gewinnt, der vorher in jahrelangem Dienst bei einem Weisen in einer Berghöhle das wahre Wissen erlernte.[68]
Durch solche Geschichten, erlebt in den Kuppeln mit den Träumen aus sieben Planetenreichen, gelangt auch Nizamis Märchenkönig zu immer höheren Erkenntnissen: Im Alter verwandelt er die wunderbaren Bauten in sieben Feuertempel zu Ehren des persischen Lichtgottes Ahuramazda. Dann folgt er auf der Jagd einer Gazelle – beide verschwinden in einer Höhle und kommen nie mehr zurück.[68]
Es ist zweifellos, dass die in Zauberhöhlen und magischen Tempeln der Lichtreligionen eingeweihten Menschen ihren Aufstieg durch Stufen des Lichtreichs ganz wirklich, sogar, wenn man will, »überwirklich« zu erleben glaubten. In den Gebirgen »von Afghanistan bis Nepal«, also dem uralten Gebiet der Mythen, aus dem die Romantiker sogar alle unsere

Märchen herzuleiten versuchten, ist der Gebrauch von »Kräutern« noch immer ein Bestandteil der Religion und für das Volk die Grundlage für die religiöse Erkenntnis. »Ich rauche einmal in der Woche, um Allah zu sehen ...«, erzählt etwa ein mohammedanischer Kaschmirbauer, »er kommt jedesmal, und er sieht immer gleich aus. Er ist ein wunderschöner junger Mann, aber er ist immer schweigend. Er sagt nie ein Wort zu mir ...«. Doch dies sei auch gar nicht nötig, denn der Anblick seiner Welt sei schon alles, gebe dem Menschen seine höchsten Freuden: Die schönsten Blumen der Welt seien um ihn und die herrlichsten Feen führten um ihn herum ihren ewigen Tanz.[69] Man könne doch nicht beten, wenn man nicht wisse, dass es das Göttliche gebe, dass es den Menschen anhören könne – jeder Haschischbesuch bei Allah, mit der »stets gleichmäßig ablaufenden Bilderfolge«, gebe einem aber die für das Leben notwendige Grundlage. »Unsere Mullahs (also die mohammedanischen Geistlichen des Kaschmirgebietes) haben nichts dagegen, dass wir Haschisch rauchen. Sie tun es selber. Sie wollen auch Allah sehen.«[69]
Von einem russischen Psychologieprofessor berichtet Skliar, wie er unter dem Einfluss von Haschisch »eine schreckliche Wanderung im Jenseits« zu erleben glaubte. Das sich anschließende »Auferstehungsgefühl« sei dann so heftig gewesen, dass er »vor Glück« weinen musste![70] Der Franzose Moreau schilderte seinen Hasch-Trip: »Die Grenzen der Möglichkeit, das Maß des Raumes und der Zeit hören auf, die Sekunde ist ein Jahrhundert und mit einem Schritte überschreitet man die Welt.
Alles ist voll süßer Düfte und Harmonie, alles erlangt Plastizität und Leben, Bewegung und Sprache, selbst die Töne scheinen sich zu verkörpern, überall erscheinen die wundervollsten Bilder.«[71]

Glanz aus dem Dunkel

Mit der Hilfe seines ihm häufig durch Feen oder von andern märchenhaften Ratgebern offenbarten Wunderkrauts dringt also der Held durch die gespenstische Dunkelheit in das glänzende Licht der Schatzhöhlen. Zahllos sind die der Volksdichtung nahestehenden Balladen, in denen man diese weitverbreitete Sage zu gestalten versuchte: »Aus mancher alter Schrift / Ist auch die Mär bekannt / Vom Schäfer, der auf grüner Trift / Die Wunderblume fand ... / Die Blume, die den Berg erschließt – und löst den Zauberbann ...«.[72] Auch dem mutigen Hirten, der diese Blume findet, erscheint als Folge davon ein Erdmännlein und geleitet ihn zu den Wundern des Berginnern: »Und es winkt ihm hinab durch die Trümmer / Und er folgt ihm mit fröhlichem Mut / Ihrem Pfade leuchtet ein Schimmer / Der kommt von der Blum' auf dem Hut ...«[73] Selbstverständlich lebte noch im Bewusstsein des Volkes die Kenntnis, dass diese ein Leuchten auslösende Blume nicht irgendein »Gleichnis« war, sondern eine sehr wirkliche Pflanze, und dass dieses »öffnen« der Felsentore zum Märchenland eigentlich in Wirklichkeit ein Aufsprengen von Möglichkeiten im Menschen selber darstellte. Noch Johann Rudolf Wyss, einer der wichtigsten Entdecker des Sagenkreises der Alpen, konnte darum 1815 ein entsprechendes Bild verwenden: »Mit keinem Alräunchen musste sie (das schöne Mädchen) das Schloss (meines Herzens) berühren, es ging auseinander ...«.[74] Aus dem Dunkel, durch das zuerst der Märchen-Abenteurer mit seiner »ihm den Weg zeigenden« Blume oder dem beschworenen hilfreichen Kobold dahinwandert, ersteht endlich eine Lichtwelt. Hundertfach finden wir die entsprechenden Beispiele in den Sagen, wo sie vielfach für wirkliche Erlebnisse von Zeitgenossen der Erzähler (hie und da dieser selber) ausgegeben werden. In einer wendischen Geschichte dringt eine Frau »um Johanne«, also in der Zeit des mittsommerlichen Kräuterfestes, in einen Felsen und kommt zum Tanz der »Mittagsfrauen«, wobei übrigens nicht vergessen wird, dass »alle ... schöpften aus Krügen und tranken«: Sie sah dann »schöne Gärten mit goldenen Blumen und silbernen Früchten«.[75] In der mittelalterlichen englischen Dichtung von »Sir Orfeo« dringt der Held »durch einen finsteren Felsenhang« in den »hohlen Berg«, ins Reich der Feen. Dort: »Glühte weithin das Gestein/ Licht wie der Sonne Mittagsschein.«[76]

Ähnlich vernehmen wir über die Burg des Brockenkönigs, ebenfalls im Berg gelegen: »Immer war es tageshell; denn ein Lichtmeer von tausend Kerzen wurde tausendfach zurückgeworfen von der kristallenen Wand und der goldenen Decke.«[77] »Ganz aus Glas«, von innen her erleuchtet, sind die unterirdischen Häuser der schweizerischen Erdmännlein.[78] Im Schangnau leben sie »tief unter der Erde, in kristallenen Sälen und geheimnisvollen Gemächern«, wirken an kostbaren Teppichen und bereiten die Edelsteine und Diamanten![79] Die Bergleutlein des Emmentals hausen »tief unter der Erde in goldenen und kristallenen Wohnungen« – »tief in der Erde Schoß im kristallenen Tempel«.[80] Wie wir es etwa beim soeben angeführten Wyss lesen: »Lauter gediegenes Gold und Bergkristalle wie Türme, / Klar, durchsichtig im Schimmer von tausendfältigen Farben, / Strahlen im schönen Palast, und es kosen die seligen Leutchen, / Jetzo mit Sang ...«. Wer dies sieht und hört, »dem lockt es das Herz ab«.[81]

Die tausendfältigen Farben

»Voll Pracht« sind die Säle im leuchtenden Bergreich – »die Wände waren von Glas und warfen den Glanz der Lichter zurück«.[82] Oder vom unterirdischen Reich Frau Holdas nach den Tirolern: »Saal um Saal voll blitzender Bergkristallgewölbe, mit glühenden Granaten ausgeschmückt, die Decke durchsichtiges glitzerndes Gletschereis, in welchem sich das Sonnenlicht in tausend Regenbogenfarben-Strahlen magisch brach.«[83] »Ein ganzes Strahlenmeer« flutet einem Bewohner der Stadt Bern entgegen, der in eine Schatzhöhle eindringt.[84] »Eine blendende Helle, die von tausend und aber tausend an den Wänden funkelnden Steinen herzurühren schien, strahlte ihm entgegen. Sie prangten in allen Farben vom wasserhellen Diamant herab bis zum dunkelsten Amethyst.«[85] Ein Mädchen das seine »Zwärge-Gotte« (also seine Patin aus dem Geschlecht der Erdleute) besucht, ruft ob all des Leuchtens: »Bin i im Himmel?«[86] Kurz, der Schmuck des Reiches des sich in allen Sagen offenbar so um die Erziehung

der jungen Menschen kümmernden Bergvolks ist so, »dass kein menschliches Auge den Glanz vertragen kann«.[87]
Solche Berichte, die alle zumindest für das Gefühl des etwas dichterisch begabten Menschen Merkmale echter überwältigender Erlebnisse in sich zu tragen scheinen, könnte man bändeweise zusammenstellen. Hier nur noch einer: »Die Luft erfüllte ein überschwängliches Strahlen, obwohl keine Sonne zu sehen war. Ich atmete die köstlichsten Wohlgerüche ein; und harmonische Klänge, wie sie Beethoven vielleicht geträumt, aber niemals niedergeschrieben hat, umflossen mich. Die Atmosphäre war selber Licht, Duft, Musik; und alles läuterte sich zu einer solchen Reinheit, dass sie die nüchternen Sinne niemals wahrzunehmen vermocht hätten. Vor mir erstreckte sich – über Tausende von Meilen, wie es schien – eine Flucht von Regenbögen, deren Farben mit der Leuchtkraft von Edelsteinen strahlten – Bögen aus lebendem Amethyst, Saphir, Smaragd, Topas und Rubin ...
Die Geister des Lichtes, der Farbe, des Geruches, des Klanges und der Bewegung waren mir untertan; und mit ihrer Hilfe war ich Herr des Alls.«[88]
Dieser letztere Bericht, obwohl er ziemlich Wort für Wort mit den andern übereinstimmt, stammt aber aus keinem alten Sagenbuch: Er entstammt dem Zeugnis des bekannten Nordamerikaners Bayard Taylor (1825-1878) über die Bilderfolgen, die er schaute, als er im Orient ein Pflanzenmittel nach altem Rezept zu sich nahm.
Und noch aus der Niederschrift des Rausches von Havelock Ellis, den dieser mit der Indianerdroge Meskalin gewann: »Ich sah Juwelen oder Gruppen von Juwelen auf dicken kostbaren Teppichen, die bald tausend Feuer sprühten, bald dunkel und wunderbar glänzten. Dann verwandelten sie sich vor meinen Augen, wurden zu Blumen, zu Schmetterlingen oder funkelnden Flügeln ... Bald waren es, belebt durch schnelle Bewegung, herrliche dunkle Farben, von denen eine wunderbare sich mir für einen Augenblick zu nähern schien, bald waren es Feuer, bald Funken. Am häufigsten waren es Farben, die maßvoll zusammengestellt waren mit strahlenden Punkten, wie Juwelen ...«.[89]

Es wäre sehr leicht, hier noch ein Dutzend ähnlicher, selbst gehörter Berichte über die erstaunlichen Versuche mit den »bewusstseinserweiternden« Wirkstoffen anzuführen, die uns alle gleichermaßen zu bekräftigen scheinen: Was Ablauf und Gehalt dieser Gesichte angeht, wirken die Märchenhelden vergangener Jahrhunderte oder Jahrtausende und ihre heutigen »psychedelischen« Nachfahren wie Brüder und Schwestern.

Die Geburt des kosmischen Menschen

Im französischen Märchen, bei Perrault, ähnlich auch in der schwedischen Fassung, wird Aschenbrödel von der guten Fee aufgefordert, einen Kürbis (citrouille) zu bringen – dieser verwandelt sich dann durch Magie in einen goldenen Zauberwagen![90] Übrigens – es ist kaum zu bezweifeln, dass man unter »Kürbis« auch hier die beim Hexen vielleicht schon in vorchristlichen Zeiten »für den Alraun« gebrauchte Zaunrübe verstehen kann: »Wilder Kürbis« hieß sie bei den Deutschen; bei Rumänen, Tschechen, Kroaten, Magyaren »Erd-Kürbis«, »unterirdischer Kürbis«.[91]

Aus Bergpflanzen entsteht auch das Gefährt der Fee einer mehr oder weniger als geschichtliche Tatsache erzählten Sage der Waadtländer Alpen: »Es sei doch schwer«, belehrt die Fee einen Hirten, den freilich dann wohl aus der mittelalterlichen Hexenfurcht stammende Gewissensbisse von ihr abschrecken, »das vollkommene Glück schon auf der Erde zu finden; sie wolle ihm daher beim Auffinden eines solchen behilflich sein.«[92]

Das jugoslawische Märchen »Die Nachtschwärmerin« führt uns ebenfalls in die Welt der Feen und Hexen und zeigt uns, was diese Menschen einer tausendjährigen Volkskultur während ihrer Feste zu erleben glaubten: Der Bursche folgt unauffällig einer zauberkundigen »Zarentochter«. Diese klopft auf eine Steinplatte, und ein unterirdischer Gang führt sie und ihren Verfolger in die Räume der Wilen »und ihrer Genossen«. Man isst und trinkt. Auf einmal erklingt »himmlische« Musik. In einem gewaltigen Saal kreist nun ein berauschender Tanz. Auf Säulen aus Elfenbein »erhob sich ein Gewölbe wie der Himmel, mitten daran leuchtete eine Sonne, um sie Mond und Sterne«. Wilen und Wilengenossen beginnen nun, umgeben von einer solchen Pracht, ihr Rauschfest: »Es sah aus, als stünden die Tänzer nicht auf dem Erdboden.« »Zuletzt kam es wie Tollheit über sie« – ihre Kleider gehen in Fetzen, die Schuhe in Stücke.[93] Der Hexensabbat, dies soll nach M. Summers einer seiner Eingeweihten ausgesagt haben, »sei das wahre Paradies«.[94] Voll Wut mussten die blutigen Hexenrichter feststellen, dass ihre Opfer sich mit der Gewißheit trösteten, ihnen sei »ewige Freud und Glückseligkeit zugesagt«.[95]

Während in den einen Märchen der »Eingeweihte«, Heldin oder Held, nacheinander zu (Venus-)Stern oder Wind, Mond, Sonne und zu deren »Müttern« kommt, durchwandert er in andern das Stern-, Mond- und Sonnenreich. In einer dritten Gruppe wechselt er aber in entsprechender Reihenfolge die Kleider: Die »drei Stufen« der kosmischen Reise werden damit sehr deutlich als eine Verwandlung von ihm selber, als ein inneres Abenteuer dargestellt.

In vielen Fassungen des Aschenbrödel-Märchens erhält das Mädchen nacheinander Himmels- (oder Sternen-)Kleid, Mondkleid und Sonnenkleid – von denen das eine prächtiger als das andere ist. »Man wollte Aschenbrödel ebenso zum täglichen wie nächtlichen Himmel in Beziehung setzen und ihm damit erlauben, auf den Himmel und die Sterne einzuwirken, von denen die Tages- und Jahreszeiten abhängen.«[96]

Noch kosmischer wirken griechische Fassungen des Märchens: Das erste Kleid entfaltet sich zum Himmel mit den Sternen, aus dem zweiten breitet sich der Frühling mit seinen Blumen aus, vom dritten her verströmt das Meer seine Wellen.[90] Mit andern Worten – der Mensch des Märchens erlebt um sich und in sich die Gesetzmäßigkeiten des Werdens und Vergehens, erlebt in sich den Kreislauf des Lebens, der Natur, aller Welten: Er verschmilzt vollständig mit allen sichtbaren Offenbarungen des Göttlichen zur Einheit.

Im Val Camonica, dem Alpental, das noch während der Renaissance und später als der Ausstrahlungsherd des italienischen Hexentreibens galt, entdeckte man Felszeichnungen von vorgeschichtlichen Kulten. Man sah wilde, ekstatische Tänze und Gebilde, die man als Sinnbilder einer Sternen-Religion ansah. Man fand aber auch Menschen, die seltsame Kreise um ihre Häupter aufwiesen. Genau übereinstimmende Gestalten mit Strahlenkränzen um den Kopf fand man auch im asiatischen Kasachstan und im amerikanischen Kalifornien.[96]
Man deutete diese Menschen als irgendwelche Gestirngötter, die modernen »Phantastischen Realisten« neigten gar dazu, hier ihre Lieblinge zu erblicken: »Besucher von andern Himmelskörpern, Kosmonauten mit Raumhelmen, die der Erde in der Urzeit Besuche abstatteten und den Urmenschen die erste Kultur brachten«. Ich glaube, die Wahrheit ist bedeutend wirklichkeitsnaher und gleichzeitig phantastischer.[97]
Alles spricht dafür, dass wir bei diesen vorgeschichtlichen Helden, die wir hier zusammen mit Geräten ihres sehr irdischen Alltags abgebildet erblicken, echte Menschen, unsere Vorfahren vor uns haben. Doch auf einer vom Größenwahnsinn des 19. Jahrhunderts (des Industrialismus und der Kolonialausbeutung) verachteten »Steinzeit-Stufe« schufen sie über unsere ganze Welt eine Kette von Hochkulturen. Auf ganz andern Wegen als unsere Technologie versuchten sie ihren Platz in der Natur zu erforschen, und auf der Grundlage dieses Wissens und Erlebens entwickelten sie ihre Beziehung zur Umwelt und zu den Mitmenschen.
Was wir als unsere Kultur, Kunst, Dichtung, Musik bezeichnen, auch dies erhob sich nur auf den Grundlagen ihrer Erfahrungen, die auf einer bewundernswürdigen Technik der Erkenntnis beruhten. Mit verehrendem Staunen lässt noch der Engländer Bulwer-Lytton, bekanntlich ein bedeutender Wissender um die Untergrund-Überlieferungen seiner Zeit, im Roman »Zanoni« einen »Rosenkreuzer« des 18. Jahrhunderts sprechen: »War die Fabel von der Medea etwas anderes als ein Beweis von Kräften, die man aus Keimen und Blättern

ziehen kann? Die begabteste unter allen Priesterschaften, die geheimnisvollen Schwesternschaften von Cuth, über deren Beschwörung die Gelehrten sich vergebens in dem Labyrinth der Sagen bis zur Verwirrung abarbeiten, suchten in den gemeinsten Kräutern, was die babylonischen Weisen vielleicht umsonst in den höchsten Sternen ...
Könnt ihr euch denken, dass zu diesen italischen Küsten – nach dem alten Vorgebirg der Circe – der Weise von dem fernsten Orient kam, um Pflanzen und Kräuter zu suchen, die eure Pharmazeuten hinter dem Ladentisch als Unkraut wegwerfen würden? Die ersten Kräuterkundigen, die Meisterchemiker der Welt – waren jener Stamm, dem die Ehrfurcht der Alten den Namen Titanen beilegte.«
Es ist hier nochmals zusammenzufassen: Der vor ein paar Seiten erwähnte Kaschmirbauer kann vielleicht noch heute (wahrscheinlich nicht gerade in vollständiger Übereinstimmung mit den Vorschriften des rechtgläubigen Islam!) in seiner aus Kräutermagie stammenden Schau durch den Tanz der Feen um Allah beglückt werden – genau wie sein »hinduistischer« Nachbar in seinen mystischen Versenkungen den Reigen der ewigen Hirtinnen, der Gopis, um den flötenspielenden Gott Krishna erblickt. Mag aber unsere eigene Volkskultur einst tatsächlich mit der jener Stämme am Himalaya wesensverwandt gewesen sein, unser Mittelalter verteufelte stufenweise die mythischmystischen Bilderwelten, und während des Industrialismus wurde sie für die Mehrheit bis auf schwindende, gelegentlich in Künstlern, romantischen Dichtern, Außenseiter-Gemeinschaften aufsteigende Schatten verdrängt. Modische Versuche, geboren aus einer vielleicht trotz allem voreiligen Enttäuschung gegenüber der Gegenwart, durchgeführt mit gekauften Mitteln aus nur dem Hörensagen nach bekannter Naturmagie, meistens sogar mit irgendwelchen Chemikalien – sie verschaffen den Menschen unserer Zeit kaum die »Reisekarte« zum »inneren Film« jener Kulturen, die sicher der Entstehung der großen Religionen der niedergeschriebenen Geschichte vorangingen. Doch mögen jene Erfahrungs-Wege der Urwelt für uns, die Kinder der technologischen Zivilisation, weitgehend verschüttet sein und

auch bleiben, der eigentliche Gewinn unseres Hinhörens auf die Überreste gewaltiger Sagenkreise ist auf alle Fälle das Einkreisen einer Erkenntnis: Unabhängig von seinem zeitbedingten Standort bleibt das Ziel aller menschlichen Bestrebungen irgendwie ewig das gleiche – das selige Bewusstwerden unserer Welt als eines göttlichen Gesamtkunstwerks schöpferischer Kräfte.

Belege

Abkürzungen der bibliographischen Daten

A A. A. Afzelius, Volkssagen u. Volkslieder aus Schwedens älterer u. neuerer Zeit, Leipzig 1842.

B H. v. Beit, Symbolik d. Märchen, Bern 1952–1956.

BP J. Bolte / G. Polivka, Anmerkungen zu den Kinder- u. Volksmärchen d. Brüder Grimm, Leipzig 1913 ff.

Brau J. L. Brau, Vom Haschisch zum LSD, Geschichte d. Droge, Frankfurt M. 1969.

D W. Dal, Tolkowyj slowar schiwogo weliko-russkago jazyka, 3. Aufl., S. Petersburg 1903–1909.

F H. Fühner, Solanazeen als Berauschungsmittel, in: Archiv f. experimentelle Pathologie u. Pharmakologie, 11, Leipzig 1926.

G J. Grimm / W. Grimm, Deutsches Wörterbuch, Leipzig 1854 ff.

GP A. de Gubernatis, La mythologie des plantes, Paris 1878–1882.

GS E. Gerhard, Beiträge zur Geschichte einiger Solaneen, Diss. nat. Basel, Colmar 1930.

H J. S. Halle, Die deutschen Giftpflanzen, 3. Aufl., Berlin 1794.

HA Handwörterbuch des deutschen Aberglaubens, Berlin 1927 ff.

HF G. Hegi, Illustrierte Flora v. Mitteleuropa, 2. Aufl., München 1935 ff.

HG C. Hartwich, Die menschlichen Genussmittel, Leipzig 1911.

HH J. Hansen, Quellen und Untersuchungen zur Geschichte des Hexenwahns, Bonn 1901.

HK O. Hovorka / A. Kronfeld, Vergleichende Volksmedizin, Stuttgart 1908–1909.

HM Handwörterbuch des deutschen Märchens, Berlin 1930 ff.

K K. Kiesewetter, Die Geheimwissenschaften (Geschichte des Okkultismus, 2), Leipzig 1895.

KW E. Koechlin, Wesenszüge des deutschen u. des französischen Volksmärchens, Diss. phil. Basel 1945.

LM E. Lévi, Histoire de la magie, Nouvelle éd., Paris 1892.

M H. Marzell, Wörterbuch d. deutschen Pflanzennamen, Leipzig 1943 ff.

NM F. Nork, Mythologie d. Volkssagen u. Volksmärchen ..., Stuttgart 1848.
NS F. Nork, Die Sitten u. Gebräuche d. Deutschen u. ihrer Nachbarvölker ..., Stuttgart 1849.
PW Paulys Realencyclopädie d. classischen Altertumswissenschaften, Neue Bearb., Hrsg. v. G. Wissowa, Stuttgart 1893 ff.
R E. Reavis, Rauschgiftesser erzählen, Eine Dokumentation. Frankfurt 1967.
S P. Saintyves, Les contes de Perrault ..., Paris 1923.
SI Schweizer Idiotikon, Frauenfeld 1881 ff.
T A. Tschirch, Handbuch d. Pharmakognosie, 1, 2. Aufl., Leipzig 1933.
TI S. Thompson, Motif-Indes of Folk-Literature, Rev. ed., 1-6, Kopenhagen 1955–1958.

Kapitel 1:

1) GP, 1,168.
2) GP, 1, 171 f. Vgl. I. Bloch, in: Handbuch d. Medizin, Hrsg. von M. Neuburger u. J. Pagel, 1, Jena 1902, 136.
3) H. Brunnhofer, Urgeschichte ... 1: Vom Aral bis zum Ganga, Leipzig 1893, 199.
4) HG,46.
5) G. Luck, Hexen u. Zauberei in d. römischen Dichtung, Zürich 1962, 6, 12, 25 u. 36.
6) A. Philippe, Geschichte d. Apotheker, 2. Aufl. (Neudruck), Wiesbaden 1966, 70 f.
7) Philippe, 85.
8) T, 1858.
9) G, 2, 476 f.
10) GP, 1, 172.
11) G. B. Gardner, Ursprung u. Wirklichkeit d. Hexen (Witchcraft today), Weilheim 1965, 146.
12) Vgl. M. Höfler, Deutsches Krankheitsnamen-Buch, München 1899, 846.
13) Abraham a Sancta Clara, D. Narrenspiegel, Hrsg. nach d. Nürnberger Ausg. v. 1709 v. K. Bertsche, Gladbach 1925, 247.
14) Sancta Clara, 396.
15) T. Hampe, Die fahrenden Leute ..., Leipzig 1902, 6.
16) G, 2, 1373.
17) HH, 664.
18) Vgl. u. a. P. Larousse, Grand dictionnaire universel ..., 11, Paris 1874, 1281.
19) E. Schär, Aus d. Geschichte d. Gifte, Basel 1883, 20.

20) L. Fuchs, New Kreüterbuch ..., Basel 1543, Cap. 201.
21) Fuchs, Cap. 324.
22) R. u. C. Meyer, Sterbensspiegel, Zürich 1650, 92 f.
23) Vgl. G. de Francesco, Die Macht des Charlatans, Basel 1937, 82.
24) H. Zulliger, in: Psychoanalytische Bewegung, 3, Wien 1931, 345.
25) GS, 37.
26) C. Rosenkranz, Die Pflanzen im Volksaberglauben, Leipzig 1896, 279 f.
27) Uhuhu oder Hexen-, Gespenster-, Schatzgräber- und Erscheinungs-Geschichten, Erfurt 1786, 85 f.
28) Zulliger, 340 f. (Auch Zulliger, mündlich).
29) W. Dellers, C. Brentano ..., Diss. phil. hist. Basel 1960, 55.
30) W. Hoffmann, C. Brentano, Bern 1966, 45.
31) Nach: Schweiz. Archiv f. Volkskunde, 4, Zürich 1900, 243.
32) L. Housse, Die Faustsage ..., Luxemburg 1862, 126.
33) Alfred Bärtschi (Burgdorf), mündlich. Auch: Burgdorfer Jahrbuch, 27, Burgdorf 1960, 140.
34) G. R. Widmann u. J. N. Pfitzer, Des bekandten Ertz-Zauberers ... Fausts ärgerliches Leben ..., Neue Aufl., Nürnberg 1726, 100.
35) Der Zwerg, Ein Roman, Vom Verfasser des Rinaldini (C. A. Vulpius), Arnstadt 1803.
36) E. A. Evers, Vater J. R. Meyer, Bürger v. Aarau, Aarau 1815, 68 f.
37) Vgl. K, 574 f.
38) F, 286.
39) K, 600.
40) W. Reich, Die Funktion des Orgasmus (Neue Arbeiten zur ärztlichen Psychoanalyse, 6), Amsterdam 1965, 162 f.
41) Vgl. W. E. Peuckert, Von weißer und schwarzer Magie, Berlin o. J., 126 ff.
42) E. Reitz, E. T. A. Hoffmanns Elixiere des Teufels ..., Diss. phil. Freiburg (Schweiz), Bonn 1920, 44 f. Vgl. F. J. Schneider, Die Freimaurerei u. ihr Einfluss auf die geistige Kultur in Deutschland am Ende des 18. Jahrh., Prag 1909; A. Viatte, Les sources occultes du romantisme, Paris 1928.
43) LM, 424.
44) A. Amfiteatrow, Zatscharowannaja Step, Reval 1921, 11.
45) G. Le Rouge, La mandragora magique, Paris 1966 (Neudruck), 72 ff.

Kapitel 2:

1) Vgl. W. Schmidbauer, in: Antaios, 10, Stuttgart 1968, 33 f.
2) Nach: Stern, 41, Hamburg 4. 10. 1970, 181.
3) PW, Reihe 2, Halbbd. 9, 88 ff.
4) Dictionnaire des symboles, Hrsg. v. J. Chevalier, Paris 1969, 418.
5) HF, 1,2. Aufl., 112; HA, 2, 645.

6) R. E. L. Masters u. J. Houston, Psychedelische Kunst, München 1969, 109 f.
7) F. Chabloz, Les sorcières neuchâteloises, Neuchâtel 1868, 366 f.
8) Chabloz, Einleitung, 19 f.
9) Pharmaceutica acta helvetiae, 7, Zürich 1932, 107.
10) C. Rosenkranz, Die Pflanzen im Volksaberglauben, Leipzig 1896, 278.
11) F, 288.
12) C. Brentano, Die Gründung Prags, Hrsg. v. O. Brechler u. A. Sauer (Sämtl. Werke, 10), München 1910, 384 ff.
13) Vgl. Brentano, 24 ff. u. 386 f.
14) J. Wier, Von verzeuberungen ..., Basel 1565, 443.
15) HK, 1, 401.
16) Vgl. u. a. K, 568 ff. u. 726 ff.; F, 281 ff.
17) Vgl. C. Du Prel, Studien aus dem Gebiete d. Geheimwissenschaften, 2. Aufl., Leipzig 1905, 18.
18) M. Meyer-Salzmann, M. Schüppach ..., Langnau 1965, 26.
19) H, 62.
20) GS, 84.
21) M. Bergmark, Lust u. Leid durch Drogen, Stuttgart 1958, 73.
22) Der Spiegel, Nr. 26, Hamburg 21. 6. 1971, 18.
23) K. D. Hartel, Rauschgift-Lexikon, München 1971, 122.
24) SI, 1, 174.
25) T. Arnkiel, Cimbrische Heyden-Religion, Hamburg 1691, 261.
26) J. G. Büsching, D. Deutschen Leben ... im Mittelalter, 2, Breslau 1819, 125.
27) H. M. Böttcher, Wunderdrogen, Taschenbuchausg., München 1963, 102.
28) GP, 2, 213.
29) C. Buxtorf-Falkeisen, Baslerische Stadt- u. Landgeschichten, 4: Basler Zauberprozesse, Basel 1868, 24, 19 u. Einleitung, 12.
30) HM, 2, 309.
31) R. L. Delevoy, Bosch, Genf 1960, 122. Vgl. W. Fraenger, Das tausendjährige Reich, Coburg 1947.
32) G, 1, 246.
33) W. G. Soldan / H. Heppe, Geschichte d. Hexenprozesse, Hrsg. v. M. Bauer, 1, München 1911, 531.
34) A. Taylor Starck, D. Alraun (New York University, Germanic Monographs, 14), Baltimore 1917, 66.
35) L. Behling, Die Pflanze in d. mittelalterlichen Tafelmalerei, Weimar 1957, 134.
36) J. Bodin, De magorum daemonomania, Deutsch v. J. Fischart, Straßburg 1591, 115.
37) Behling, 133.
38) HH, 437.
39) Bodin, 110 f.

40) H. Boguet, Discours des sorciers, 3. Aufl., Lyon 1610, 132.
41) L. Lewin, Gifte u. Vergiftungen, 5. Ausg., Ulm 1962, 803.
42) Vgl. A. Schlosser, Die Sage vom Galgenmännlein ..., Diss. phil. Münster i. W. 1912.
43) Taylor-Starck, 5.
44) L. Schmidt, in: Antaois, 11, Stuttgart 1969, 209 ff.
45) J. de Ajuriaguerra u. F. Jaeggi, Contribution à la connaissance des psychoses toxiques, Basel 1966, 22.
46) H. Zörnig, Arzneidrogen, 1, Leipzig 1909, 655.
47) PW, 1, 1179 ff.
48) M, 1, 106 ff.
49) J. Aventinus, Des ... Beyerischen Geschichtsschreibers Chronica, Frankfurt 1580, 26.
50) C. Girtanner, Vormaliger Zustand d. Schweiz, 1, Göttingen 1800, 176.
51) G. W. Gessmann, Die Pflanze im Zauberglauben ..., Berlin 1922, 38.
52) Gessmann, 144.
53) K, 733 f.
54) Brau, 165 ff.
55) HK, 1, 317 f.
56) I. Steiner, Die geschichtliche Entwicklung d. chemischen ... Mutterkornforschung, Diss. med. Basel 1951, 13; H. Guggisberg, Mutterkorn ..., Basel 1954, 6.
57) HA, 6, 701.
58) S. Singer, Schweizer Märchen, Bern 1903, 18.
59) W. Mannhardt, Mythologische Forschungen, Straßburg 1884, 314.
60) D, 1, 33.
61) Emil Leutenegger (Burgdorf), mündlich.
62) Masters, 184.
63) Brau, 128,
64) HG, 256.
65) H, 110.
66) Aigremont, Volkserotik u. Pflanzenwelt, 1, 2. Aufl., Halle 1919, 154.
67) D, 2, 948.
68) GP, 2, 58.
69) Chevalier, Dictionnaire des symboles, 169.
70) C. H. Eugster, Ueber den Fliegenpilz, in: Neujahrsblatt hrsg. v. d. Naturforsch. Gesellsch. Zürich, Stück 169, 1967, 12.
71) Gessmann, 54.
72) C. A. Burland, Le savoir caché des alchimistes, Paris 1969, 63.
73) Knaurs Pilzbuch, Neue Aufl., Zürich o. J., 105 f.
74) NM, 959.
75) W. Schwartz, Indogermanischer Volksglaube, Berlin 1885, 225 f.

76) J. G. Frazer, D. goldene Zweig, Berlin 1968, 976 ff.
77) BP, 1, 226.
78) F. Kapell, in: Zeitschr. d. Vereins f. rheinische u. westfälische Volkskunde, 4, Elberfeld 1907, 124 ff.
79) HM, 2, 53.
80) M, 2, 521 f.
81) BP, 1, 390.
82) E. Veckenstedt, Die Mythen ... d. Zamaiten, 2, Heidelberg 1883, 32.
83) BP, 1, 394.
84) Ciba Zeitschrift, Nr. 80, Basel 1941, 2791.
85) A. Frostig, Die ethnologisch geschichtliche Gemeinschaft zwischen Polen, Tschechen u. Slowaken, Diss. phil. Freiburg, Bonn 1960, 53.
86) G. Kummer, Schaffhauser Volksbotanik, 2. AufL, in: Neujahrsblatt hrsg. v. d. Naturforsch. Gesellsch. Schaffhausen, 6, 1953, 98.
87) HG, 19.
88) C. Hartwich, in: Schweiz. Wochenschrift f. Chemie u. Pharmazie, 32, Zürich 1894, 491.
89) HA, 3, 850.
90) E. Rhodion (Röslin), Kreutterbuch v. allem Erdtgewächs, Frankfurt 1533, 52.
91) C. F. Zimpel, D. medizinische Haus-Schatz, Bern 1870, 202 u. 249.
92) HK, 2, 837.
93) J. Görres, Gesammelte Schriften, 4, Köln 1955, 115.
94) L. Röhrich, Erzählungen des späten Mittelalters, 2, Bern 1967, 491.
95) De real free press, 1, Antwerpen, Nov. 1968. (Unter dem Titel »Heksenzalf?«)
96) Vgl. C. de Coster, Ulenspiegel, Jubiläums-Ausg., Berlin 1915, Vorwort, 13 f.
97) A. Lütolf, Sagen ... aus den 5 Orten ..., Luzern 1862, 223.
98) TI, d. 971.2, d. 1331.1.1 u. 241.1.7.
99) J. Kaiser, Bilda, die Hexe, Roman, 2. AufL, Regensburg 1923, 32.
100) J. Wier, Von verzeuberungen, Verblendungen ..., Basel 1565, 449.

Kapitel 3:

1) R. Spiller, Zur Geschichte des Märchens vom Dornröschen, in: Programm d. thurgauischen Kantonsschule ... 1892/1893, Frauenfeld 1893, 11.
2) HM, 1,92.
3) J. Bolte, Name u. Merkmale des Märchens (FF Communications,

36), Helsinki 1920, 22.
4) Bolte, 18.
5) A. Mickiewicz, Les slaves, Paris 1915, 137.
6) R. de Ropp, Bewusstsein u. Rausch, München 1964, 92.
7) Vgl. R, 129 ff.
8) Bolte, 32 ff.
9) White Horse Eagle, Wir Indianer, Hrsg. v. E. v. Schmidt, Berlin 1929, 39 f.
10) U. Jahn (1891), nach KW, 151.
11) A. Löwis of Menar, D. Held im deutschen u. russischen Märchen, Jena 1912, 18, 50, 80, 108 f.
12) M, 1, 519.
13) J. v. Muralt, Eydgenössischer Lust-Garte, Zürich 1715, 403.
14) M, 2, 928 ff.
15) D, 1, 198.
16) C. B. de Vesme, Geschichte des Spiritismus, 2, Leipzig 1898, 189.
17) J. Bodin, De magorum daemonomania, Deutsch v. J. Fischart, Straßburg 1591, 103.
18) O. Sutermeister, Kinder- u. Hausmärchen d. Schweiz, 2. Aufl., Aarau 1873, 7 f.
19) Vgl. F, 171.
20) J. Haltrich, Deutsche Volksmärchen aus ... Siebenbürgen, 4. AufL, Berlin, Wien 1885, 143 (Nr. 32 – Nr. 31 der ersten Auflage!).
21) Brau, 178.
22) A, 2, 13.
23) F. H. Meyer, Indogermanische Mythen, 2, Berlin 1887, 598.
24) W. Schwartz, Sagen ... d. Mark Brandenburg, 4. Aufl., Stuttgart 1903, 194 (Nr. 133).
25) E. Lévi, Dogme et rituel de la haute magie, 2, 3. Aufl., Paris 1894, 208 f.
26) K, 102.
27) E. Mahler, Die russische Totenklage, Leipzig 1935, 287 ff.
28) W. V. Caldwell, LSD psychotherapy, New York 1969, 22.
29) Whämmli, 3, Basel 1971, 19.
30) W. Mannhardt, D. Baumkultus d. Germanen ..., Berlin 1875, 75.
31) J. Bolte, Zeugnisse zur Geschichte d. Märchen (FF Communications 39), Helsinki 1921, 35.
32) BP, 1, 182 f.
33) HA, 1, 611.
34) G, 14–2, 2326 ff.
35) NM, 851 ff.
36) LM, 318 f.
37) J. S. Halle, Fortgesetzte Magie, oder, die Zauberkräfte d. Natur, 1, Wien 1788, 496.
38) F. Riklin, Wunscherfüllung u. Symbolik im Märchen, Wien 1908,

21 f. (Nach: A. Ritterhaus, Neuisländische Volksmärchen, Halle 1902.)
39) B, 1, 728.
40) J. Wenzig, Westslawischer Märchenschatz, Leipzig 1857, 36 ff.
41) G. B. Gardner, Ursprung u. Wirklichkeit d. Hexen (Originaltitel: Witchcraft today), Weilheim 1965, 50.
42) F, 68.
43) Nach Dr. A. Brüschweiler (Thun).
44) GS, 7f.
45) HA, 8, 1012 f.
46) J. A. Häfliger, Pharmazeutische Altertumskunde, Zürich 1931, 156.
47) Spiller, 25 f.
48) Spiller, 19.
49) GS, 121.
50) BP, 1, 454 ff.
51) BP, 1, 461.
52) K, 591.
53) Vgl. K. Du Prel, Studien aus dem Gebiete d. Geheimniswissenschaften, 2. Aufl., Leipzig 1905, 42 f.
54) A. v. Schrenck-Notzing, Die Bedeutung narkotischer Mittel ..., Leipzig 1893, 37.
55) K, 578.
56) Grimm, Kinder- u. Hausmärchen, 3, 3. Aufl., Göttingen 1856, 89.
57) Russkie skazki w zapissjach ..., Hrsg. v. N. W. Nowikow, Moskau 1961, 123.
58) BP, 1, 463.
59) NS, 395.
60) E. D. Hauber, Bibliotheca acta et scripta magica, Stück 23, Lemgo 1740, 757.
61) J. Wier, Von Verzeuberungen, Verblendungen ..., Basel 1565, 443.
62) Vgl. M. Loeffler-Delachaux, Le symbolisme des contes de fées, Paris 1949, 107.

Kapitel 4:

1) B. Bekker, Die bezaubernde Welt, 4, Amsterdam 1693, 137 ff.
2) J. Aventinus, Des ... Bayerischen Geschichtsschreibers Chronika, Frankfurt 1580, 31 f.
3) Vgl. A. Ackermann, D. Seelenglaube bei Shakespeare, Frauenfeld 1914, 60 f.
4) J. Boguet, Discours des sorciers, 3. Éd., Lyon 1610, 132.

5) E. Tegethoff, in: Schweiz. Archiv f. Volkskunde, 24, Basel 1923, 160 f.
6) H. Pröhle, Unterharzische Sagen, Aschersleben 1856, 61.
7) M. Ziegler, Die Frau im Märchen, Diss. phil. Greifswald, Leipzig 1937, 227.
8) A. Dimitz, Geschichte Krains, 1, Laibach 1874, 115.
9) Archiv f. slawische Philologie, 2, Berlin 1877, 438.
10) F. S. Krauss, Sagen u. Märchen d. Südslawen, 1, Leipzig 1883, 98.
11) M. Savi-Lopez, Alpensagen, Stuttgart 1893, 38 f.
12) F. Kuenlin, Historisch-romantische Schilderungen aus d. westlichen Schweiz, 1, Zürich 1840, 228 ff.
13) HA, 3, 1890.
14) M. Lüthi, Die Gabe im Märchen ..., Diss. phil. Bern 1943, 72.
15) F. v. Reitzenstein, Das Weib bei den Naturvölkern, Berlin 1923, 68 ff.
16) BP, 2, 45.
17) J. Lyser, Das Buch v. Rübezahl, Leipzig 1834, 2.
18) NM, 591 ff.
19) Vgl. J. C. A. Musäus, Volksmärchen d. Deutschen, Gotha 1787.
20) G, 8, 1331.
21) M, 2, 928 ff.
22) M, 1, 684 ff.
23) HF, Bd. 5, Teil 4, 1964, 2573.
24) M, 1, 523.
25) O. v. Reinsberg-Düringsfeld, Fest-Kalender aus Böhmen, Prag 1864, 300 f.
26) A. Moepert, Die Anfänge d. Rübezahlsage, Leipzig 1928, 91.
27) Moepert, 64.
28) C. B. de Vesme, Geschichte des Spiritismus, 2, Leipzig 1898, 188.
29) Moepert, 92.
30) Moepert, 5.
31) H. Gebhardt, Grundriss der Pharmakologie, Toxikologie ..., 18. Aufl., München 1961, 234.
32) BP, 1, 490.
33) Lütolf, 475 f.
34) HH, 595, 585 u. 553 f.
35) M. Lüthi, in: Antaios, 12, Basel 1971, 435.
36) E. D. Hauber, Bibliotheca acta et scripta magica, Stück 14, Lemgo 1740, 103.
37) J. v. Muralt, Eydgenössischer Lust-Garte, Zürich 1715, 402.
38) BP, 1, 493.
39) K. F. W. Wander, Deutsches Sprichwörter-Lexikon, 2, Leipzig 1870, 1444.
40) H. Pröhle, Unterharzische Sagen, Aschersleben 1856, 113.
41) J. L. Frisch, Teutsch-lateinisches Wörterbuch, 1, Berlin 1741, 20.

42) W. Vollmer, Vollständiges Wörterbuch d. Mythologie, Stuttgart 1836, 157.
43) Vgl. u. a. Aigremont, Volkserotik u. Pflanzenwelt, 2, 2. Aufl., Halle 1919, 6.
44) HA, 1, 320 f.
45) GS, 6.
46) E. M. Kronfeld, D. Krieg im Aberglauben ..., München 1915, 241.
47) HA, 1, 1311.
48) L. Behling, Die Pflanze in d. mittelalterlichen Tafelmalerei, Weimar 1957, 132.
49) H. C. Agrippa ab Nettesheim, D occulta philosophia, Hrsg. v. K. A. Nowotny, Graz 1967, 459.
50) Vgl. A. M. Schmidt, La mandragorie, Paris 1958, 116.
51) W. Mannhardt, Germanische Mythen, Berlin 1858, 472.
52) Vgl. W. Schwartz, Nachklänge prähistorischen Volksglaubens im Homer, Berlin 1894, 50.
53) J. Künzig, Schwarzwald-Sagen, Jena 1930, 146 u. 149.
54) O. Henne-Am Rhyn, Die deutsche Volkssage, 2. Aufl., Wien 1879, 351.
55) H. Brunnhofer, Arische Urzeit, Bern 1910, 235.
56) HA, 5, 625 ff.
57) SI, 1, 174.
58) Neues vollständiges Handbuch d. Giftkunde ..., Chur 1840, 39.
59) C. J. Durheim, Schweizerisches Pflanzen-Idiotikon, Bern 1856, 15.
60) HA, 5, 610.
61) C. Rosenkranz, Die Pflanzen im Volksaberglauben, Leipzig 1896, 283 f.
62) BP, 1, 97.
63) C. Castaneda, The teachings of Don Juan, A Yaqui way of knowledge, New York 1969, 36.
64) Vgl. Conte de Gabalis (1670), abgedruckt in: Voyages imaginaires ..., 34, Amsterdam 1788.
65) V. Weber, Sagen d. Vorzeit, 4, Berlin 1791, 62–64.

Kapitel 5:

1) W. Binde, Tabu, Bern 1954, 55 u. 59.
2) BP, 1, 117 f.
3) J. L. Seifert, Die Weltrevolutionäre, Zürich 1931, 415. (Vgl. H. Machal, Nakres slovenskeho bajeslovi, Prag 1891.)
4) G, 7, 1637.
5) M. Höfler, Volksmedizinische Botanik d. Germanen, Wien 1908, 7; G, 14–2, 2326 ff.

6) Vgl. C. Faller, Pharmaka, Diss. phil. hist. Basel, Lörrach 1953.
7) J. Jörimann, Frühmittelalterliche Rezeptarien, Diss. med. Zürich 1925, 84.
8) BP, 1, 119.
9) E. Götzinger, Reallexikon d. deutschen Altertümer, 2. Aufl., Leipzig 1885, 407.
10) F. J. Mone, nach: NS, 682.
11) NS, 677.
12) NS, 669.
13) A, 2, 364.
14) NM, 959 f.
15) O. Loorits, Estnische Volksdichtung ..., Tartu 1932, 69.
16) F. J. Mone, Geschichte des Heidentums im nördlichen Europa, 2, 520.
17) E. L. Rochholz, Deutscher Unsterblichkeitsglaube, Berlin 1867, 29.
18) K, 578 f.
19) O. Sutermeister, Kinder- u. Hausmärchen d. Schweiz, 2. Aufl., Aarau 1873, 207.
20) J. Bacher, Die deutsche Sprachinsel Lusern, Innsbruck 1905, 70.
21) Höfler, Botanik, 91.
22) J. Cashman, LSD, Frankfurt 1970, 87 f.
23) T. Leary, Die Politik d. Ekstase, Hamburg 1970, 64.
24) F, 284 f. u. 291.
25) H, 66.
26) Vgl. u. a. W. Z. Park, Shamanism in Western North America (North Western University Studies in the Social Sciences, 2), Evanston 1938, 35.
27) E. L. Rochholz, Naturmythen, Leipzig 1862, 184 ff.; HA, 7, 526.
28) T, 3, 48.
29) E. Veckenstedt, Die Mythen ... d. Zamaiten, 1, Heidelberg 1883, 171 ff.
30) Veckenstedt, 1, 16.
31) HM, 2, 450.
32) BP, 2, 538.
33) L. Lavater, Schriftmäßiger Bericht v. Gespenstern ..., Zürich 1670, 15 f.
34) L. Becker, Zur Ethnologie d. Tabakpfeife, in: Die Natur, 31, Halle 1882, 247 ff.
35) TI, 3 f 246.
36) HG, 22.
37) M. Ebert, Reallexikon d. Vorgeschichte, 10, Berlin 1928, 102.
38) R. Forrer, Reallexikon d. prähistorischen Altertümer, Berlin 1907, 647 f.; Ebert, 5, 1926, 116.
39) F. Kapell, in: Zeitschr. des Vereins f. rheinische u. westfälische Volkskunde, 4, Elberfeld 1907, 128.

40) W. R. Schweizer, Münchhausen u. Münchhausiaden, Bern 1969, 21.
41) Schweizer, 20.
42) HG, 57.
43) H, 65.
44) M, 2, 936.
45) GS, 39.
46) M, 1, 522.
47) M, 1, 1094 u. 1083.
48) A. Störk, Abhandlung v. dem sicheren Gebrauch ... d. LichtBlum, Zürich 1764, Vorrede (v. S. Schinz), 17; vgl. H, 22.
49) M, 1, 483 f.
50) Vgl. H. Marzell, Geschichte u. Volkskunde d. deutschen Heilpflanzen, Stuttgart 1938, 290 ff.
51) LM, 454 f.
52) K, 727 ff.
53) H, 67.
54) A, 2, 311.
55) S. v. Massenbach, Es war einmal, Baden-Baden 1958, 80.
56) E. Sklarek, Ungarische Volksmärchen. Leipzig 1901, 145.
57) Z. B.: A. Schiffmann, Universal-Spiritismus, 2, Zürich 1904, 16.
58) HA, 3, 1771.
59) J. K. Zellweger, D. Kanton Appenzell, Trogen 1867, 79.
60) J. Scheible, Das Kloster, 11: Die Geschichte vom Faust, Stuttgart 1849, 603 f.
61) Brau, 14.
62) Scheible, 11, 556.
63) J. Bodin, De magorum daemonomania, Deutsch v. J. Fischart, Straßburg 1591, 73.
64) In: Handbuch d. Geschichte d. Medizin, Hrsg. v. M. Neuburger u. J. Pagel, 1, Jena 1902, 467.
65) Buch 4: Magie (von A. Crowley), Zürich 1964, 194.
66) Vgl. u. a. Höfler, Krankheitsnamen-Buch, 13.
67) K, 571.
68) SI, 1, 186.

Kapitel 6:

1) BP, 1, 100 ff.
2) O. Sutermeister, Kinder- und Hausmärchen aus d. Schweiz, 2. Aufl., Aarau 1873, 119.
3) BP, 2, 229.
4) SI, 3, 957.

5) O. Henne-Am Rhyn, Die deutsche Volkssage, 2. Aufl., Wien 1879, 85.
6) L. Laistner, Das Rätsel d. Sphinx, 1, Berlin 1889, 329.
7) HA, 1, 1370.
8) Mehrfach mündlich von Malern, die sich mit der Überlieferung ihres Berufes auseinandersetzen: So von Albert Minder (Burgdorf), Alfred Bangerter (Oberburg), Walter Wegmüller (Rüschegg/Basel).
9) Vgl. u. a. A. Mookersee, Tantra-Kunst ..., Basel 1968, 18.
10) Belege zu diesem (1969 geschriebenen) Abschnitt veröffentlichte ich: Golowin, Zigeuner-Magie ..., Frauenfeld 1973, 104 ff.
11) Hinweis von Alexei Remizow (Paris), 1957, mündlich.
12) D, 4, 388.
13) D, 2, 772.
14) HM, 1, 564.
15) SI, 1, 1219.
16) KW, 55.
17) KW, 158.
18) KW, 166.
19) Loepfe, Russische Märchen, Olten 1941, 95 ff.
20) W. Mannhardt, Germanische Mythen, Berlin 1858, 470.
21) HM, 2, 307.
22) H. Leuenberger, Zauberdrogen, Stuttgart 1969, 23.
23) KW, 57.
24) NS, 674.
25) BP, 2, 435.
26) R. Steckel, Bewusstseinserweiternde Drogen, Berlin 1969, 88 f.
27) J. Jegerlehner, Sagen u. Märchen aus dem Oberwallis, Basel 1913, 180 (Nr. 68).
28) Saxo Grammaticus, Die ersten 9 Bücher d. dänischen Geschichte, Hrsg. v. H. Jantzen, Berlin 1900, 32.
29) M. Lüthi, Die Gabe im Märchen ..., Diss. phil. Bern 1943, 37.
30) B. Schmidt, Griechische Märchen ..., Leipzig 1877, 82 f.
31) HM, 1, 90 f.
32) BP, 1, 221.
33) G, 1, 533.
34) J. T. Taberaemontanus, New u. vollkommen Kräuterbuch ..., D. ander Teil, Frankfurt 1613, 304.
35) BP, 1, 97 (Nr. 12).
36) Schmidt, 104 f.
37) Schlosser, 16.
38) I. Milec u. H. d'Armentifères, Contes slovaques, Genf 1926, 190 f.
39) N. Hesse, Deutsche Märchen vor ... Grimm, Zürich 1956, 20 ff.
40) BP, 2, 544 f.
41) V. Kräutermann, D. thüringische Theophrastus Paracelsus, Wun-

der- u. Kräuterdoktor ..., Arnstadt 1730, 129.
42) BP, 4, 204.
43) W. Vollmer, Vollständiges Wörterbuch d. Mythologie, Stuttgart 1836, 1084 f.
44) T. Amkiel, Cimbrische Heyden-Religion, Hamburg 1691, 111.
45) G. T. Legis, Alkuna, 2, Leipzig 1831, 31 f.
46) H. Fischer, Mittelalterliche Pflanzenkunde, Hildesheim 1967 (Neudruck), 89.
47) Fischer, 93.
48) Schlosser, 106.
49) HA, 1, 518.
50) W. Pelikan, Heilpflanzenkunde, 1, Domach 1958, 161.
51) Reallexikon f. Antike u. Christentum, 1, Stuttgart 1950, 308 f.
52) Vgl. Taylor Starck, 11, 20 f. und 27.
53) G. Bonn, Unter Hippies, Düsseldorf 1968, 64.
54) Steckel, 47.
55) BP, 1, 498; vgl. HM, 1, 299.
56) Reko, 132.
57) F, 283 f.
58) GS, 34.
59) T, 1964.
60) HM, 1, 299 f.
61) HM, 1, 238.
62) B, 1, 47 f.
63) J. C. Appenzeller, Großvaters Erzählungen u. Märchen ..., Winterthur 1831, 113–144.
64) Vgl. u. a. HH, 414 f.
65) Vgl. A. Aarne, Zaubergaben (Journal de la soc. finno-ougrienne, Helsingfors 1909, 51.
66) HA, 3, 1890.
67) HA, 3, 1916 f.
68) HA, 3, 1899.
69) H. R. Rebmann, Ein lustig ... Gastmal ..., Bern 1620, 160.
70) T. A. Bruhin, in: Jahresber. über die Erziehungsanstalt des Benediktiner-Stiftes ..., Einsiedeln 1862/1863, 29.
71) K. Hauser, Fahrendes Volk ..., 2 (Neujahrsblatt d. Hülfsgesellschaft, 59), Winterthur 1922, 70.
72) E. Frommel (1828–1896), Treue Herzen, 2. Aufl., Barmen o. J., 137.
73) F. Armand, in: Weltwoche-Magazin, Nr. 16, Zürich 17.4.1970, 7.
74) GP, 1, 182.
75) Schmidt, 116 f. (Nr. 21).
76) E. Sklarek, Ungarische Volksmärchen, Leipzig 1901, 142 ff.
77) B, 1, 534.
78) HK, 1, 456 f.
79) H, 87.

80) HA, 8, 1013.
81) H. Christ, Zur Geschichte des alten Bauerngartens d. Schweiz, Basel 1923, 112; vgl. Fischer, 250.
82) Christ, 143 f.
83) E. Savoy, L'agriculture à travers les ages, 2, Paris 1935, 316.
84) R. Schnabel, Pharmazie ..., München 1965, 124.
85) M. Hartmann / L. Pfau, Bretonische Volkslieder, Köln 1859, 33.

Kapitel 7:

1) F. H. v. d. Hagen, Tausend u. ein Tag, Morgenländische Erzählungen, 5, Prenzlau 1827, 348.
2) Hagen, 5, 354 f.
3) L. Laistner, Nebelsagen, Stuttgart 1879, 122.
4) B, 1, 287; B, 1, 622.
5) M. Erben, Wahrhaffte Beschreibung v. d. Universal-Medicin ..., Leipzig 1689, 104.
6) W. Schwartz, Nachklänge prähistorischen Volksglaubens im Homer, Berlin 1894, 49.
7) T. Vernaleken, Alpensagen, Wien 1858, 111.
8) K. O. Møller, Rauschgifte u. Genussmittel, Basel 1951, 365.
9) T, 1976.
10) B, 1, 177 f.
11) Loepffe, 37 f.
12) J. Tichy, D. fliegende Teppich, Märchen aus Kasachstan u. Usbekistan, Zürich 1968, 211 ff.
13) A. Aarne, Die magische Flucht (FF Communications, 92), Helsinki 1930, 24 ff.
14) HG, 522.
15) HG, 821.
16) U. a. Loepfe, 5 ff.
17) Brau, 117.
18) Becker, 248.
19) Brau, 48 f.
20) H. Heimann, Die Scopolaminwirkung, Basel 1952, 30 ff.
21) NM, 851 f.
22) K, 585.
23) H, 66 f.
24) Nach: J. v. Hammer-Purgstall, Rosenöl, Sagen ... des Morgenlandes, Stuttgart 1813.
25) Reallexikon f. Antike u. Christentum, 1, Stuttgart 1950, 309.
26) Vgl. C. A. Vulpius, Handwörterbuch d. Mythologie d. deutschen, verwandten, benachbarten und nordischen Völker, Leipzig 1826.
27) Veckenstedt, 2, 13 ff.

28) Loeffler, 66 f.
29) Wier, 442.
30) V. Kräutermann, Der thüringische Paracelsus, Wunder- u. Kräuterdoctor oder Zauber-Arzt, Arnstadt, Leipzig 1730.
31) T, 1931.
32) Hartel, 59.
33) E. L. Rochholz, Altdeutsches Bürgerleben, Berlin 1867, 234.
34) S. Singer, Schweizer Märchen, Bern 1903, 32.
35) BP, 1,37 ff.
36) Restif de la Bretonne (Auswahl), Hrsg. v. F. Marceau, Paris
37) C. Hentze, Die Tierverkleidung in Erneuerungs- u. Initiationsmysterien, Symbolon: Jb. für Symbolforschung I, 1960, 38–86.
38) M. Hartmann / L. Pfau, Bretonische Volkslieder, Köln 1859.
39) U. a. A, 2, 360 f.
40) M, 2, 931.
41) F, 286 f.
42) Friedrichs, 80.
43) BP, 1, 144 f.
44) BP, 2, 535 ff.; BP, 2, 414 f.
45) BP, 2, 418.
46) BP, 1, 470 ff.
47) Lütolf, 192.
48) B. Wyss, Schwizerdütsch, Solothurn 1863, 60 ff.
49) Sutermeister, 156 f.
50) HG, 251.
51) R. Gelpke, Vom Rausch im Orient u. Okzident, Stuttgart 1966, 169 f. Auch Prof. Dr. Gelpke, mündl.
52) Vgl. R. Lipez, Rybazkie pesni i skazy, Moskau 1950, 177.
53) H. v. d. Sann, Sagen aus d. grünen Mark, 3. Aufl., Graz 1922, 143.
54) Vgl. T. C. Croker, Irische Elfenmärchen, Übers. v. J. Grimm / W. Grimm, Leipzig 1826.
55) Vgl. Abschnitt über Hexen in: J. Grimm, Deutsche Mythologie, 4. Aufl., Berlin 1875–1878.
56) R, 71 ff.

Kapitel 8:

1) Vgl. Golowin, in: Werk, 58, Basel 1971, 326 ff.
2) J. Wenzig, Westslawischer Märchenschatz, Leipzig 1857, 119.
3) H. Netzle, Das süddeutsche Wander-Marionettentheater, München 1938, 10 f.
4) J. Cashman, 5.
5) Alexei Remizow, Paris, mündlich.
6) A. Mickiewicz, Les Slaves, Paris 1914, 130.

7) Mickiewicz, 294.
8) Vgl. u. a. Taylor Starck.
9) Vgl. J. Pokorny, Altkeltische Dichtungen, Bern 1944, 59–62; Imram Brain, Hrsg. v. K. Meyer, London 1895. Auch: Pokorny, Die älteste Dichtung d. grünen Insel, Halle 1923; W. Krause, Die Kelten, Tübingen 1929, 10 ff.
10) Hagen 5, 367 f.
11) E. Mahler, Die russische Totenklage, Leipzig 1935, 667 f.
12) U. a. Mahler, 668 u. 673, Das Wort »grün« (zeleno) stammt hier überhaupt von »zele« Kraut, Pflanze. D, 1, 1687.
13) Brau, 11.
14) H, 60 f.
15) Mahler, 674 f.
16) T. Leary, R. Matzner u. R. Alpert, Psychedelische Erfahrungen, Weilheim 1971, 66 f.
17) Vgl. J. Lippert, Christentum, Volksglaube und Volksbrauch, Berlin 1882, 406 f.
18) Lütolf, 202 f. (Auch mündlich! Vgl. Golowin, Sagen aus dem Berngebiet, 1-2, Basel 1965-1966.)
19) Die Edda, Hrsg. v. K. Simrock, Stuttgart 1878, 295.
20) Saxo Grammaticus, Die ersten 9 Bücher d. dänischen Geschichte, 47.
21) Vgl. P. H. Mailet, Monumens de la mythologie ... des Celtes, Kopenhagen 1756.
22) NM, 831.
23) Papus, Traité élémentaire de magie pratique, Paris 1893, 138.
24) T, 1931.
25) M. Kremnitz, Rumänische Märchen, Leipzig 1882, 58 f.
26) Wenzig, 36 ff.
27) E. Sklarek, Ungarische Volksmärchen, Leipzig 1901, 60.
28) H. v. Wlislocki, Märchen u. Sagen d. transsilvanischen Zigeuner, Berlin 1886, 14 (Nr. 9).
29) I. J. Hanusch, Die Wissenschaft des slawischen Mythus, Lemberg 1842, 239; K. Schwenck, Die Mythologie d. Slawen, Frankfurt 1853, 77; K. Eckermann, Lehrbuch d. Religionsgeschichte u. Mythologie ..., Bd. 4, Abt. 2, Halle 1849, 87.
30) Hanusch, 201.
31) I. Berlitsch, Aus Urväterzeiten, Märchen aus kroatischer Urzeit, Salzburg 1933, 187.
32) HA, 1, 813 f.
33) Vgl. Handbuch d. Geschichte d. Medizin, Hrsg. v. M. Neuburger u. J. Pagel, 1, Jena 1907, 465.
34) HA, 1, 829.
35) Leuenberger, 74.
36) A. W. Watts, The joyous cosmlogy, New York 1962, 47.

37) J. Jegerlehner, Sagen u. Märchen aus dem Oberwallis, Basel 1913, 3.
38) Jegerlehner, 33.
39) K. Lehner, Zermatter Sagen ..., Visp 1963, 66.
40) J. Koch, Die Siebenschläferlegende, Leipzig 1883, 35.
41) Koch, 32.
42) G. Meyer, Essays u. Studien zur Sprachgeschichte u. Volkskunde, Berlin 1885, 281 ff.
43) Koch, 40 f.
44) Koch, 36; Meyer, 277.
45) K. v. Killinger, Erin, 3, Stuttgart 1847, 162 ff.
46) Vgl. E. S. Hartland, The Science of Fairy Tales, London 1891, 166–254.
47) Grimm, Elfenmärchen, 18.
48) W. De Boor, Pharmakopsychologie u. Psychopathologie, Berlin 1956, 194.
49) T, 1931.
50) H. Leuner, Die experimentelle Psychose (Monograph. aus dem Gesamtgebiet d. Neurologie ..., 95), Berlin 1962, 26.
51) Orientalische Entsprechungen, vgl. O. Spies, Orientalische Stoffe in den Kinder- u. Hausmärchen ..., Walldorf-Hessen 1952, 39 f.
52) HA, 2, 1093.
53) J. Guntern, Walliser Sagen, Olten 1963, 325 (Nr. 342).
54) Vgl. Vom weisen Salomo ..., Hrsg. v. Golowin, Bern 1964. (Aus: J. v. Hammer-Purgstall, Rosenöl, Stuttgart 1813.) Mit Hilfe des Wunder-Krautes Hyoscyamus (Bilsen), vom Vogel Simurg gebracht, wird nach den Mandäern auch der Held Rusten geboren! H. Ploss / M. Bartels, Das Weib in der Natur- und Völkerkunde, 2, 8. Aufl., Leipzig 1905, 355.
55) H. Petermann, Reisen im Orient, 1, Leipzig 1860, 379.
56) Vgl. Hammer / Golowin, Über die Pracht orientalischer Throne u. damit verbundene Vorstellungen u. a. P. Wolff-Windegg, Die Gekrönten, Stuttgart 1958, 152 ff.
57) U. a. G. Jungbauer, Märchen aus Turkestan ..., Jena 1923, 296.
58) Vgl. Chamid Alimdschan, Simurg, Moskau 1951, 56 f.
59) Angeführt: F. Arnau, Rauschgift, Luzern 1967, 54.
60) Vgl. R, 71 ff.
61) HM, 2, 623.
62) B, 1, 54.
63) B, 2, 354.
64) Vgl. O. Huth, D. Glasberg, in: Symbolon, 2, Basel 1961, 15 ff.
65) Huth, 27.
66) F. C. Endres, Mystik u. Magie d. Zahlen, 3, 3. Aufl., Zürich 1951, 162 f.
67) H. Petermann, Reisen im Orient. 2, Leipzig 1861, 452 f.; vgl. F. v. Andrian, Höhenkultus asiatischer u. europäischer Völker, Wien

1891. 7 Stufen der Einweihung hatten (nach Mone) auch die mitteleuropäischen Hexen! NS, 666.

68) Vgl. R. Gelpke, in: Symbolon, 2, Basel 1961, 63 ff.

69) K. Thomas, Die künstlich gesteuerte Seele, Stuttgart 1970, 165.

70) De Boor, 194.

71) T, 1931.

72) R. Baumbach, Türinger Lieder, 4. Tausend, Leipzig 1891, 141 f.

73) L. Bechstein, Gedichte, Frankfurt 1836, 306.

74) SI, 1, 174.

75) F. Sieber, Wendische Sagen, Jena 1925, 20 f.

76) Nach Uehers, v. W. Hertz, in: Von Fels zu Meer, 1, Stuttgart 1885, 20.

77) E. Berger, Rübezahl u. andere Gebirgssagen, Leipzig o. J., 174.

78) E. L. Rochholz, Schweizersagen aus dem Aargau, 1, Aarau 1856, 269.

79) R. Neuenschwander, in: Historischer Kalender oder d. Hinkende Bot, 229, Bern 1956, 64. (Auch Neuenschwander, mündlich.)

80) H. Herzog, Schweizersagen, 1, 2. Aufl., Aarau 1887, 58 f.

81) J. R. Wyss, Idyllen, Volkssagen ... aus der Schweiz, 1, Bern 1815, 4.

82) Rochholz, Schweizersagen, 1, 280.

83) Villamaria, Elfenreigen, 9. Aufl., Leipzig o. J. (8. Aufl. 1909), 455 u. 120.

84) H. Correvon, Gespenstergeschichten aus Bern, Bern 1919, 28 f.

85) J. J. Romang, Aus Ost u. West, 1, Bern 1864, 70.

86) C. Englert-Faye, Vo chline Lüte, Zwergensagen ... aus d. Schweiz, St. Gallen 1937, 3.

87) F. Niderberger, Sagen ... aus Unterwalden, 1, Sarmen 1909, 21.

88) R, 58 f.

89) Brau, 153.

90) S, 154 ff.

91) M, 1, 689.

92) Savi, 40 ff.

93) A. Leskien, Balkan-Märchen, Jena 1925, 299; Huth, 20 f.

94) Gardner, 17.

95) Bodin, 106.

96) Vgl. Symbolon, 6, Basel 1968, 22 f.

97) Vgl. Golowin, Götter der Atom-Zeit, Bern 1967.

Abbildungen

Inhaltsverzeichnis